공자

소설

孔子

2

현실 정치 참여 후 천명(天命)을 알기까지

우쾌제 엮음

시간여행

게으른 자는 세월이 천천히 흐른다고 원망하고

공이 있는 자는 세월이 너무 빠르다고 한탄한다.

책 머리에

떠오르는 태양
대륙문화의 꽃, 문성대왕(文聖大王)!

21세기 문화는 새로운 문명의 시대를 열었다. 중국의 북경 하늘을 뒤덮은 올림픽 오륜기의 물결과 꺼지지 않는 성화는 동서양의 문화적 거리를 그만큼 좁혀 놓았었다.

서울 올림픽의 함성은 만리장성의 높은 벽을 넘어 한 · 중 간에 국교 정상화(1992년)를 가져왔다. 필자는 그동안 대학에서 고전문학을 강의하면서 지리적 인접국인 중국의 역사나 문화적 가치를 새롭게 밝혀 보고자 1993년경 제일 먼저 베이징대학에 교환교수로 갔다. 공자가 창도한 유학 사상을 통해 인간 중심의 정신문화에 대하여 지대한 관심이 있었기 때문이다.

인간을 중심으로 하는 학문, 즉 인문학은 인간학으로 정신문명의 정수다. 동양의 심오한 유교 문화가 세계인의 주목을 받는 것은 공자의 역(易)에 기초한 인간 중심의 인의 정신이다.

공자를 안다는 것은 새로운 문명의 시대를 열기 위한 기본을 아는 것이며 우리 선조들의 정신적 전통을 찾는 것이다. 유학 정도의 정신은 현대의 젊은이들이 멀게만 느껴졌던 공자의 생애나 사상을 쉽게 이해할 때 가능하리라 생각했다.

한때 대륙에 사회주의를 선포하고 공산의 세계를 꿈꿨던 사람들에 의해 제창되었던 공자 격하 운동은 자유경제를 받아들여 시장경제의 보편가치를 추구하며 오판임이 밝혀져 정명 정도의 유학 사상이 새로운 대륙문화의 꽃으로 피어나고 있었다. 그 결과 공자 복권 이후 십수 년 만에 세계 강국으로 발돋움했고, 세계 올림픽을 거뜬하게 치러내고 세계 제2의 경제 대국으로 발돋움한 것은 문화적 창조가치에 있었다고 보았다.

공자에 관해 관심 두고 자료를 찾기 시작했던 것이 십 수 년이 걸렸다. 그에 얽힌 많은 일화를 모아 가공허구지설(架空虛構之說)로 간략하게 서술할 수 있었다.

공자의 생애를 중심으로 그의 탄생으로부터 성장 발전하는 과정은 물론 가난을 극복하고 학문에 정진하여 훌륭한 학자가 되기까지의 과정을 제1권에서 청년기의 소설 공자로 엮어 보았다.

그리고 그가 행단(杏亶; 공자가 설립했던 사립학교)을 꾸리고 유교무료(有教無類)의 정신으로 많은 제자를 모아 학문적 토론을 벌이면서 이웃 나라와 관계를 재정립 해 나가는 과정으로부터 대 사도직을 맡아 현실정치에 참여하고 천명을 알기까지를 제2권으로 장년기를 소설 공자에서 엮어 보았다.

그다음으로 춘추전국시대 열국을 순방하며 인의 사상을 펼치기 위해 노력하고 고국에 돌아와 다양한 지식을 체계 있게 정리하여 이루지 못한 이상적 정치철학을 후대에 남기는 일에 전념하는 말년의 고종명(考終命)까지를 묶어 제3권은 노년기의 소설 공자에서 엮어 보았다.

이 책을 엮으면서 중국에서 출간된 공자에 대한 많은 이야기에 힘입은 바가 컸다. 또한, 현재 연변대학교 조문학부(朝文学部; 한국어문학과)에 봉직하고 있는 우상렬(禹尚烈) 교수와 제 문하(門下)에서 박사학위를 받고 사천 외국어 대학 교수로 재직하는 임향란(林香蘭) 박사의 적극적인 협조가 큰 힘이 되었다.

2019.05.
여름 피서 휴양지 필리핀 세브랜드 세브시티에서
원고 정리를 마치며.
일위 우쾌제

孔子

목차

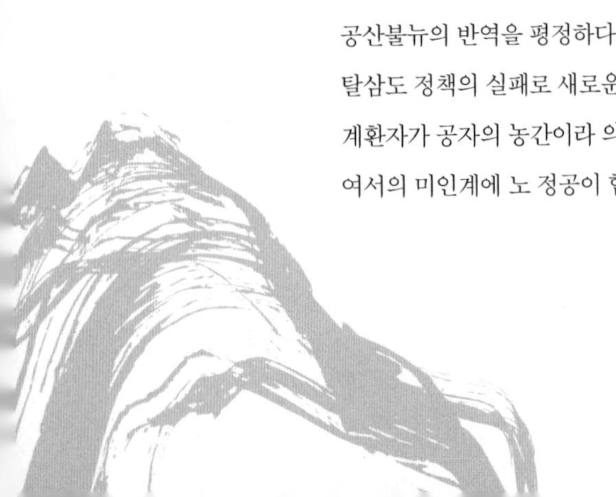

군주는 군주같이, 신하는 신하답게, 아비는 아비처럼,
아들은 아들답게 일을 처신할 수 있다면,
이것이 바로 청명한 정치이다.

제1장

제 경공과 문정하고 귀향하여 행단을 진흥시킴

동방 패주인 제나라에서 도를 펼치고자 안영을 찾다
제 경공이 정치에 관해 묻고 공자가 답하다
외족 새의 출현을 보고 수방책을 세우다
태사의 거문고 소리를 듣고 스승에게 절하고 거문고를 배우다
노 소공의 복국을 시도했으나 실패하다
고향에 돌아와 혼사를 주관하고 행단(杏亶)을 진흥시키다
노 소공이 진나라 건후(乾侯)에서 죽다
태묘에서 유제지의 기로 제자를 가르치다

동방 패주 제나라에서 도를 펼치고자 안영을 찾다

제나라는 동방 제일의 대국으로 강역은 지금의 산둥성 중부와 동부 일대였다. 토양이 비옥하여 농업이 발달하고, 어염(魚塩)이 풍부한 지방이다. 일찍 춘추 초기(기원전 685년~643년) 제 환공(桓公)은 대 정치가 관중(管仲)을 초빙하여 개혁 정치를 시행했다. 국력을 증강하고 동방 패주(霸主)가 되었다. 이때는 정치가 안영이 활약하여 나라가 안정되고 강성해져, 공자는 제나라에 가서 도를 펼칠 수 있을 것으로 생각했다.

임치(臨淄) 남문 밖에 한 마차가 세워져 있고 마차 옆에는 사족(士族) 차림의 수행원 3~4명이 서서 남쪽을 향해 학수고대하고 있었다.

당시 정치 방식은 어떤 나라에 스스로 들어갈 때엔 반드시 비결이 있어야 했다. 비록 5년 전에 제 경공이 공자를 회견한 적이 있었으나 그가 친신들의 도움이 없다면 실권을 잡기 힘든 것이 현실. 그래서 공자는 제나라로 간 후 안영에게 서신을 전하고자 한 것이다.

공자는 교외까지 마중 나온 사람들을 보고 마차에서 내려, 걸어서 한 걸음씩 다가가니 사족 모양을 한 사람들이 그에게 인사를 했다.

"미신(微臣)은 여서(黎鉏)라 하옵니다. 안(晏) 태재(太宰)의 영을 받고 공자님의 왕림을 기다리고 있었나이다."

여서는 보통의 키에 피부색이 희끗희끗했고 수염이 듬성듬성한, 영준하고 풍채가 좋은 사나이였다. 안영이 보내온 사자의 태도를 보고 공자의 속은 삽시간에 훈훈해졌다. 공자는 재빨리 마주 인사를 했다.

여서가 안내를 하고 공자가 뒤에 따라갔다. 두 대의 마차는 앞서거니 뒤서거니 하며 임치성으로 들어갔다.

성안은 도로가 넓고 훤하며 초가들이 꽉 들어차 있고 점포가 수림을 이루었으며 꼬리에 꼬리를 물었다. 인가가 조밀하여 거리에서는 서로 어깨를 스칠 정도였다. 골목에서는 오가는 사람들이 떠들썩했다. 농가엔 양식이 넉넉했고 집마다 여유로운 생활을 즐기고 많은 사람이 바삐 교역하고 있어 번성한 모습 그대로였다.

시민의 의복은 단정하고 장식품은 화려했다. 사람마다 의기양양하여 만면에 웃음꽃을 피우며 먼 곳에서 온 길손에게 저들의 풍요로운 생활을 자랑했다. 마차는 굽이를 돌고 돌아 한 골목에 들어서니 골목은 좁아 겨우 마차 한 대 통과할 지경이었다. 길바닥은 울퉁불퉁하여 마차가 몹시 흔들렸다.

골목 끝에 초라한 초가가 한 줄 있는데 돌층계 위에 한 늙은이가 허리 굽혀 공자와 그의 제자들을 마중했다. 그가 바로 재상 안영으로 키는 5자도 못 되어 검은 갈색이 나는 거친 관복이 땅에 끌리며, 바싹 마른 늙은이를 감싸고 있어 마치 시골의 소박한 농부와 다름이 없었다. 그러나 넓은 양미간에 두 눈은 빛이 어려 원기 왕성한 면상은 그가 바로 탁월한 정치가라는 것을 실감하게 했다.

옛 벗이 서로 만나니 유난히 반가워 손을 감싸 쥐었고 허리도 굽히면서 정이 철철 흘러넘쳤다.

공자는 제자들을 일일이 소개했다.

안영은 손님들을 데리고 집으로 들어가 객실로 안내하여 빈주(賓主)별로 앉았다. 말이 객실이지 사실은 널찍한 초당과 다름없었다. 구경할만한 오래된 그림도 없었고, 진짜 옥이나 보물도 없었다. 집이 워낙 낮았기 때문에 창문은 작고 실내는 컴컴한데 흔한 갈 깔개를 바닥에 깔아 놓았다. 깔개 위에는 작은 상 몇 개가 정연히 놓여 있어 차를 놓고 식사하는 용상이었다.

공자는 노나라 내란의 내막을 간단히 말했고 자신이 온 뜻에 대해 말했다. 노 소공의 정황에 관해 물은 다음 제 경공을 뵙게 해달라고 청했다. 그러자 안영은 지금 당부(堂阜)의 한 작은 진에 소공을 안치하고 제나라 부대를 파견하여 그의 안전을 돌본다고 했다. 소공을 도와 노나라를 회복할 뜻이 없다고 했다. 어느새 황혼이 깃들자 베옷을 입은 여인이 들어와 수저와 잔을 들고 공자에게 인사했다.

안영은 '집사람은 요리를 잘하지 못하여 공자의 많은 양해를 구하옵니다.'라고 하며 그녀를 소개했다.

안영은 상에다 식기를 정연하게 차려놓은 다음 공자의 상을 다시 바로 잡아 놓았다. 부인은 고기를 들여와 공자의 상에 놓았는데 생강 오리 한 그릇과 절인 고기 한 그릇이 더 많았다. 멀리서 온 손님을 모시느라 여서가 동석했다. 주안(酒案)은 그리 풍성하지 않았지만, 전부가 싱싱한 반찬으로 요리 솜씨 또한 정갈하여 공자의 습성에 딱 맞아 매우 맛있었다.

공자는 평소 생활은 예의에 어긋남이 없어 자리가 바르지 않으면 앉지 않고, 반찬이 제때 들어오지 않으면 먹지 않고, 바르게 베지 않아도 먹지 않고, 사 온 삶은 고기나 덥힌 술과 맛이 변한 것과 색깔이 변한 음식은 먹지 않고, 생강과 졸인 것도 먹지 않고, 절대 과음 과식을 하지 않았다.

저녁 식사가 끝난 후, 한참 담화하다 여서에게 숙소에 모셔다드리라고 했다. 잠자리에서 공자는 잠들 수 없었다.

그는 극도로 흥분했다. 안영과의 그 짧은 상봉을 생각해 보니, 안영이 자기에 대한 존경 정도가 대단함을 알 수 있었다. 또 자기에 대하여 속속들이 알고 공자의 생각하는 바와 포부에 관해 손금 보듯 한다는 것을 알았다. 포숙(鮑叔)이 관중을 추천한 것처럼 경공에게 추천해 줄 것으로 생각했다. 그래서 경공을 회견할 때 어떤 것을 먼저 말하고, 앞으로 어떻게 안영과 힘을 합치고, 경공을 도와 제나라에서 자기의 인정(仁政)과 덕치(德治)의 이상을 펼쳐 온 세상을 공평하게 할 것인지를 고민했다.

그러나 오늘 회견에서 제나라에서 노군에 관해 냉담한 태도가 마음에 걸렸다. 노군의 처지가 나라를 회복하는 일은 가망이 없는 신세로 전락하여 편벽한 작은 진에서 고독과 처량함과 비참함으로 허송세월하고 지낸다는 말에 마음이 아팠다.

다음 날 아침 일찍 제자들을 데리고 소공을 문안하기 위해 당부(堂阜)에 가서 제 경공이 자기를 중용할 때까지 기다리며 참아 달라 말하려 했다. 공자는 제나라 강병으로 계평자의 불인과 무례를 징벌하고 복국 할 계획을 세워 놓고 있었기 때문이다.

한편 그는 속담에 '백 번 듣기보다 한 번 보는 것이 났다'라고 했기에 댓조각을 이어붙인 왜소한 상부 건물과 온 집안 식구의 복장을 보고 평소에 안영의 검소함이 헛소문이 아니라는 것을 확인했다. 이에 공자는 제자들에게 검소함과 습관이 풍속이 되어야 한다고 가르쳤다.

이튿날, 공자 일행은 당부(堂阜)에 가서 소공을 뵙고 온 다음 제 경공과 회견할 예정이었다. 노 소공의 복국을 행동으로 옮길 생각이었다. 한데 수십 일이 지나도 안영은 공자와 담론하거나 여서를 파견하여 유람을 시키거나, 수렵을 조직할 뿐, 경공에 관한 말을 공자가 제기할 때마다 그는 시간을 끌면서 얼버무렸다.

공자는 말보다 행동하는 실천을 중히 여기는 성품이었다. 안영이 말은 하고 있으나 행동하지 않아 의심하였으나 언제나 좋은 마음으로 타인의 생각을 이해하려 했다. 특히 안영과 같은 정치가를 존경했기 때문에 그를 언제나 믿었다. 그래서 그는 안영이 시간을 끌면서 제 경공에게 안내해 주지 않는 것은 말 못 할 사연이 있으리라 생각했다. 어떠한 일이나 성급하면 될 일도 되지 않는다 생각했다.

공자의 제자들은 야단법석이었다. 연우백은 웃음을 금치 못했다. 공자는 영문을 몰라 어째 웃느냐고 물었다.

"제나라에는 사람이 오죽 없었으면 저런 난쟁이를 재상으로 중용하겠습니까?"

"허튼소리! 안 재상은 천하 대현이라 만복 경륜인데, 어이 용모로 사람을 평가하는가?"

공자가 노여워하며 못마땅해했다.

"허, 제가 보기엔 그 안영이란 놈은 키만 난쟁이인 것이 아니라 염통까지 콩알만 합니다."

자로가 이의를 제기했다.

"자로! 자네까지 이렇게 오만불손해 졌는가?"

"제자가 오만불손한 것이 아니라 안영이란 놈이 겉으로는 스승님에게 성실하지만, 제 경공을 뵙겠다는 말만 나오면 어물어물하고 삼켜버리는데 이것이 콩알만 한 염통이 아니면 무엇이옵니까? 어찌하여 자기보다 능력 있는 사람을 이렇게 질투할 수 있단 말입니까?"

다른 제자들도 발언하려고 나섰는데 모두 공자에게 제지당했다. 거듭 말함이 분분하고 제자들의 의견이 제각각인데 그래도 여서가 공자를 한 몫 막아 주었다.

여서는 제 경공의 총신 고소자(高昭子)의 가신으로 웬일인지 안영의 신변 가까이에 있었다. 보아하니 그도 역시 신비한 인물로서 박쥐처럼 금수 대전에서도 상대의 환심을 자아낼 수 있는 인물이다. 나는 새들은 박쥐가 날개가 있으니 우리의 편이라 하고, 짐승들은 박쥐가 이빨

이 있으므로 우리와 동류라 한다. 여서는 이런 수단으로 윤활유처럼 안영과 고소자의 사이에서 활동했다.

여서의 건의대로 공자는 고소자를 방문했다.

고씨 댁의 호화로운 객실은 칠그릇과 주옥들이 반짝반짝 빛났다. 값진 고전 기물들이 질서 있게 진열되어 있었다. 서간들이 높이 쌓여 있었으며 주단 위에는 용이 날고, 봉황이 춤을 췄다. 찻잔에서는 언제나 김이 모락모락 올라오고 고소자는 만면에 웃음 띠면서 공자와 회담할 때 부르지도 않은 여서까지 끼어들었다.

고소자는 웃는 얼굴로 수다를 떨었다.

"공자께서 왕림한 줄도 모르고 멀리까지 나가 맞지 않았으니 송구하옵나이다!"

공자가 응대하면서 대답했다.

"공구가 무슨 덕성과 능력으로 고소자 나리께 수고까지 끼치겠나이까?"

"공자와 여러 제자께서 무슨 연고로 여기까지 오셨고, 어디에 계시는지요?"

"공구는 제자들과 여관에서 숙박하고 있나이다."

"아이고!"

고소자는 놀란 체했다.

"여관은 난잡한 곳인데 성인께서 어떻게 계실 수 있사옵니까?"

고소자는 시치미를 떼고 몸을 돌려 여서에게 명령했다.

"여 대부! 어서 공자와 그의 제자들을 우리 집으로 모셔서 제일 우아하고 편안한 손님방으로 모시게. 성인을 여관에서 숙박하시게 하다니, 안 태재도 참 너무 하셨네!"

사실, 여서와 같이 영민하고 예리한 이목을 두고 공자가 제나라에 온 정황을 고소자가 모를 리 없었다. 그런데 엉뚱하게 시치미를 떼는 것이다.

공자는 허위적인 태도와 번드레한 말로 꾸미는 고소자를 인덕이 적은 자라고 후에 평했다.

공자가 제 경공을 뵙겠다고 하자 고소자는 내일 아침 일찍 군주에게 아뢰어 나라를 위해 현능한 인재를 추천하겠노라고 했다. 수년 동안 고소자는 안영과의 겨룸에서 줄곧 열세에 처해 있었다. 하지만 공자의 명의와 힘을 빌려 안영에게 대항하면 싸워 이기리라 생각했다.

제 경공은 허영심이 매우 강한 군왕이었다. 5년 전에 벌써 공자에 관한 인상이 머릿속에 깊게 새겨져 있었다. 어진 사람에게 감사의 뜻으로 고소자의 추천에 공자를 만나지 않을 수 없었다.

공자는 예상 밖으로 고소자에 의해 '국군은 성인을 목마르실 정도로 그리시니 내일 조회 후 회견하시겠다.'라는 전갈을 받았다.

너무도 돌연한 소식이었다.

이 때문에 공자는 무엇이라 말했으면 좋을지 몰랐다. 안영이 6개월 동안 신경을 써도 해내지 못한 일을 고소자가 해냈다. 하루가 지나기도 전에 조회에서 마무리를 지었다. 공자가 어떻게 고소자에 대한 인상을 변경시키지 않을 수 있겠는가!

그날 밤 안영의 서재는 보통 농가와 같았다.

작은 사발로 만든 등불이 희미한 빛을 뿌리고 등 아래에 안영과 여서가 앉아 있었다. 그들 중간에는 거칠고 낡아빠진 상이 놓여 있고 여서는 안영에게 며칠 사이에 일어난 일을 보고했다.

고소자가 국군에게 공구를 추천했다는 것을 보고하며 내일 국군이 회견을 승낙했으니, 재상께서 미리 알고 제지할 방안을 짜서 알려 달라는 것이다. 국군은 귀가 얇은 데다가 공자 또한 말재주가 출중하여 몇 마디 넘기지 못하고 속아 넘어갈 것 같다고도 했다.

안영은 '휴-'하고 한숨을 내 쉬면서 "나는 국군을 모시면서 누구라도 국군에게 접근하는 사람을 조심하고 또 조심했다. 그것은 국군의 귀를 어지럽히지 않게 하기 위함이었다. 하늘 아래 내 마음 아는 자 몇이나 있을까?"라고 되뇌었다.

"고소자는 이 틈을 엿보아 공자를 자기 집에 데려다 놓았습니다. 그리고 백방으로 알뜰살뜰 보살피고 또 국군까지 설복시켜 공자를 뵙게 했습니다. 이야말로 재상께서 현능한 자를 질투한다는 누명을 들씌우기 위함이옵니다."

안영은 여서를 보면서 물었다.

"여 대부는 어떻게 생각하는가?"

여서는 기민하게 두 눈을 끔벅끔벅하고, 세 오리 수염을 어루만지더니 자신감이 가득차서 대답했다.

"제가 보기엔 재상과 공자는 길이 서로 다르옵니다."

안영이 흥미가 동하여 물었다.

"어찌하여?"

여서는 계속해 말했다.

"재상께서는 현실을 추구하오며 공구는 옛 예의에 파묻혀있사오니, '도의가 서로 다르면 모략이 통하지 않는다'라고 했습니다."

안영은 상을 치며 말했다.

"여 대부가 내 맘을 아는구먼! 공자의 인품과 학식 그리고 도덕과 문장에 탄복했지. 좋은 벗은 될 수 있어도 하나의 궁궐에서 뜻을 함께 하는 신하로 살기는 힘들 것 같네!"

제 경공이 정치에 관해 묻고 공자가 답(答)하다

이튿날 조회 후, 온유하고 양순한 제 경공은 제궁에서 공자를 접견했다. 그는 옛 친구처럼 대하며 공자에게 물었다.

"전에 공자께서 과인에게 권한 말은 실로 유익했소! 과인이 진목공과 비하지는 못하옵니다만 백리계 같은 현능한 인재에 대해서는 몹시 존중하고 환영합니다. 정치는 어떻게 해야 청명한 것이옵니까?"

공자는 경공의 질문에 바로 대답했다.

"군주는 군주같이, 신하는 신하답게, 아비는 아비처럼, 아들은 아들답게 처신할 수 있으면, 이것이 바로 청명한 정치이옵니다."

제 경공이 상을 치며 말했다.

"말을 잘 하였소. 만일 참으로 군주가 군주 같지 않고, 신하가 신하답지 않고, 아비가 아비 같지 않고, 아들이 아들 같지 않다면 천만 석 곡식이 있다 해도 과인은 그것을 어떻게 먹을 수 있겠소!"

며칠이 지난 후 제 경공은 재차 공자를 회견하였다. 그런데 고소자도 있었다.

제 경공이 공자에게 물었다.

"공자가 이 나라에 온 지도 수일이 되었는데, 공자가 보기에 이 나라에서 제일 요긴한 자는 누구 같은가?"

공자가 대답했다.

"관자(管子)는 '창고가 차야 예의를 알 수 있다'라고 말했습니다. 당연히 재물을 절약하는 자이옵니다."

제 경공은 안영을 극히 존경하고 중시하는데 바로 안영이 매우 근검했다. 그는 공자가 이토록 근검을 숭상하는 것을 보고 마음이 흡족했다.

"말을 참 잘 하였소! 공자가 이렇게 근검을 창도하니 안 재상과 뜻이 같은 것이로구먼!"

고소자가 옆에서 씁쓸하게 웃으면서 말했다.

"애석하게도 동로 부동심(同老不同心)입니다."

제 경공이 흠칫하며 다그쳤다.

"경의 말이 사실인가?"

"공자께서 증명할 수 있소이다."

제 경공은 노여워하면서 이렇게 말했다.

"과인은 공자가 제나라에 온 것을 야밤에 성월(星月)을 바라는 듯했소. 과인에게 정상적인 법도에서 벗어나는 것을 방지하게끔 간언해 주었으면 좋겠소. 과인의 과실을 사전에 방지하기 위해 니계(尼谿) 일대를 그대에게 봉지로 주겠소. 식읍으로 삼으시오."

고소자는 감탄하면서 말했다

"지혜로운 군주이옵니다. 이렇게 하신다면 천하의 성현이 모두 제나라에 모일 것이외다."

공자는 급기야 손을 감싸 쥐고 말했다.

"국군의 두터운 은정에 공구는 감사하오나, 제나라에 대한 공덕이 한 치도 없사온데 공이 없음에도 봉록을 받으면 국군께서 상벌이 명확해지지 않습니다. 그리고 노나라 군주께서 제나라에 피신하여 있습니다. 나라가 있어도 돌아가지 못하고 있습니다. 군주가 치욕을 당하는데 어찌 신하가 책봉을 받을 수 있겠소이까?"

이에 제 경공이 설명했다.

"고상한 풍모와 아름다운 절개는 과인이 탄복할 일이로다! 과인은 종래로 충신 효자를 공경하고 중히 여기니 봉지를 책봉 받아도 당연한 일이라 생각하오."

"국군에게 아뢰외다. 공구는 참으로 복종하지 못하겠나이다."

제 경공은 손짓을 하면서 우겼다.

"과인의 생각이 굳었으니 더 말할 필요 없소이다."

안영은 자신의 검소하고 비루한 서재에서 음모를 꾸미고 있었다. 그는 내일 낯을 붉히더라도 바른말을 간하여 국가와 국민을 오도했다며 공구를 중용하지 못하게 하겠노라 결심했다. 그래서 여서가 안영에게 아뢰기를 '국군의 생각이 굳었사옵니다. 속담에 "국군과 동반하는 것이 호랑이와 동반하는 것과 마찬가지"라고 했습니다. 국군을 노엽게 했다가 봉변이라도 당하여 목숨까지 잃으면 어찌하시렵니까?' 하니 안영은 '나라가 있어야 백성이 있다는 것을 알 뿐, 집이 있어야 목숨도 있다는 것은 모르는 게지'라며 확신에 차서 말했다.

여서가 말했다.

"귀에 거슬리는 말이 있사오니 어찌해야 할지 모르겠나이다."

"할 말이 있으면 하시지요."

"재상께서는 타인들이 속이 좁아 현능지사를 용납하지 못한다고 손가락질하는 것을 두려워하지 않소이까?"

"대신으로서의 안영은 국가 대사를 생각할 때에는 마음에 '자기'란 두 자가 없소이다."

여서가 감동 받았는지 눈시울을 적셨다. 만일 국군이 나무라면 자신도 재상과 함께 벼슬을 버리고 영원히 그만두겠노라 생각했다.

제궁 안에는 경공과 안영 둘밖에 없었다.

"국군! 그 일은 절대 삼가시옵소서!"

안영은 경공의 결정을 듣자, 평소의 겸손과 유연한 태도는 가뭇없고 태도가 매우 강경했다. 제 경공은 이해가 가지 않아 의아한 마음으로 따져 물었다

"무엇 때문에?"

그랬더니 안영이 말했다.

"국군에게 아뢰외다! 유생은 거반 성격이 오만하옵니다. 법도를 지

키기 힘드니 신하로 생활하기는 더욱 어렵습니다."

제 경공이 이 말을 반박하며 말했다.

"과인이 보기엔 공자는 세속적인 유생 같지 않네!"

"국군께서 보심이 매우 지당하옵니다. 공자는 실로 일반 유생과 유별합니다. 일반 유생보다 더욱 어리석고 상한 사람입니다. 그는 모든 일은 고인을 따라 배우고 고례에 맞게 행하라고 주장하옵니다. 하지만 고인은 이미 다 죽어버리고 뼈마저 재가 되었사옵니다. 하온데 옛 예절이나 옛날 법이 변하지 않는 것이 있습니까? 공자는 복고를 제창합니다. 그러나 자신은 나무를 엮어 둥지를 만들어 살지 않습니다. 나뭇잎으로 옷을 만들어 입지 않습니다. 생고기를 먹지 않고, 의식과 기거에 매우 신경을 쓰고 있사옵니다."

안영이 말하는데, 입을 벌리니 청산유수여서 변론가로 손색이 없었다. 전에 초나라에 출사하여 자신을 업신여기던 초군과 대신들을 개망신시켜 놓은 전력도 있었다.

"공자는 절약을 제창하는데 이것이 경과 같은 견해가 아닌가?"

제 경공은 김빠진 공이 되어 말조차 힘없이 했다. 안영은 그의 말을 받아 자신의 주장을 고집했다.

"그는 비록 절약을 제창한다 하지만, 상례를 매우 중요시합니다. 지나친 겉치레를 주장합니다. 어머니를 장례 치르면서 가산 탕진도 아까워하지 않았습니다. 그러면서 이런 습속을 어떻게 제창할 수 있겠사옵니까? 또 그들은 가는 곳마다 유세하면서 지위가 높은 벼슬이나 많은 녹봉을 구하는데 어떻게 나라를 다스리는 대사에 쓸 수 있사옵니까?

대현은 소실되고, 주나라 왕실은 쇠퇴했습니다. 예악은 구전하지 못한 지 오래이옵니다. 공자는 겉치레만 번잡하고 자질구레한 예절만 신경을 씁니다. 그런데 국군께서 만일 이것으로 제나라의 풍속을 바꾼다면 이것이야말로 나라를 망치는 것이옵니다."

이에 군왕은 봉지를 책봉하는 일을 미루시면서 다시 생각해 보겠다고 했다.

이때부터 제 경공은 공자를 늘 궁중에 불러들여 학문을 탐구하고 토론하긴 하지만, 정사에 대해서는 더 묻지 않았다. 봉지 책봉에 대한 말은 일언반구도 하지 않았다. 공자는 할 일 없이 매일 고소자의 집에서 제자에게 글이나 가르치며 고 씨네 집을 위해 문서 정리를 했다. 공자와 그 제자들의 비용은 모두 고소자가 부담했다. 마부와 여자 종 각 1명을 배치하여 공자의 편의를 위해 심부름하게 했다.

공자는 밥이 오면 입을 벌리고, 옷이 오면 손을 내밀면 되었다. 생활은 실로 편안했다.

외족 새의 출현을 보고 수방책(水防策)을 세우다

하루는 제 경공이 조회를 하고 있을 때 외족 새 한 마리가 경공 앞에 앉았다가 날아갔다. 제 경공은 이상하여 안영에게 물었다.

"과인은 난생처음 발이 하나인 새를 보았다. 경은 그 새에 대해 아는 것이 있는가?"

"신은 정말 모르오니 이름을 붙이지 못하겠나이다."

제 경공은 또 다른 여러 신하에게 물어보았으나, 대답하는 자가 없었다. 이때 고소자가 제 경공을 보고 말했다.

"사람들은 공자를 박물군자라 부릅니다. 제가 가서 답을 얻어 아뢰면 어떻겠습니까?"

제 경공이 허락하자 고소자는 집에 돌아가 공자에게 사정을 말했다.

"이 새는 상양(商羊)이라 하온데 수재가 날 조짐이옵니다."

공자가 대답하고 예언을 덧붙였다.

"옛날에 아이들은 발을 하나 들고 두 팔을 벌려 뜀박질하면서 놀았습니다. 이때 '하늘에는 비가 오려고 상양이 춤을 춘다.'라고 노래 했지요. 오늘 제나라 조정문 앞에서 상양를 보았으니 수재가 있을 듯합니다. 빨리 백성들에게 알려 도랑을 치게 하십시오. 강물을 소통시키고 제방을 보수하여 수재를 방지하옵소서."

고소자는 공자의 말을 듣고 바쁘게 조회에 나가 제 경공에게 들려주니 경공은 안영에게 결정하라 했다. 안영은 공자의 학문에 관해 의심하여 마음으로는 믿지 않았으나, 어쩌지 못하고 관계되는 대신들과 방수 방안 채택에 관해 의논하고 전국에 반포하여 실행하도록 했다.

수일 후, 폭우가 내려 홍수가 범람했다. 주위의 나라들은 모두 수재를 당했는데 유독 제나라만 피할 수 있었다. 방비가 있어 밭과 곡식이 잘 보존했다. 전국 방방곡곡에서는 저마다 공자에게 감격하여 칭송이 자자했다.

홍수가 지나간 후, 제 경공은 안영과 공자의 문제를 의논했다. 공자의 학문은 백성들에게 많은 도움이 되었을 뿐만 아니라 나라에 해를 끼칠 리가 없어 봉지를 책봉할 생각이 되살아났다. 고소자는 적극적으로 간청했고 혜택받은 농부들은 손뼉을 치면서 좋아하니 제 경공은 매우 기뻐했다.

그런데 이때 안영이 제나라의 저명한 화가가 그린, 맑은 시냇물 안에서 고기와 새우들이 으뜸을 다투는 그림 한 폭을 가져 왔다. 화폭에는 추격하는 놈이 있는가 하면 도망을 치는 자도 있고, 큰 고기가 작은 고기를 먹고, 작은 고기는 새우를 먹고, 새우는 모래알을 먹고 있었다. 그중 큰 고기 한마리는 가는 실 풀에 꽁꽁 묶여 꼼짝달싹 못 했다. 냇가에는 영감 한 명이 당당하고 의젓하게 석판 위에 앉아 다른 고기와 새우가 걸리기를 기다리고 있었다.

제 경공이 한참 보았지만, 의미를 밝히지 못해 안영에게 물었다.

"과인은 그림의 의미를 모르겠으니 경이 설명해 주시오!"

안영이 그림을 하나씩 짚어가면서 설명했다.

"얼핏 보기에 이 그림은 자연 경물을 묘사한 것 같습니다. 그렇지만 실은 천하 정세를 설명한 그림입니다. 왕께서 보시옵소서. 큰 고기가 작은 고기를 먹고, 작은 고기는 새우를 먹습니다. 새우가 모래알을 먹고 있는 것이 바로 제후들의 권력 다툼을 의미합니다. 강함이 약함을 능욕하고 무리지어 약한 자를 폭행하는 것과 같습니다. 내가 상대를 삼켜 버리지 아니하면 상대가 나를 삼켜 버리는 것입니다. 이것이 제후들의 권력 다툼으로 천하 판국이 결정되는 것과 같습니다. 우선 중요시할 것은 바로 부국강병입니다. 그것은 이 어부가 되는 것이 아니겠사옵나이까? 그러나 공자가 하고자 하는 주례(周禮)와 고악(古樂)은 다르옵나이다. 사람들과 어떻게 만나며 걸음을 어떻게 걷는가 하는 것이옵니다. 그리고 어떤 옷을 입고 어떤 일을 해야 하는가를 추구하고 있사옵니다. 이런 것은 권력 다툼에는 쓸모가 없을 뿐만 아니라, 가는 실이 고기를 꽁꽁 묶어놓은 것과 같사옵나이다. 작은 고기와 새우도 몸과 마음을 건강케 할 수 없습니다. 나중엔 어부의 가마 속에 맛좋은 반찬이 되는 것이 아니겠사옵니까?"

제 경공은 안연의 말을 듣더니 상을 차고 일어나며 말했다.

"됐네, 됐어! 과인의 눈이 다 틔었네!"

태사의 거문고 소리를 듣고 스승에게 절하고 거문고를 배우다

하루는 고소자가 공자를 모시고 들놀이하러 가고 있었다. 갑자기 듣기 좋은 악곡이 화려한 건물에서 들려왔다. 공자는 걸음을 멈추고 가만히 들었다.

그 악곡은 전원 경치와 태평성세를 화폭에 묘사한 것으로, 후덕하고 대범하며 공손하고 예의 밝은 노자의 자상한 형상을 그대로 그려내고 있었다.

그 악곡 소리에 반해 공자는 혀를 껄껄 차면서 성급해진 나머지 고소자에게 물었다.

"이런 미묘한 음악이 있을 줄이야!"

"이 소리가 나는 집은 제나라 악관의 관저입니다. 당연 악관의 거문고 소리일 것입니다."

공자와 제 태사는 처음 만났음에도 오랫동안 알고 지낸 것처럼 잘 통했다. 음악을 담론할 때 태사는 유문 필답했다. 장홍보다 더 자세히 대답해 주었다. 태사는 방금 연주한 악곡의 이름이 소(韶)라 했고, 순을 가송하는 작품이라고 알려주었다.

"공구는 낙읍에서 장홍이 조직하고 연주한 대부를 구경했사옵니다. 그리고 오늘 또 태사께서 연주한 소를 들었사옵니다. 하온데 소악이 무악보다 우월하다고 생각됩니다. 태사께서는 어떻게 생각하시옵니까?"

"공자의 말씀이 지당하옵니다."

공자는 다시 물었다.

"공구는 일사불명(一事不明) 하여 다시 여쭙나이다. 소악과 무악은 어느 것이 앞섰사옵니까? 무악은 어찌 소악처럼 그 의미가 명확하지 못하옵니까?"

"그것은 순과 우, 이 두 사람의 배경이 다르기 때문이옵니다. 순은 순경(順境)이 그 배경이었사옵니다. 당뇨(唐堯)는 우선 그의 두 딸을 순에게 시집보내고 그다음 제위를 선양했습니다. 그 선양이 아주 순리로웠기 때문에 낙관적입니다. 그래서 오현금을 발명하고 남풍을 창작했습니다. " 남풍이여, 훈훈하기도 하여라. / 우리 백성 원한을 풀어주누나. / 남풍 일 때를 잘 맞추어라. / 우리 백성 재물이 풍부해지네."라고 쓰여 있사온데 노랫소리는 그토록 굉장합니다."

가사는 기쁨이 가득차 있어 시냇물인 양 유창하게 흘러내려 갔다.

"무왕이 처한 시대는 역경이 많았습니다. 문왕의 패위를 싣고 다니면서 동정 벌주(伐紂)했습니다. 그러다가 백의와 숙제를 만났는데, 그들은 말 앞에 꿇어앉아 '신이 군을 토벌하는 것은 불인이요'라고 하였사옵니다. 백의와 숙제는 고죽군(孤竹君) 두 아들이었는데, 상나라 주왕의 신하는 아니나 문왕의 인덕을 잘 알고 있었습니다. 역리지공(逆理之功)을 쌓지 말도록 말 앞에 엎드려 간청하였던 것입니다. 무왕은 상주의 천하를 얻었으나 신이 군을 토벌한 공론은 벗어나지 못했나이다. 그 역경 속에서 악곡을 만들어 자신의 공덕을 나타내야 했사옵니다. 반대로 낡은, 군주의 죄악을 많이 찾아내야 했기 때문에 곡조 중에는 어물어물한 일면을 극복할 수 없었나이다. 그리하여 그 악곡의 이름을 '무'라 하였사옵니다."

"태사께서 하신 말씀이 매우 지당하옵니다. 공구가 소악을 배우려는데 태사님의 승낙을 구하옵니다."

그때부터 공자는 성심껏 소를 배웠다. 이상적 경지에 이르기까지는 3개월의 긴 시간이 걸렸다.

자로는 스승이 하루가 다르게 수척해지자 가슴이 아팠다. 그는 산에 들어가 사슴을 한 마리 잡아 탕을 끓였다. 봄 부추와 함께 참깨 기름으로 볶아 만두를 빚어 올렸다. 공자는 사슴고기를 먹어 보지 못해서 맛

있게 먹었다. 자로는 칭찬을 받을 것이라 생각하며 찐만두를 가져갔다. 이때 공자는 매우 흥분된 상태였다. 여전히 거문고를 뜯고 머리를 흔들었다. 그러다가 갑자기 거문고 소리를 뚝 멈추더니 어린애처럼 높은 소리로 '성공했다! 성공했어. 이것은 세상에서 제일 좋은 음악으로 진선진미로다. 완전하고도 아름다운 악곡이다.'라며 홀연히 그는 자로가 옆에 서 있는 것을 보고 손으로 그의 어깨를 치며 말했다.

"중유! 이 선생이 악곡을 배움에 있어서 또 한 단계 내디뎠네. 오후에 시장에 가 소고기를 사서 오시게. 삼 개월간 소고기 맛을 보지 못했다네."

자로는 공자의 말을 듣고 저도 모르게 웃었다. 공자가 이상하게 생각하면서 왜 웃느냐고 물었다.

"스승님께서 방금 드신 것은 무엇이옵니까?"

"무엇을 먹다니, 나는 아무것도 먹지 않았다네."

"이 고기만두를 아직 내가지도 않았습니다. 기름기가 아직 입가에 있는데도 말입니다."

"그래? 음악을 감상하는데 이 지경까지 되었는가?"

공자는 손으로 입가를 닦아 보았다. 과연 기름기가 있는 것을 발견하고 만두를 입에 가져갔다.

"음, 참 맛있구먼!"

공자는 한바탕 웃었는데 눈이 촉촉하게 젖었다.

그때 먼지투성이인 자로가 옥으로 만든 술잔을 공자 앞에 내 놓았다.

"이것은 국군께서 드리는 것입니다. 스승님께서 고소자에게 주어 경공에게 병사를 파견하여 국군의 복위를 도와달라고 하시라는 것이옵니다."

그리고 그는 또 옥환(玉環)을 내놓으면서 말했다.

"이것은 국군께서 스승님께 드리는 것이옵니다. 이 양피 갖옷은 제자들에게 은사한 것이옵니다."

공자는 소공의 선물을 보았다. 옥환이 초록색으로 빛났다. 공자는 잠깐 손에다 쥐고 놀다가 옥두와 함께 놓았다.

"이것을 고소자에게 가져가시게. 물건을 주고받을 수 있어야, 정도 깊어지는 법이라네."

자로는 정답게 선생을 쳐다보았다. 옥으로 만든 아름다운 술잔과 옥환 그리고 양피 갖옷까지 한데 쌓아서 고소자에게 드리기 위해 서재로 들어갔다. 그는 천천히 봇짐을 풀어 보더니 옥으로 만든 술잔과 옥환에서 손을 떼지 않았다.

이에 자로가 말했다.

"우리 국군께서 지금 집이 있어도 돌아가지 못하고 있사옵니다. 하오니 나리께서 도와줄 수만 있다면 장래엔 ……."

고소자가 옥으로 만든 술잔을 놓고는, 옥환을 쥐고 눈을 거슴치레하고 쳐다보았다.

"우리 국군께서 제나라와 노나라는 외삼촌과 생질의 친척 관계로서 또한 이웃이라……."

고소자는 옥환을 놓고는 양피 갖옷을 몸에 대 보았다. 자로는 갑자기 보검을 빼 예리한 날로 옥환과 옥으로 만든 술잔을 눌렀다.

"우리 국군이 말씀하였사온데, 고 대부께서 예물이 보잘것없다 여기신다면 바로……."

고소자가 웃으며 말했다.

"얼마 가지 않아 안영이 이곳을 떠날 것이네. 그때 가서 국군에게 간청하면 꼭 노후께서 만족하실 걸세."

자로는 천천히 보검을 칼집에 꽂아 넣고 읍을 하며 말했다.

"모든 것을 고 대부에게 맡기옵니다. 하오니 우리 국군께서는 매우 감격하실 것이옵니다."

노 소공의 복국(复国)을 시도했으나 실패하다

공자 나이 37세 때였다. 안영은 시찰을 가고 수도에 없었다. 고 대부는 이 기회를 타서 노나라를 토벌하려했다. 노 소공을 도와 나라를 회복할 수 있도록 제 경공을 설복시켰다.

병사들이 운성까지 갔다.

어쩐 일인지, 노나라 군대는 계평자의 명령을 받고 저항하지 않았을 뿐만 아니라 성문을 열고 병사들을 접대하였다. 노 소공의 귀국을 맞아들이려 하니 제나라 장군에게 계평자는 소공의 말처럼 나빠 보이지 않았다. 노 소공의 복국이 성사될 무렵 안영이 파견한 사자가 와서 군대를 철수시켰다. 이에 소공의 복국은 물거품이 되었다.

어느 날 갑작스럽게 제 경공이 공자를 청해서 제나라 궁전으로 갔을 때였다. 제 경공은 홀로 거문고를 치고 있었다. 그 거문고 소리는 눈을 뜰듯 말듯, 잘듯 말듯 하는 갓난아기와 같았다.

한 곡을 마친 경공이 눈을 감고 몸과 마음을 안정시키고 있었다. 그러면서 공자를 거들떠보지도 않다가 한참 후에야 밑도 끝도 없이 한마디 던졌다.

"공자! 노 소공이 계평자를 중용하는 것처럼 공자를 중용했었지? 그런데 과인은 그럴 수 없네. 맹 씨를 대하는 것처럼 무작정 기다리려니 과인은 내키지 않네. 그러므로 과인은 공자를 계씨와 안씨 두 사람의 가운데 놓고 대하겠네."

제 경공의 말을 듣고 공자의 마음은 불타는 듯했다.

군자는 출로는 빌어도 밥은 빌 수 없다고 했다. 공자의 이번 출행은 제나라에 무엇을 얻어먹겠다고 온 것이 아니었다. 제 경공은 무엇 때문에 이런 말을 하는 것인가? 제 경공이 기지개를 켜고 하품까지 하면서 대뇌였다.

"과인은 늙었소이다! 공자를 쓰지 못하도록……."

경공의 태도만 냉담해진 것이 아니었다. 이제는 축객령까지 내리는 것이 아닌가? 공자의 손이 떨기 시작했다.

한참이나 묵묵히 앉아있던 경공이 노래를 부탁했다.

"문 왕조 한 곡 들려주시오!"

공자가 준엄한 표정을 하고, 거문고 상에 마주 앉아 손가락으로 현줄을 튕겼다. 그 소리가 때로는 천군만마가 내달리는 듯, 때로는 느슨해져서 푸른 하늘에 둥둥 떠다니는 구름과 같았다.

제 경공이 공자를 회견하고 있을 때, 고씨 댁 객실에서는 한 음모가 잉태되고 있었다. 고소자는 다리를 틀고 편안하게 앉아, 마치 자기의 이상을 말 등에 실어 채찍질이라도 하듯 차를 마시면서 생각했다.

안영의 명령에 노나라 토벌군은 곧바로 귀국했다. 자신은 또 한 번 안영에게 지고 말았다. 이전 같았으면 그는 미친 듯이 음주하며 가슴을 치고, 발을 구르고, 사람에게 욕하고 죽였을 것이다. 그러나 이번만은 태연했으며 의외로 기뻐했다. 그것은 안영이 공자 사도들을 화나게 하여 죽였다는, 차도살인(借刀殺人)을 할 수 있기 때문이다.

첫째, 안영을 없애버리는데 아무런 죄명도 덮어씌울 필요가 없다. 둘째, 공자가 2년 남짓 제나라에 준 영향력을 제거하는 동시에 그를 축출할 수 있다. 일거양득이 따로 없으리라!

공자가 제궁에 입궁한 기회에 고소자는 자로를 데려다 모의하기로 했다. 자로가 검을 차고 객실로 들어왔다. 그곳에는 고소자 외에 키가 크고 등골이 실하고 오른쪽 이마에 세 치 남짓한 자홍색 칼자국까지 찍혀있는 자가 있었다. 그는 그림자처럼 고소자의 곁에서 말할 줄도, 웃을 줄도 모르는 목석과 같은 표정으로 서 있었다.

고소자는 자로가 객실에 들어오자 갑자기 몹시 성난 척, 상을 '탁' 치자 상위에 놓인 찻잔이 덜컹거렸다. 마음속에 쌓이고 쌓인 울분들을 자로에게 토하려는 듯이 외쳤다.

"다 된 일을 망쳐버리다니, 노후의 복국은 허망하구나!"

자로는 깜짝 놀라면서 고소자에게 물었다.

"복국이 허망하다니오? 제나라 군마가 운성에 벌써 도착하지 않았소이까?"

고소자는 고기가 낚시코에 걸린 것을 발견하고 화를 더욱 세차게 내며 내뱉듯 말했다.

"돌아오라는 명령만 없었더라면, 이때쯤이면 곡부까지 문제없었을 것을……."

자로는 갈피를 잡지 못하고 고소자에게 물었다.

"돌아오라는 명령이라니? 어떻게 이런 말을 할 수가 있소이까?"

"풍 장군은 모를 것이요. 안영이 외지에서 시찰하고 있을 때, 제나라가 노나라를 토벌한다는 소문을 들었답니다. 그래서 그는 밤을 다투어 임치(臨淄)로 돌아왔답니다. 제후에게 즉시로 철군할 것을 요구했지요. 그 난쟁이가 있는 한, 하관은 제나라에서 아무 일도 하지 못할 것이오."

자로는 묵묵히 별들이 떠 있는 밤하늘을 보며 침묵에 잠겨 있었다. 고소자는 객실에서 왔다 갔다 했다. 갑자기 자로 앞으로 와 걸음을 멈추고 자로를 부추겼다.

"공자는 천고의 성인으로서 제나라에서 큰일을 해야 합니다. 만민에게 복을 누리게 할 분인데, 안 씨 난쟁이가 방해합니다. 여러모로 방해하여 2년 동안이나 한 가지도 이룬 일이 없습니다. 오늘은 또 경공을 핍박하여 철군 명령까지 내렸습니다. 공자를 불충 불의에 빠뜨려 놓았소이다. 장군은 공자의 바른 도리를 가진 귀 제자이십니다. 또한, 충의지사입니다. 어떻게 수수방관을 할 수 있단 말입니까?"

고소자가 한 말은 자로의 마음속으로 쏙쏙 들어갔다. 공자가 제나라에 온 후 안영은 매사를 방해했다. 처음에는 제 경공을 소개해 주지 않았고, 후에는 공자의 식읍을 막았고, 또 소공의 복국이 희망이 보일 때 제후에게 철군할 것을 강요했다. 이 많은 사실이 증명되었으니 처음에 안영에 대한 자신의 평가가 정확했다는 것을 확인했다.

고소자는 자로의 무표정한 표정을 보고도 재촉하지 않았다. 그는 자기의 화살이 명중되었다고 은근히 기뻐했다. 보지 않아도 자로의 심정을 읽고 있다 생각했다. 자기가 제기한 문제에 관해 자로가 진지하게 생각하고 있다 판단했다. 객실 대청은 매우 조용하게 정적이 흘렀다. 세 사람의 호흡 소리와 고소자의 걸음 소리만 들릴 뿐이었다.

자로는 갑자기 땅이 꺼지도록 한숨을 쉬면서 고소자에게 해결 방안을 물었다.

"이렇게 된 바에 다른 방도가 없겠습니까?"

고소자는 빙긋이 웃으면서 말했다.

"방도가 있지요. 장군께서 겁을 먹지 않는다면 가능한 일이요."

고소자는 공자만 연구한 것이 아니라 자로에 관해서도 연구가 깊었다. 그와 같은 성격에는 격장법이 제일 효과적이다. 자로는 격장법에 넘어가 높은 소리로 외쳤다.

"어떤 방도지요? 고 공자께서 일러 주시지요."

"중유 장군은 과연 호탕한 성격이올시다."

고소자는 앞으로 다가가 자로의 어깨를 툭툭 치면서 작은 소리로 은근하게 말했다.

"당신이 나를 도와 안 난쟁이를 없애 버릴 수만 있다면, 경공께 추천하여 공자를 재상 자리에 앉게 하겠소. 그때에는 노후의 복국이 힘들지 않을 것입니다. 그뿐만 아니라 인의지도가 온 천하에 떨칠 것입니다. 이런 떡판이 어디에 있겠소이까?"

이에 자로는 그 말을 듣고 흠칫하더니 묵묵히 고개를 숙였다. 고소자는 차갑게 웃으며 더 은밀하게 말했다.

"설마 장군이 그런 담량이 없는 것은 아닌지?"

"중유가 그런 담량이 없는 것이 아니라, 인명은 대사입니다. 공자와 상론도 하지 않고 어떻게 망령되이 행동할 수 있겠습니까?"

"이 일은 공자가 알면 절대 안 됩니다."

"그것은 무슨 연유인지요?"

"장군이 생각해 보십시오. 공자께서는 천하의 대 성인이십니다. 하온데 옛 친구의 목을 어떻게 잘라버릴 수 있겠소이까? 그리고 만일의 경우, 소문이 흘러나간다고 생각해 보시오. 공자의 위명을 망쳐 버릴 수 있습니다. 하지만 장군이 노 군에게 충성하는 것을 잘 압니다. 그뿐만 아니라 공자에게 더욱 충성한다는 것도 잘 알고 있습니다. 따라서 하관의 예측이 틀림없을 것으로 생각합니다. 장군은 호탕하기로 천하에 이름이 나 있습니다. 노 군을 위한 충의와 공자의 염원을 위한 장군의 뜻을 잘 압니다. 불바다에라도 뛰어들리라 믿사옵니다."

"고 나리의 분부대로 중유는 행하려 하오니 말씀하시지요!"

자로는 고소자의 감언이설에 머리가 흐려진 것이 아니었다. 대답해 놓았다가 공자에게 아뢴 다음 다시 상황을 보자는 생각이였다. 고소자는 자로의 이야기를 듣고 기뻐서 어찌할 바를 몰랐다.

"중유 장군! 참으로 성인의 제자로서 충, 인, 의, 용을 겸비하였소이다."

말을 끝내고 자로는 가고, 고소자는 계속 마음이 바빴다.

자로의 보고를 들은 공자는 큰 수치를 당했다고 생각했다.

"중유! 우리가 짐을 싸서 이곳을 떠나세!"

그는 말을 마치자마자 고소자의 서재로 고별인사를 하러 갔다.

"고 나리님, 공구는 숱한 폐를 끼쳤사온데 저희는 이만 떠나려하옵니다."

공자의 말에 고소자는 흠칫 놀라 말했다.

"어떻게 이렇게 떠나려 하옵니까?"

"공구는 관사를 나가려 하옵니다."

고소자는 방안을 거닐다가 갑자기 멈추며 쌀쌀하게 말했다.

"공자가 후회할 때는 늦을 것이옵니다."

공자는 빙긋이 웃으면서 말했다.

"공구는 예의만 알 뿐, 후회라는 것을 모르고 살아왔소이다."

고소자는 오른팔을 쭉 펴더니 손님을 보내는 동작을 하면서 말했다.

"마음대로 하시지요."

공자는 자신감을 가지고 왔다가 실망스럽게 돌아가야 했다. 고소자는 배웅하지 않았다. 다만 그 자홍색 칼자국이 찍힌 사나이가 문밖까지 나왔을 뿐이다.

이튿날 오후 공자의 객실에서 안영과 공자가 바닥에 앉아 오래도록 담론했다. 헤어질 때 안영은 주먹을 싸쥐고 '공자께 더없는 양해를 구하옵니다.'라고 했다. 공자는 아무 대꾸도 하지 않았다. 안영은 가려다 말고 계속 설명했다.

"안영이 제나라의 재상을 담당하는 날까지 제나라와 노나라는 절대 교전하지 않을 것이옵니다."

"노나라에 안 재상과 같은 현능한 대신이 없는 것이 애석합니다!"

안영이 공자의 손을 잡으면서 말했다.

"공자는 저를 양해하여 주셨나이까?"

공자가 너그럽게 말했다.

"서로 자기 주인을 섬겨야 하는데, 양해하지 못할 것은 없사옵니다."

안영은 감동하여 두 손을 떨면서 오래도록 공자의 손을 꼭 쥐었다.

해는 서산에 지고, 노을은 하늘을 태우고, 관사는 석양빛으로 물들어 있었다. 마당에서 자로는 쌀을 씻고, 연백우는 나무를 패고 있었다. 증점은 부엌에 불을 지피고 제자들은 언제나처럼 저녁밥을 짓고 있었다. 까마귀 한 무리가 날아와 가지 없는 대추나무 위에 앉았다. 초상을 알리듯 깍깍거리는 것이 참으로 사람의 마음을 쓸쓸하게 했다.

연백우가 패던 장작을 집어 들고 힘껏 던지니 '퉁' 하는 소리와 함께 까마귀가 날아가 버렸다. 바로 이때, 여서가 뛰어들어와 경황없이 자로를 다그쳤다.

"빨리! 스승님을 뵙게 하여 주세요!"

여서가 전한 말은 오늘 저녁에 공자 사도를 해치는 자가 있다는 것이다. 공자는 설마 하면서도 '죄를 짓지 않았는데 마수를 뻗칠 자 누구라고?'하며 중얼거렸다. 여서가 안타까워하며 말했다.

"공자께서는 더 묻지 마시고 우리 재상 분부대로 하십옵소서. 의외의 사고를 당하지 마시고 빨리 떠나십시오."

자로는 만면에 살기를 띄우고, 검을 손에 들고 "설마 고소자의 가신은 아니겠지?"라고 하면서 대범한 척했다.

"겁낼 것 없어! 병사가 오면 장수로 막고, 홍수가 오면 흙으로 막으면 되는 것 아닌가!"

공자는 손짓하여 자로의 중얼거림을 끊고 묵묵히 있었다. 모두 말없이 못 박힌 듯 있는데 공자가 길게 한숨을 내 쉬었다.

"됐네. 우리는 이곳을 떠나세."

"밥이나 지어 드시고 가시지요."

자로가 말했다.

"당장 떠나세."

공자가 잘라 말했다.

씻어놓은 쌀을 하는 수 없이 주머니 안에 다시 쏟아 넣어 마차에 실었다. 마차는 급히 내달렸다. 마차 뒤로 물이 뚝뚝 떨어졌다. 여서는 공자 일행을 성문 밖까지 호송해 주었다. 칠흑의 성루 위에 한 키 작은 노인이 서서 허리 굽히고 공손하게 인사하며 그들을 배웅했다.

이때 복면을 한 두 사람이 날래고도 가볍게 높은 담장을 뛰어넘어 공자가 머물던 방에 들어갔다. 방안은 텅 비어 있었다. 바닥도 깨끗하게 청소되어 있었다. 그들은 서로 마주 보며 맹랑하게 생각했다. 바로 이때 관내 일꾼 한 사람이 콧노래를 부르면서 문을 열고 들어왔다. 갑자기 언뜻언뜻한 칼날이 그의 목을 노렸다.

"공구는 어디로 갔느냐?"

관사의 일꾼은 사시나무처럼 떨었다. 복면한 사람이 칼날을 번쩍이며 외쳤다.

"어서 말 못 해?"

"가, 갔사옵니다."

관사의 일꾼은 겁에 질려 쓰러졌다. 다른 복면인이 마당을 가리켰다.

"셋째, 저것 봐!"

그들은 함께 마당으로 나와 엎드려 살폈다. 물방울이 떨어진 자국이 반직선을 그리며 대문 밖으로 뻗어간 것을 보았다. 그 셋째라고 하는 복면인은 황소 숨을 내쉬며 말했다.

"이것은 형님들의 차질이요, 나와는 상관이 없소!"

망망한 들에는 땅거미가 짙게 드리웠다.

사마우(司馬牛)는 달리는 말에 채찍질하여 질풍 같이 내달렸다. 자로는 칼자루를 단단히 틀어쥐고 뭇 제자들과 함께 마차 뒤를 따랐다. 마차가 수림으로 들어갔을 때였다. 한 거무칙칙한 소나무처럼 생긴 것이 움직이고 있었다. 바람이 스쳐 지나간 뒤 귀신이 곡하는 듯한 소리가 밤하늘을 째는 듯했다. 솔밭 속에서 두 억새우 같은 복면한 사람이 나왔다.

"공구! 어딜 가시는가?"

자로가 급기야 장검을 빼 들었는데 이미 늦었다. 한 놈이 창을 들고 마차 안을 향해 찔렀다. 바로 이때 다른 한 놈이 여전히 창을 들고 앞으로 나섰다. 앞선 놈의 창끝을 막아 나섰다. 선공을 빼앗기는 듯했지만, 다행히도 공자는 목숨을 건졌다.

자로는 장검을 빼 들고 그 두 놈과 한판을 벌였다. 그런데 그중 한 놈이 다른 한 놈의 목을 쳐서 두 동강 내놓았다. 그리고 그는 공자에게 무릎을 꿇고 얼굴에 감싼 검은 천을 풀었다.

"공자께서 대단히 놀라셨겠습니다. 이 몹쓸 놈은 죽을 죄를 지었나이다."

공자는 얼른 그를 부축하면서 황송하다는 듯 말했다.

"장사가 공구를 보호하였기에 죽지 않았네. 그 은혜가 산보다 무거운데 죄를 짓다니? 천만의 말씀이외다."

장사는 습격자의 피 묻은 머리를 들고 칼로 검은 천을 벗겼다. 오른쪽 이마에 찍힌 세 치 남짓한 칼자국이 드러났다. 공자와 그의 제자들은 그제야 모든 것을 알아차렸다.

공자를 살린 장사의 이름은 공석애(公晳哀)로 자는 계차(季次)였고 고소자의 시위병이었다. 그는 2년 전 노나라 여인 척후자와 결혼했다. 집이 곡부성 궐리가(闕里街)였기에 공자의 이웃으로 늘 담장 넘어 강학 소리를 들을 수 있었다. 그리하여 공자의 사상에 대하여 잘 알게 되었다.

공자가 제나라에 왔을 때부터 척후자는 남편에게 부탁하여 학문을 배우고 남편은 공자의 안전을 책임지게 했다. 그런데 오늘 오후에 고소자가 심복 사병들에게 밀지를 내려 '공자를 암살하라'라고 한 것을 알고, 안전하게 출경시켜 은공을 갚기로 해 남편에게 부탁했다.

이날 밤이었다.

완곡하고 애처로운 노랫소리가 임치 상공에서 메아리쳤다. 그 노랫소리는 마치 하늘에서 울리는 듯했다. 또 땅에서 울려 나온 것 같기도 했다. 삼림에서, 산등성이에서, 계곡에서, 냇가에서 어디 할 것 없이 모두 들려왔다.

그 노랫소리는 나약한 여자의 목소리 같았다. 노랫소리도 아니고, 신음도 아니었다. 사람들에게 하소연하는 천년의 호소이고, 만년의 애잔한 소리였다. 약한 곡 음은 톱날이 되어 사람의 오장육부를 긁어 부수는 듯했다. 핏방울처럼 참담한 노랫소리는 사람들이 눈물을 흘리게 했다. 그리고 선혈과 해골을 창끝으로 하천 속에 휘감아 넣는 것 같았다.

노랫소리를 들은 임치성 안팎에서 부귀빈천을 가리지 않고 남녀노소 할 것 없이 비통해 했다. 대성통곡하지 않는 자가 없었다. 이 비참한 노랫소리를 듣는 사람마다 비감에 잠겼다. 하(夏)나라의 마지막 군주인 하걸(夏桀)이 끓는 물 가마에 백성을 집어 넣으며 지르는 비명 소리처럼 들렸다. 상주가 대신들을 벌거벗겨 구리기둥에 오르게 하는 비명을 듣는 듯, 제후들의 전쟁 틈바구니에서 해골이 산더미가 되는 듯, 피가 강물을 이루는 것을 목격하는 듯했다.

노랫소리는 계속되었다. 제 경공은 이 시각에 울고 있었다. 선조인 제 환공이 열국의 패주였던 일을 떠올리게 했다. 중원을 통치한 위풍당당한 일이 떠올랐지만, 오늘에 와서 제나라는 일어서지 못하니 이 얼마나 눈물겨운 일인가!

노랫소리는 점점 멀어졌지만, 백성들의 울음소리는 멎지 않아 엉엉 울고 있었다. 제 경공은 정사를 보지 못하고 매일 침궁에서 부인과 이마를 맞대고 울었다.

사흘 후, 노랫소리의 주인을 찾아 자기의 가마로 모셔 오게 했다. 친히 문밖에 나가 맞아들였다. 그는 속으로 그녀는 기필코 어느 궁중의 규수일 것으로 생각했다. 일월이 훤한 절세가인일 것이니 후궁에 남겨둘 생각까지 했다. 이렇게 헛생각을 하는 중에 가마의 방울 소리가 났다. 그러더니 한 여인이 내려오는 것이 보였다. 그녀는 농가의 거친 베옷에 갈색 배바지를 입고 머리에는 흰 꽃 한 송이가 꽂혀 있는 민간의 부인이었다. 검게 그을린 그녀의 얼굴엔 붉은 홍조를 띠었고, 양미간에는 애원이 가득 차 있었다. 건강해 보였고 행동거지에는 민간의 젊은 색시의 풍미도 깃들어 있었다.

그녀는 천천히 걸어와 인사했다.

"민녀가 대왕님을 배견(拜見)하옵니다."

제 경공은 흠칫 놀라 말없이 있다가 민녀에게 물었다.

"자네가 노래를 부르던 여자인가?"

"예. 바로 제가 그 여자이옵니다."

제 경공은 그녀의 대답을 듣고 고개를 끄덕이며 계속 꼼꼼히 훑어보았다. 안영은 이 시각에 제 경공의 표정과 속내를 유심히 들여다보았다. 호색한 군왕이 시골 여인에게 반해 이대로 나가다간 망신을 당하고 말 것 같았다. 어떻게 하면 좋은가? 여기까지 생각한 그는 자신이 궁금한 것을 물었다.

"여보게 부인! 댁은 어디며, 무엇 때문에 노래를 불렀소?"

그녀는 몸을 살짝 돌리고 고개를 갸우뚱하면서 대답했다.

"저의 시댁은 인 씨이옵고 시아버님은 일찍 돌아가셨습니다. 시동생은 전장에서 사망했습니다. 시어머님은 실명하여 생각할수록 비통하고 눈물이 납니다. 저도 모르게 한 곡 불렀는데 군왕까지 놀라게 할 줄은 생각하지 못했습니다. 이렇게 할 수밖에 없었으니 용서하여 주시옵소서!

"이름 자를 어떻게 쓰시오?"

"저의 천한 성은 척(戚) 자이고, 이름은 추자(秋子)라 하옵니다."

제 경공이 말했다.

"척추자! 우아한 이름이군! 과인과 함께 술을 마시며 노래나 한 곡 불러보세!"

"대왕께 아뢰옵니다. 저에게는 비참한 노래만 있을 뿐, 기쁜 노래는 없나이다."

"그것은 무엇 때문인가?"

제 경공이 놀랍다는 듯 물었다.

"저는 이 풍요로운 가을에 태어났기 때문에 가는 곳마다 피난민이 가득했습니다. 아사한 시체가 천지에 가득했습니다. 아이들은 배고프다 엉- 엉-, 늙은 부모는 자식 부르며 슬피 우는데 어떻게 기쁜 노래가 나올 수 있겠나이까?"

척추자의 말은 안영을 매우 놀라게 했다.

한 민간의 촌부가 군왕 앞에서 조정을 이처럼 풍자하니 얼마나 대담한가! 한데도 제 경공은 벌써 취한 것처럼 말도 정확하게 하지 못하면서 척추자를 덮치려 했다.

"오라! 미인이여. 괴로워하지 마라! 과인은 너와 함께 유- 쾌히…."

안영은 어찌할 수가 없어서 제 경공 부인을 모셔 오게 했다. 척추자는 몸을 쪼그려 무릎을 꿇는 척하며 제 경공을 피했다. 제 경공이 재차 덮치려 하자 무릎을 꿇으면서 떠받쳐 놓는다. 제 경공은 비칠거리며 몇 발짝 물러섰다가 난처하게 나자빠졌다. 그러자 그녀는 '제가 대왕님께 인사 올리옵나이다.'라고 태연자약하게 말했다.

'안영은 참으로 기민하고 총명한 여자로군!'하며 속으로 감복하며 큰소리로 소리쳤다.

"마마께서 오심을 배영하옵니다."

그리고 궁전 문 옆에 꿇어앉았다. 과연 효과가 있었다.

제 경공은 온몸을 부들부들 떨면서 급히 몸을 바르게하고 다시는 척추자를 거들떠보지 않았다. 이때 쩔렁거리는 소리와 함께 사락거리는 옷 끄는 소리가 나며 부인이 궁전 안으로 들어왔다. 민녀는 비통한 기색이고, 머리는 흐트러졌다. 옷고름마저 바로 매여져 있지 않아 마치 지병에 정신마저 흐린 가냘픈 여자 같았다. 바닥에 꿇어앉은 척추자에게 다가가 부인은 부축해 앉히면서 물었다.

"자네가 그날 밤 노래를 부른 여인인가?"

"바로 제가 그 천녀(賤女)이옵니다."

안영은 경공이 말없이 고개를 숙이고 있는 모습을 보고 도적이 제발 저려 함을 알아차렸다. 그리하여 그는 경공의 체면을 세워주기 위해 추자를 타일렀다.

"추자. 자네는 제나라의 백성이 맞는가? 나라의 대사를 중히 여겨야 하지 않겠는가?"

"재상께서 무슨 말씀을 하시는지 모르겠사옵니다."

"지금 성안은 온통 깊은 슬픔에 잠겨 있다. 농부는 밭갈이를 하지 못하고 상인은 장을 보지 못한다. 병사는 대열을 서지 못하니 나라의 대사를 망치는 것이 아닌가? 어서 빨리 기쁜 노래를 불러라. 여러 사람의 깊은 슬픔을 기쁨으로 바꾸어야지."

"백성들의 마음에 환락이 없사온데, 소녀 기쁜 노래를 어떻게 할 수 있겠사옵니까?"

안영은 잠시 어떻게 대답하면 좋을지 몰랐다. 척추자가 서서 말을 이어갔다.

"마마께 아뢰옵나이다. 농부는 식량도 채 거두기 전에, 상인은 이윤도 얻기 전에 세금을 먼저 내야 하옵니다. 사나이는 성인도 되기 전에 병사로 뽑혀 가야만 하옵니다. 백성의 원한이 벌써 하늘을 찌르나이다. 단지 저 혼자 이 성을 비감하게 한 것이 아니옵나이다."

도리 있고 힘 있는 몇 마디 말에 경공과 안영은 어안이 벙벙했다. 그래도 부인께서 심지가 깊어 추자를 쓰다듬으시며 큰 언니가 동생을 위안하듯 척추자의 비위를 맞추었다.

"추자! 군은 군대로 신은 신대로, 백성은 백성대로 각기 말 못 할 사연이 있는 법이다! 자넨 슬픔을 참아야지! 그렇게 슬퍼하다가 병이라도 나면 어찌하려는가."

그녀는 눈을 내리깔고 잠잠해졌다.

"마마의 말씀이 지당하옵니다."

"추자, 다시는 온 성안의 백성들을 상심케 하지 마시게. 계속 이대로 나간다면 이로운 점이 하나도 없을 것일세."

안영이 보충하여 말했다.

척추자는 속으로 군신 모두가, 온 백성이 상심한 이유를 자신에게서 찾는다고 생각했다. 그래서 이 기회에 군신들에게 말을 에둘러 정치를 깨닫게 하기로 했다. 민초의 소망을 알려주는 것도 헛된 것이 아니라 생각했다.

"대왕님! 마마님! 재상님! 제게는 세 가지 소망이 있사옵니다. 만일 뜻대로 된다면 이가 바로 기쁨의 노래입니다. 흥겹게 부를 것이옵니다."

제 경공은 척추자의 말을 듣고 흥겨워하면서 말했다.

"너의 세 가지 소원이 무엇인지 과인에게 말해 보아라."

"마마께서는?"

척추자가 말하면서 부인에게 눈길을 돌렸다. 부인도 민간 여자에게 무슨 마음 찔리는 일이 있겠느냐 생각하면서 긍정의 눈길을 보냈다.

"재상께서는?"

"음……,"

재상은 속으로 수월치 않은 여자라고 생각했다. 들으니 가슴 속에 정치적 견해가 꽤 있다 싶던데, 쉽게 대답했다간 아니 되겠다 싶었다. 하나, 국군과 부인께서 대답을 앞세우니 만일 뒤따르지 않을 수도 없다. 국군과 부인의 체면이 어떻게 되겠는가. 여기까지 생각한 그는 눈을 굴리더니 둘러 대답했다.

"음…, 먼저 말해 보게. 늙은 소 콩밭으로 간다고"

안영은 머리를 흔들며 반문을 하는 의미를 나타냈다.

제 경공은 조급증이 나서 척추자를 졸랐다.

“첫 번째부터 말해 보게.”

“첫 번째는 대왕께서 옳은 정치를 펴시어야 합니다. 무를 중지시키고, 문을 닦으셔야 합니다. 절대로 성을 공략하여 땅을 빼앗는 전쟁을 일삼지 마십시오. 백성들에게 심한 고통을 주는 것이옵니다.”

“음, 그러세.”

제 경공은 척추자가 한 말을 생각해 보지도 않고 대답했다. 부인의 눈치를 피해 번갯불에 콩 굽듯이 그녀의 앞가슴을 한 번이라도 더 보려고 연신 헛 대답만 했다. 그림의 떡으로 배는 불리지 못할망정 깨물어 보려는 격이었다.

“두 번째는 군왕께서 백성을 사랑하신다면 부역을 낮춰야합니다. 이재민을 구제하며 관리를 잘 다스려 백성을 편하게 살게 해주십시오. 세도의 앞잡이들을 엄하게 징벌하여 주시옵소서.”

제 경공은 마지막 말에 방금 떳떳하지 못한 행동을 한 것 같았다. 척추자가 욕한 것으로 들려 황망히 눈길을 돌려버리고 수긍하고 말았다.

“세 번째는 군왕께서 현능한 인재를 중용하십시오. 간악한 자를 멀리하여 교화하고 인의를 행하시옵소서!”

“좋네! 좋아! 과인은 모두 승낙할 뿐만 아니라 꼭 시행할 것이니 시름 놓으시게.”

제 경공은 연신 칭찬하면서 대답했다.

안영은 세 가지 소망을 듣고 의문이 생겼다. 공자가 언제 저런 여(女)유생을 육성했을까? 그는 이 세 가지 소망은 공자의 치국술과 똑같다고 생각했다. 아마 우연히 들어맞는 것이겠지 하고 생각했다.

제나라는 동방의 제일 대국으로 낙후한 노나라보다 국세가 강했다. 백성이 부유했으며 수도인 임치도 곡부성보다 몇 배나 번성했다. 그러나 제나라는 패권정치를 실시하여 침략전쟁을 일삼았기에, 백성들에게 막중한 재난을 가져다 주어 원한 소리가 꼬리에 꼬리를 물고 일어났다. 이것이 바로 척추자의 노랫소리가 성안을 통곡시킨 주요 원인이었다.

"추자! 이리와 보게! 성안 백성들은 자네가 여기에 있다는 소문을 듣고 기쁜 노래를 불러 원한을 쫓아 버릴 것을 바란다네."

안영은 추자를 높은 계단으로 데리고 올라갔다. 과연 제나라 궁전 앞에는 사람들이 까맣게 몰려왔다. 추자는 잠깐 생각하더니 백성들 속에 들어가 노래를 부르기로 했다. 백성들 속에서 기쁜 노랫소리가 나올 수 있다고 마마에게 말하자 승낙했다.

"마마님! 군왕님! 재상님! 고맙소이다."

추자는 인사를 올리고 궁문을 나섰다.

문밖 사람들 속에는 한 사나이가 추자를 애타게 기다리고 있다가, 문이 열리기 바쁘게 총총걸음으로 다가왔다. 척추자도 사람들 속을 헤치고 들어가 그 사나이에게 안겼다.

"'추자! 백성들에게 기쁜 노래를 한 곡 들려 드려요."

사나이는 조용히 권했다.

"공석애! 공자는 무사하지요?"

"공자 일행은 3일 전에 벌써 제 나라를 안전하게 떠났어요."

척추자는 고개를 들고 정겹게 공석애를 보고 또 그의 넓은 가슴에 머리를 묻었다.

"추자! 백성들이 기다리는데 기쁜 노래 한 곡 불러요. 공자의 안전 귀국을 축하할 겸."

"네 -!"

척추자는 생면부지인 자매들의 손을 잡고 즐겁게 노래했다.

인덕에 현능한 노자와 공자여
예교로 봄바람 불어라!
니부(尼父)의 후예 모두 평안케
숭배하고 존경할지라!
우리 모두 잘살아 보세!
우리 모두 잘살아 보세!
고기 잡고 채집하여
가득가득 채워들 보세!
우리 모두 기쁨과 즐거움 넘쳐
노래하며 칭송 소리 높고 높아라!
우리 모두 잘살아 보세!
우리 모두 잘살아 보세!
종다리도 꾀꼴 새도 입을 다물고
노랫소리 멀리멀리 울려 퍼져라!
우리 모두 잘살아 보세!
우리 모두 잘살아 보세!

고향에 돌아와 혼사를 주관하고 행단을 진흥시키다

한 척의 돛단배 파도를 만나 항구를 찾듯 모든 짐승은 황혼이 되면 제 굴로 찾아든다. 그곳이 안전해서라기보다 제집이기 때문이다. 날마다 뜨고 지는 태양은 팔만 리 항해에도 피곤을 모르고 무한한 빛과 열을 뿌려 만물을 키우다, 저녁이면 서산으로 숨는 것 역시 누구나 가야 할 길이기 때문이리라.

공자는 제자들과 함께 제나라에 있었던 3년은 좌절의 연속이었다. 능욕당한 3년이었다. 오늘 그는 창망한 노을빛을 받으며 곡부성에 돌아왔다. 지금의 노나라는 정세가 위태롭고 정치가 어지러워 혼란은 3년 전보다 더 심했다. 이 뜨거운 땅에 발을 내디뎌야 한다. 그러나 그들의 마음은 편하고, 유쾌하고, 위안이 되었다. 이곳은 그들의 조국이고 고향이었다.

공자의 집안은 안온하고 열정적인 가풍으로 그는 하늘의 별이었다. 그가 있으므로 집안은 화기가 넘쳤다. 집안 식구들은 달과 별처럼 그를 중심으로 돌고 또 돌았다. 그는 이 가정의 주재자였다. 이곳엔 믿음직한 형과 현숙한 형수가 있었다. 사랑하는 예쁜 처자가 있었다. 이미 결혼한 23세의 멋지고 대범한 조카 자멸(子蔑)이 있었다. 사랑스러운 22세의 옥 같고 꽃다운 질녀 무가(無加)가 있었다. 장난꾸러기 백어(伯魚)도 이제는 18세로 연꽃 대처럼 쭉 빠졌고, 딸 무위(無違)도 이젠 16살을 먹더니 점잖아지고 현숙해졌다.

3년이란 시간은 공자에게 비록 짧았지만 늙음을 재촉하는 듯했다. 돌연한 공자의 귀가는 작은 천지에 봄이 깃든 것 같았다. 하늘은 온화해지고, 바람은 훈훈해졌다.

고요한 밤에 공자의 방은 여전히 등불 빛이 밝았다. 그들 부부는 등불을 사이에 두고 앉아있었다. 아내는 그동안의 이야기들을 구수하게 낭군에게 들려주었다. 공자는 아내가 고마웠다. 가정을 위해 많은 고생을 한 아내 곁으로 가, 보고 또 보았다. 고향을 멀리 떠나 온 송나라 여인을 낱낱이 보았다.

아내의 귀밑머리에 서리가 맺힌 것을 보았다. 처음으로 어머니에게서 나이보다 쉽게 노쇠했음을 발견했던 때가 생각나 몹시 안쓰럽고 긴장되었다. 자신이 가업을 버리고 아내와 갈라져 지낸 3년, 나그네로 살면서 아무 성사도 이루지 못한 기간이 후회스러웠다. 자책감에 부대끼기보다 하루빨리 벗어나야 했다. 가슴 속에서 북받쳐 오르는 우울한 기분을 숨겨버리기 위해 아내와 이 밤을 유쾌하고 행복하게 보내고 싶었다.

다음 날 아침 공자는 세수를 마치고 밥 먹을 사이도 없이 계평자를 찾아갔다. 노나라 궁전에는 문무백관이 줄지어 서 있었다. 계평자는 노 소공의 위치에 앉아 호통을 치고 있었다. 그는 더욱 살이쪄서 부석부석해 보이기까지 했다. 구슬 목걸이가 살을 파고 들어가고 있었다. 이러한 모습 역시 권력의 상징인가 보다.

공자는 합장하고 계평자에게 인사했다.

"공구가 재상님께 인사 올리옵니다."

계평자는 빙그레 웃었다. 3년 전에 치열한 싸움이 없었던 것처럼 유난히 대범한 척했다.

"공자는 언제나 예절이 밝소이다, 그 사이 공자는 무사하셨는가?"

"재상의 덕을 입어 공자는 제나라에 가서 학업에 많은 배움을 이뤘나이다."

"학업에서 배움이 많았다고, 또 나를 가르쳐줄 고견이 있겠소이다"

"재상! 듣건대 상나라의 백의와 숙제는 옛날의 원한을 따지지 않았다 하옵니다. 그래서 타인에게 미움을 보이지 않았다고 하옵나이다."

"그랬던가?"

계평자의 눈이 실처럼 가늘어졌다. 공자는 계속 말을 이었다.

"국군은 나라의 주인이고 재상은 만인 위에 높이 앉아 계시옵니다. 공자가 어찌 시비에 어긋나게 윗사람을 깔볼 수 있겠소이까. 그러나 재상께서 흉금을 넓히셔서 국군을 모셔 오십시오. 모셔 온다면 백의나 숙제처럼 이름을 날릴 수 있지 않겠소이까?"

계평자는 쓴웃음을 지으며 천천히 목에 걸린 목걸이를 풀었다. 옥구슬로 된 목걸이는 반짝반짝 빛을 뿌려 유달리 신성해 보였다. 한참 후 그는 실눈을 뜨고 말했다.

"부자! 당신이 보기에 이 정도 정권을 내가 욕심내는 것 같은가? 백관이 추천하기에 할 수 없이 임시로 쥔 것이외다. 여러 왕공 대신들! 모두 이 자리에 있는데, 소원이라면 누가 한번 해보시게! 자리를 바로 내주겠네!"

문무백관은 서로 쳐다보고만 있었다. 맹의자의 얼굴에는 공자에 대한 근심이 서려 있었다. 계평자는 손까지 내저으며 얼굴까지 벌게서 계속 말했다.

"공자! 당신은 늘 백성을 위해 가르침을 잘 전하지 않는가! 노나라 방방곡곡에 이삼 년간 계평자의 업적이 무엇인지 물어보시오. 이 계평자는 국사에 근면하였네. 나라와 백성을 위하여 성심을 다했네. 내 마음은 하늘까지도 알아볼 것이네."

"그러시다면 어찌하여 국군을 모셔다 함께 의정하지 않소이까?"

공자가 반박했다. 계평자는 실눈을 뜨면서 '내가 원하지 않는다면'하고 따졌다. 공자는 맹의자가 '스승님,'하면서 눈짓하는 것도 본체만체하면서 당당하게 '재상께서 불원하시오면 공자까지 운성에 추방하옵소서.'라고 들이댔다.

계평자는 쌀쌀하게 웃고 나서 반박했다.

"3년 전 노나라를 버리고 제나라에 간 것도 누가 추방한 것이었던가. 오늘 고향에 돌아온 것도 그 누가 청해서 오신 것인가. 국군과 함께 있고 싶거든 운성에 갈 것이지 왜 하필 곡부에 왔소?"

공자는 말문이 막혔다.

계평자는 갑자기 '하- 하 !' 하고 웃더니 말했다.

"고지식한 부자, 참으로 고지식한 공자로다. 됐소, 당신의 그 충성심에 감동해서라도 국군을 모셔 와야지!"

사실 계평자는 명예를 탐냈을 뿐이다. 전번에 제나라 군대가 운성에 왔을 때, 그는 영을 내려 성문을 열고 관병들을 접대하고 소공을 맞았다. 그런데 소공은 지난 일을 잊을 수 없어 함께 오려 하지 않았다. 오늘이라 다를 것이 없을 것이다. 계평자는 목걸이를 손에 쥐고 놀다가 갑자기 한탄하면서 되뇌었다.

"당신이 보기엔 이것이 권력의 상징 같소? 아니야, 이것은 목을 조이는 밧줄이란 말이요."

계평자는 노 소공을 모시러 가자고 했다. 공자는 계평자를 시험하기 위해 사람을 얼마나 데려가겠냐고 물었다.

"당신과 나, 이인 이거(二人二車)면 족하오."

계평자와 공자가 소공에게 갔다.

노 소공을 만나보니 그는 빨리도 늙어 삼 년만에 귀밑머리와 수염이 새하얗게 변했다. 그사이 신고와 고통을 겪었다는 것을 알 수 있었다. 그래도 그는 절대로 굴하지 않고 여전했으며 역시 고고했다. 공자는 혓바닥이 닳아 헤질 정도로 귀국할 것을 권고했지만 소공은 완강했다.

"경이 더 말할 필요 없네. 과인은 그 계씨와 절대로 양립할 수 없네. 타향에서 객사할지언정 괴뢰 노릇은 하지 않겠네. 계평자에게 얽매여 살지 않겠네."

공자가 큰코다친 격이 되었다. 계평자는 속으로 은근히 기뻤다. 운성행을 함으로 자기의 죄를 씻은 것이 되어 공자의 간언에 고마워했다. 그는 곡부에 돌아온 후 풍자하듯 공자에게 물었다.

"국군이 죄를 용서하지 않아 내 마음이 칼로 에는 것 같군. 공자! 앞으로 당신의 계획은 무엇이오?"

공자는 고개를 푹 숙이고 한참 사색했다. 오늘 노나라의 정권은 군주의 손에 쥐여 있지 않다. 대부가 독차지했는데 대부의 정사도 대신들이 대동한다. 그래야만 국명(国命)을 집행하는 셈이다. 언제부터 벼슬하길 꿈꾸고 급히 성사해서 재능을 발휘하려 했던가? 그러나 그런 권세 있는 자들과 휩쓸리기 싫었다.

"폭넓게 제자를 받아들여 행단(杏壇)을 다시 진흥시켰으면 합니다."

초겨울 은행나무는 잎이 모두 떨어지고 굵은 나뭇가지만 앙상했다. 쭉 빠진 원줄기는 사람들에게 자기의 모습을 드러냈다. 거친 껍질은 사람들에게 그의 나이와 자격을 알려 주는 것 같았다. 지난밤에 첫눈이 내려 나무에 은백 꽃을 활짝 피웠다. 수림은 백옥으로 수놓은 듯했다.

공자는 아침 일찍 행단에 나갔다. 향기가 그윽하고 따뜻한 감을 주는 은행나무들을 어루만지며 소복단장하고 있는 눈 세계를 멀리 내다보았다. 설렘을 달래기 어려웠다. 이 세상이 망망한 백설처럼 순결했으면 좋겠는데 흩날리고 있는 눈꽃들을 보면서 '내려라. 마음껏 내려라. 티끌 하나 없는 결백함으로 오물과 잡것들을 덮어 버려라!'라고 중얼거렸다.

오늘은 많은 사람이 배사입문(拜師入門) 하는 날이다. 제자들은 행단의 행단에 쌓인 눈을 청소하기 시작했다. 궐리 동쪽 보잘것없는 골목 안에 빼곡히 줄져있는 제일 끝 남루한 초가집에는 의복이 남루한 공자가 살고 있었다. 아비 안로(顏路)와 아들 안회(安回)는 흰 눈을 밟으며 앞으로 씩씩하게 걸어왔다.

안회는 나약해 보였으나, 길쭉한 몰골에 눈썹은 길고 드물었다. 훤칠한 이마에 코가 바르고 입이 번듯했다. 이글이글한 두 눈에서는 지혜로운 빛을 뿌리고 있었다. 그는 아비의 앞에서 참새처럼 뛰면서 꼬불꼬불한 눈 자국을 가득 남겨놓았다.

배사 의식이 시작되었다. 일곱 살의 안회는 앞의 사형(師兄) 행동을 모방하여 폐백으로 닭을 들고 공손하게 행단으로 올라갔다. 바로 이때 나이가 비슷한 부잣집 소년이 화려한 의복을 차려입고 득의양양하게 안회의 어깨를 스치며 오르더니 살이 통통하게 찐 닭 열 마리를 공자에게 드렸다.

이 부잣집 소년은 단목사(端木賜)로 자는 자공(子貢)이고 위(衛. 허난성) 나라 사람으로 아버지와 함께 장사하느라 노나라에 왔다. 그의 아비는 곡부성의 대단한 부자로 기민하며 말재주가 이만저만이 아니었다. 자공은 곁눈으로 안회의 손에 쥐어져 있는 메마른 닭을 흘겨보면서 입을 비쭉거렸다.

"이따위 한 마리 닭도 폐백이라 가지고 다니다니!"

안회는 침착하게 응대했다.

"스승께서는 폐백의 수량에 관해 규정하지 않았습니다. 우리와 같은 사람에게도 폐백을 내놓을 수 있도록 하신 것이 아니겠습니까?"

자공은 어안이 벙벙했다. 비록 나이는 어려도 그의 경험상 말씨름에 이제껏 상대가 없었다. 자공은 자신의 실수를 인정하지 않고 안회를 아래위로 훑어보면서 물었다.

"얼굴색이 노랗고 여윈 놈, 무슨 병이라도 있는 것 아니냐?"

"재산 없는 자를 빈궁한 자, 학식 없는 자를 환자라 합니다. 나는 빈궁한 자지 환자는 아닙니다."

자공은 안회에게 퇴박을 맞고 얼굴이 빨갛게 달아올랐다.

뭇사람들은 놀라운 기색으로 일곱 살짜리 아이를 보고 있었다. 안회는 아무 일도 일어나지 않은 듯이 공자 앞으로 가서 절을 했다. 공자는 그를 보면서 감개무량하여 속으로 생각하기를 이날까지 첫째 제자의 자리가 계속 비어 있었는데, 안회를 위한 것이었다고 생각했다.

몇 년 후, 안회는 과연 공문의 첫째가는 제자가 되었다.

공자는 50세에 출사하여 도재 벼슬을 하기 전까지 교학과 실천을 결부하여 시, 서, 예, 악 등 저서를 준비했다. 이때는 공자의 교육 활동 중 두 번째 최고봉의 시기로 산둥 경내의 제나라와 노나라 외에도 여러 곳에서 제자들이 찾아 왔다. 초(후베이성), 진(晉; 상서성), 진(陳; 허난성), 진(秦; 섬서성), 오(吳; 강소성) 등 당시 주요 제후국에서 제자가 찾아 왔다. 안회, 자공, 연구, 중궁(仲弓), 민자새(閔子賽), 재자(宰子), 공야장(公冶長) 등은 이 시기의 대표적인 제자였다.

공자가 행단에서 집으로 돌아왔을 때 형수와 아내가 모두 안색이 좋지 않았다. 사연을 들어보니 형수는 한숨을 쉬면서 말했다.

"도련님! 이 형수가 나무라는 것이 아닙니다. 도련님은 온종일 타인의 자녀들만 교육하십니까? 자기 집 자식에 관해서는 관심도 없으시니…."

형수의 나무람에 공자는 어안이 벙벙해서 되물었다.

"나는 백어나 공멸 등 아이들에게 심혈을 기울여 교육을 통해 용이 되기를 희망하고 있습니다. 그런데 왜 이런 말씀을 하십니까?"

공자의 아내는 두 집 애들은 벌써 다 컸습니다. 속담에 '남아가 크면 장가들고, 계집애가 크면 시집보내라'고 합니다. 그런데 좀 살펴주시면 좋겠습니다.

형수는 공자 아내의 말을 이어받아 말했다.

"그래요. 무가(無加)는 벌써 스물두 살입니다. 도련님이 제나라에서 3년이나 있을 때 문턱에 불이 났었습니다. 집에 입이 천 개라도 도련님이 주장자이십니다. 도련님의 허가 없이 우린들 어찌하겠소! 도련님께서 제자들 가운데 현능한 자를 골라 두 아이를 결혼시켜 주시면 얼마나 좋겠습니까!"

형수와 아내의 귀띔으로 공자는 무가가 성혼할 나이가 된 것을 그제야 알았다. 자신이 어른 구실을 못했기에 형수와 아내의 나무람을 들어도 무방했다. 심사숙고한 끝에 공자는 공야장(公冶長)을 딸 무위와 혼인시켜 사위로 삼고자 했다. 또한, 처가 사망한 남궁경숙에게는 무가를 시집보내기로 결정지었다.

한밤에 공자는 서재에서 객실로 돌아왔다. 아내의 눈이 부은 상태로 보아 오래 울고 상심했다는 것을 알았다. 공자는 아내에게 사연을 묻지 않아도 알 것만 같았다. 딸 혼사가 불합리하다고 생각하는 것이다.

그래서 그녀를 위로했다. 공자는 아내에게 공야장에 대해 말해 주었다. 백에 하나 고르기 힘든 훌륭한 청년이라 소개했다. 도덕이 고상하고 치욕을 참을 줄 알며, 중임을 맡을 수 있는 사람이라 했다. 감옥살이는 그 자신의 잘못이 아니라고 했다.

공야장은 새의 말을 아는 사람이다. 하루는 그가 홀로 길을 가고 있는데 허공에서 새 한 마리가 '공야장! 검은 양 한 마리 있는데 너는 고기 먹고 나는 국물 먹자!'라고 말을 걸어왔다. 얼마후, 공양장은 목마를 걸지 않은 검은 양 한 마리를 발견했다. 새의 소리를 믿고 임자 없는 양이라 생각하여 집에 와 잡아먹으려는데 누가 알았으랴! 집에 오는 도중에 양 임자가 나타나 양을 훔쳤다고 모함하여 관가에 끌려갔다. 관리는 양 주인의 말만 듣고 다짜고짜 감옥에 가두었다. 그 후, 보석으로 풀려나왔다. 얼마 가지 않아 누명을 벗었다.

이야기를 들은 아내는 울음을 그치고 눈물범벅이 된 손으로 '남궁경숙은 공야장보다 총명하지 못하단 말씀이옵니까?'라고 물었다.

남궁경숙은 언행을 매우 조심했다. 노 소공이 즉위하고 있을 때, 평화사절로 왔기에 대부의 자리에 오래 앉아있을 수 있었다. 소공이 망명하고 국내가 혼란했어도 죽임을 당하지 않은 것으로 보아 그의 덕은 공야장보다 더욱 뛰어난 것 같다고 말해 주었다.

"그렇다면 천만 갑부에게 우리 딸을 시집보내지는 않을 것입니까?"

아내는 눈을 크게 뜨고 남편의 대답을 기다렸다. 아내의 질문에 공자는 불쾌했으나 가까스로 참고 재차 설명했다.

"분수에 맞게 결혼해야 하는 것 아닙니까? 질녀의 용모와 재질은 모두 무위보다 훌륭합니다. 하기에 신랑감도 무위보다 나아야 하지 않겠습니까? 그리고 남궁경숙은 전처가 남겨준 자식이 둘 있습니다. 열여섯 살인 무위가 어떻게 계모란 중임을 맡을 수 있겠습니까? 그래도 무가의 나이가 듬직하지 않습니까? 남궁경숙에게 시집가는 편이 나을 것입니다."

아내는 수긍하여 고개를 끄덕이며, 부끄러워서 얼굴이 저녁노을처럼 타올랐다.

공자가 숭배하는 정치가는 정나라의 자산(子産)과 제나라의 안영(晏英), 오나라 계찰(季札)이다. 계찰은 오나라 왕 몽(夢)의 넷째 아들로 형제 중에서 제일 총명하였기에 왕위를 넘겨주려 했으나 계찰이 기어코 거절하는 바람에 셋째 아들이 이어받았다. 이가 바로 오 왕(吳王) 요(僚)이다.

계찰은 왕의 명을 받고 초, 제, 진, 노, 진 등 나라로 출사(出使)했다. 돌아오는 길에 아들 의(毅)가 병사하여 영(瀛)과 박(博 노나라 접근 지인 제나라 땅)의 접경지에 묻었다. 공자는 그 소식을 듣고 제자들과 의의 장례에 참여하였다. 장례는 평소의 의복 차림으로 조촐히 했다. 공자는 계찰이 왼쪽 어깨를 드러내놓고 오른손으로 무덤 흙을 만지면서 엉엉 목 놓아 우는 모습을 보았다.

"혈육이 땅에 묻히는 것은 하늘의 뜻이도다. 혼기(婚気)는 닿지 않는 곳이 없으며 저절로 돌아갈 것이다!"

장례 후, 제자들은 계찰이 예제에 맞지 않게 처사했다고 비난했다. 공자는 오 왕의 삼촌으로서 계찰은 당연히 아들의 장례를 후하게 치렀어야 하나, 신분에 맞지 않지만, 사신으로서 아들을 데리고 오는 것은 부당한 일이었기에 객사한 자식을 초장을 할 수밖에 없다고 했다.

계찰은 다시는 정치에 참여하지 않고 신의를 중히 여기며 살았다. 그가 서국(徐国; 안후이성 패현 북쪽)에 이르렀을 때였다. 서나라 왕이 자기의 장검을 욕심내는 것을 알고 출사를 마친 후 선사하려고 마음먹었는데 오 왕 요의 제사를 치른 후 서국 왕은 서거했다. 계찰은 허리에 차고 있던 장검을 서국 왕의 무덤에 있는 나무에 걸어 놓았다. 그곳에서는 이런 노래가 전해졌다고 한다.

계찰이여 그는 실로 신의롭도다!
천금 보검을 무덤에 걸어 놓다니-

소문에 의하면 공자는 계찰을 매우 존경해서 그가 죽은 후, 친히 비문을 썼다고 한다. 비문에 쓴 글체가 지금까지 전해져 공자가 남긴 유일한 서체가 되었다고 한다.

노 소공이 진나라 건후(乾侯)에서 죽다

공자가 38세 되던 해, 노나라 소공은 제나라의 도움을 받아 복국 하려 했지만, 희망을 잃었다. 가망 없음을 알고 진(晉)나라로 가서 건후(乾侯)에 정착했다. 이것은 안영이 의도적으로 진나라에 짐을 넘긴 것이다. 노나라가 진나라에 의지하면 제나라에 위협이 되기 때문이었다.

위서(魏舒; 위헌자)가 진나라에서 집정하고 기(祁) 씨와 양설(羊舌) 씨를 소멸한 때였다. 그들의 영지 10개 현의 땅을 모두 현능한 자들에게 나누어 주었는데 그중에는 자기 아들의 몫도 있어 공자는 위서(魏舒)를 칭찬하여 이르기를 '가까이로는 혈육을 등지지 않고 멀기로는 자기의 주책을 잃지 않았으니 그야말로 의롭도다!'라고 했다.

이듬해 겨울 진나라의 조앙(趙鞅)과 순인(荀寅)이 큰일을 했다. 범선사(範宣子)가 작성한 형서(刑書)를 철 솥에다 새겼다. 공자는 그 소식을 듣고 노발대발하면서 '이것은 망국의 징조로다.'라고 말한 후, 연신 뒷짐을 지고 방에서 왔다 갔다 했다.

방에 있는 제자들은 너무도 이상하여 서로 쳐다보다가 연구가 물었다.

"진나라에서 형사 행정을 만드는데 스승님은 어이하여 그렇게도 노여워하시옵니까?"

공자는 분연히 말했다.

"진은 무왕 법대로 백성을 다스려야 한다. 응당 당숙(唐叔)이 주 무왕에게 제기한 대로 해야 한다. 경대부들이 자신의 위치를 지켜야만 백성들도 나라의 임금을 존경한다. 형법이란 자신의 직책에 대한 것이다. 이것을 지켜야 귀한 것과 천한 것이 제자리를 찾게 되어 나라에 법도가 있게 되는 것이다.

진문공이 뭇 사람들과 피로(被盧)에서 사냥할 때, 질서가 정연하지 못한 것을 발견하고 당숙의 구법(旧法)을 수정했다. 이것이 바로 피로법(被盧法)이라는 것이다. 또 관위습작제(官位襲爵制)를 제정했기에 점차 제후의 맹주가 되었다. 오늘날 진경공(晉頃公)은 조상의 법을 무시해서 형서를 솥에다 새겼다. 백성들은 그 솥을 낮이 익도록 볼 것이다. 무의식 간에 불법하면 국군의 존엄은 어디로 가고, 존엄이 사라지면 자신의 직책을 어떻게 지킬 수 있겠는가, 귀천이 무질서해지면 나라를 어떻게 지탱해 나갈 수 있단 말인가! 범선자의 형서는 진문공 6년 봄에 제정했다. 그때 중군 원수가 세 번이나 바뀌어 가계(賈季)와 기정(箕鄭)이 난을 일으킨 난세적인 형서란 말이다. 어떻게 솥에다 새겨 진나라의 법이라 할 수 있단 말인가!"

공자의 설명을 듣고 제자들은 형법에 대한 지식을 알았다. 또한, 공자의 희로애락은 본인을 위해서가 아니라 전적으로 인과 예를 위하고 천하를 위해서라는 것을 다시 한번 깨달았다.

공자 42세 때 노 소공이 건후에서 죽자 이듬해 계평자는 소공의 동생 송(宋)을 군주로 세우니 그가 노 정공(定公)이다. 공자 45세 때 주(邾)는 노나라에 부속된 작은 나라였다. 장공이 죽고 주 은공이 즉위하자 사자를 파견했다. 하루는 공자가 열심히 시경을 편찬하고 있을 때, 맹의자가 주나라 사자를 데리고 들어 왔다. 공자는 죽간을 한쪽에 밀어 놓자 주나라 사자는 자기가 온 목적을 공자에게 질문했다.

이에 대해 공자는 다음과 같이 대답했다.

"관례는 엄청나게 복잡한 것입니다. 세자의 가관식 때는 반드시 동쪽을 주위로 하고 엄숙하게 서 있어야 합니다. 또한, 서쪽을 객위로 정하고 초례를 지내야 합니다. 이것은 아비에 대한 존경을 표시하는 것이옵니다. 가관 의식은 세 차례 진행합니다. 처음에는 검은 천으로 두르고, 두 번째는 피변 녹피로 만든 관을 씁니다. 세 번째는 작변을 쓰고 관(고깔)에는 글발을 올립니다. 관례는 반드시 조상 묘에서 진행해야 합니다. 술을 부어 신에게 드리고 불을 피워 행례를 차려야 합니다. 북

치고 꽹과리를 울려 주악을 해야 합니다. 선조를 존경하며 자기 고집대로 일을 처리하지 않겠다는 결심의 표시입니다."

주나라 사신은 계속 물었다.

"제후는 등급이 유별한데 관례에는 구별이 있는지요. 공자께서 상세히 알려주시면 고맙겠습니다."

"대체로 차별이 없으나, 적은 범위에서는 유별합니다. 공께서 가관식을 치를 때엔 경을 빈객으로 정합니다. 삼갈 예절이 따로 없고 자신 나름대로 손님에게 인사를 나눕니다. 계단에 올라가 좌석 북쪽에 엄숙하게 서서 귀빈들에게 세 번 헌례합니다. 의식이 끝나면 주인은 동쪽 계단으로 내려갑니다. 후, 백, 자, 남 등이 가관할 때에도 자기 나름대로 의식은 같습니다. 의식이 끝난 후 반드시 서쪽 계단으로 내려가야 합니다. 가관식을 네 번 진행하면 현관을 더 써야 합니다. 제복 차림을 하고 관례가 끝나면 예백으로 빈객들에게 답사해야 하옵니다."

"주나라는 부속국입니다. 주군이 관례를 치를 때에는 어떤 불합리한 곳이 있는지 알려 주옵소서."

"제후라면 강약, 대소를 불문하고 모두 관례를 치를 수 있사옵니다."

"주군이 왕태자를 모방하여 화려한 관을 만들면 예의에 어긋나옵니까?"

"관이라고 하는 것은 작은 물건입니다. 머리에 쓰면 화려하기는 하나 사치하지 아니하옵니다. 소비가 많으면 낭비가 되옵니다. 가관 의식에는 왕태자와 제후지간에 차별이 없습니다. 다만 의식을 끝낸 후 계단을 이용하는 것이 다릅니다. 동쪽 계단이냐 서쪽 계단이냐에 따라 실례가 생기는 것입니다. 면관이 화려하냐, 화려하지 않냐는 것은 경제 수준 차이로 예의에는 어긋나지 않사옵니다."

관례를 둘러싸고 주나라 사절과 맹의자는 의문이 많았다. 천자가 관례를 치르지 않고 즉위했을 때의 문제였다.

관 년이 되면 다시 식을 치러야 하는가?
제후들의 면관은 천자의 면관과 어떤 것이 다른가?
가관 의례식은 언제부터 시작하는가?
무엇 때문에 맨 처음에 검은 천을 둘러야 하는가?
하(夏), 상(商), 주(周) 3대의 왕관은 무엇 때문에 다른가?

이러한 문제에 관하여 공자는 일일이 답해 주었다. 주나라 사절은 갓 석방된 죄수처럼 흉금이 확 트이고 눈앞이 훤해졌다. 공자의 일장 연설이 십 년 독서보다 낫다는 것을 깨달았다. 몇 날 굶다가 진수성찬을 배불리 먹은 것처럼 만족감을 느꼈다. 주나라 사절은 굽신굽신 인사하고 아쉬워하면서 떠났다.

태묘에서 유제지의기로 제자를 가르치다

공자의 아들 공리는 어려서부터 총명하고 재질이 뛰어났다. 공자의 외동아들이라고 학생들은 그를 귀여워했다. 그러자 점점 자만해져서 안하무인으로 자기 또래인 제자들에게는 항상 건방지게 굴며 남들이 공씨 가문의 제자가 된 것을 대단한 것이라 여겼다. 공자는 이를 눈 여겨만 보고 따지지 않았다.

어느 날, 공자는 공리와 몇몇 제자들을 데리고 노 환공 태묘에 갔다. 그들은 한 사당 앞에 서서 관람하는데 기울어진 청동 그릇이 하나 있었다. 공자는 공리와 몇몇 제자에게 그 그릇의 이름이 무엇인지 물었다. 제자들은 희귀한 물건을 보며 만지고 만졌지만, 명칭은 말하지 못했다. 공자는 정답을 먼저 말하지 않았을 뿐만 아니라 한참 만에 입을 열어 공리에게 물을 한 초롱 길어오게 했다. 그리고 그 그릇 안에 반쯤 부었다. 경사진 그릇은 똑바로 섰다. 공리가 물을 몽땅 부어 넣자 그 그릇이 한쪽으로 넘어졌다. 물이 모두 쏟아져 바닥은 물바다가 되었다. 제자들은 서로 쳐다보기도 하고 웃음보를 터뜨리며 의문을 나타내는 자도 있었고 어떤 도리를 깨달은 자도 있었다.

공자가 말했다.

"너희들은 계속 어떤 일에 의문이 생기면 대답을 잘해야 한다."

공리와 학생들은 공자의 질문에 대답할 준비를 하며 한동안 답을 모색하고 있었다. 학생들에게 정답을 요구하고 잠깐 지난 뒤 공자가 물었다.

"리야, 이 용기는 무엇을 말하는 것 같으냐?"

공리는 곧바로 대답했다.

"차면 넘어진다는 뜻입니다."

정답이었기에 공자의 얼굴에는 만족스러운 미소를 지었다. 채 깨닫지 못한 제자들도 이때에는 앞이 훤해졌다.

"이 용기는 〈유좌지의기〉라 한다. 곁에 두고 자신을 스스로 반성하는 도구로 사용한다. 천자의 자리 옆에 두어 경계용으로 삼았다. 노나라는 주나라의 예속국이었기 때문에 낙읍의 주 천자처럼 이런 용기들이 갖추어 놓았다."

공자는 제자들에게 다음과 같이 말했다.

"이 용기는 사람들에게 속이 비면 기운다는 것을 가르쳐준다. 그리고 속이 차면 바르게 서고 꽉 차면 넘어진다. 세상에는 꽉 차지 않으면 넘어지는 것이 없다. 총명하고 성스러운 지혜라 할지라도 아둔함을 지켜야 한다. 천하를 공략하더라도 양도를 지킬 줄 알아야 한다. 세상을 떠메는 힘이 있더라도 두려움을 알아야 한다. 사해처럼 부유해도 겸손함을 지킬 줄 알아야 한다. 곧바로 당기면 끊어지는 법이다."

공리와 학생들은 공자의 가르침을 듣고 저마다 부끄러워했다. 공자가 갑자기 자기들을 태묘에 데리고 온 까닭을 알았다. 바로 이때 사마우가 헐떡거리면서 달려왔다.

"스승님! 야단났습니다! 한 남녀가 다투면서 스승님을 뵙겠다고 왔습니다."

공자는 사마우에게 천천히 말하라고 했다.

"한 여자는 과부이고 한 여자는 홀아비입니다. 폭우가 오던 밤, 과부가 도와달라며 홀아비네 문을 두드렸답니다. 그러나 홀아비가 문을 열어주지 않았답니다. 이 때문에 말다툼이 벌어져서 스승님께 이렇게 찾아온 것이라 하옵니다."

공자와 제자들은 태묘를 더 참관하지 않고 돌아왔다.

물은 놓으면 꼭 수평을 이룬다. 높은 곳, 낮은 곳을 차별하지 않는 것을 아는 듯하다. 수수가 얼마이든 깎을 필요가 없고 적정하게 틈 있는 곳은 모두 볼 수 있으니 명철하다. 동쪽으로만 흐르는 것은 지향이 있는 것이다. 만물이 물에만 들어가면 정결해지니 정화에 능하다. 이로 보아 물은 군자로 사람이 향해야 할 곳을 다 알고 있다.

제2장

사수(泗水)를 관람하고 태산을 등정하다

절개를 잃은 여인을 경계하신 공자의 재판

사수의 흐르는 물에서 진리를 깨닫다

태산에 올라 취선회(聚仙会)를 조직하고 제자들을 가르치다

여번 쟁탈전에서 양호가 무너지다

관리로서 백성을 사랑할 것을 가르치다

공자의 비협조로 양호의 반란이 실패하다

孔子

절개를 잃은 여인을 경계 하신 공자의 재판

공자가 제자들을 데리고 행단으로 돌아왔을 때, 어떤 중년 남녀가 다투고 있었다. 눈물까지 흘리는 과부를 제자들이 위로해도 아무런 효과가 없었다. 공자가 돌아온 것을 보자 구세주를 만난 듯 과부가 다가와서 자초지종을 말하며 공자에게 일의 옳고 그름을 판단해 달라했다. 그들은 모두 공자의 이웃이었다.

중년 남자는 노남(魯男)이라는 사람이었다. 그의 주변엔 형제가 없고, 처나 자식이 없는 사람이다. 몸이 튼튼하여 일을 잘하는 독신으로 먹을 것과 입는 것은 걱정이 없었다. 그의 동쪽에 사는 이웃 역시 홀몸이고 과부였다. 폭우가 내리던 어느 날, 바람에 두 칸짜리 초가가 갑자기 무너졌다. 그래서 과부는 할 수 없이 서쪽에 사는 이웃의 문을 두들기며 쉴 자리를 요청했다. 집이 무너졌으니 이웃 체면을 보아 하룻밤만 비바람을 막게 해달라고 부탁했다. 홀아비는 괜한 논쟁에 말려들지 않으려고 이곳을 떠나라했다.

"당신 집에는 한 분만 있는데 하룻밤 재워 주면 누가 알겠습니까?"

"증인이 없기에 문을 열지 못하겠습니다. 소문이라도 난다면 황하에 뛰어들어도 그 죄를 씻기 힘듭니다. 하오니 처마 밑에서 비바람을 맞지 말고 어서 빨리 떠나십시오!"

과부는 애타게 애걸했지만, 끝까지 문을 열어주지 않아 하는 수 없이 먼 곳으로 갔다. 이튿날 이른 아침 남자는 그 과부를 찾아가 설명을 했지만, 과부는 홀아비를 괘씸하게 여기고 다투다예의를 아는 공자에게 와서 시비를 가려달라 했다.

공자는 급히 재판하려 하지 않고 제자들에게 저마다 의견을 발표하게 하니 서로 다른 의견으로 격론이 벌어졌다.

"과부로서 야밤 삼경에 홀아비 문을 두드린 것은 절개를 잃은 행위다."

"노남은 최소한의 동정심과 연민을 잃어버린 것이다. 노남은 명예를 위해 이웃의 생사도 돌보지 않은 불의(不義)한 자다. 노남은 과부를 폭풍우 속에서 구원했어야 한다. 노남은 타인의 입방아만 생각할 필요가 없었다."

공자는 다 듣고 난 후 유하혜(柳下惠)의 이야기를 들려주었다.

"유하혜는 노나라의 현능한 대부였다. 어느 날 한 중년 부인이 객실에 들어와 품속에 안겼다. 하지만 그는 조금도 움직이지 않았다."

이야기를 끝마친 공자는 판결을 시작했다.

"비바람이 휘몰아치는 밤에 여자가 기숙하겠다고 했는가? 문을 두드리는데 노남은 매정하게 거절했는가? 남녀 관계에서 도덕을 잘 지키는 유하혜와 비길 수 있다. 음풍(淫風)이 천하를 휩쓸어도 사내는 색정에 끄덕하지 않는다. 참 사나이다운 면이 있으니 호감을 느끼지 않을 수 없구나."

공자는 또 돌아서서 과부를 보며 말했다.

"노남이 당신을 비바람 속에서 고생하게 했는가? 그러나 그는 타인의 입방아로부터 당신의 절개를 보존했다. 목숨은 작은 일이고 절개를 잃음이 큰일이다. 당연히 그에게 감사를 드려야 할 것이 아닌가? 저 세상의 귀신들도 이 일을 존경할진대 다투기까지 할 필요가 있겠는가?"

공자의 말을 듣고 과부는 부끄러워 고개를 숙였다. 노남의 얼굴에는 화색이 만면했다. 제자들은 서로 말을 주고받으며 칭찬했다. 공자의 사상은 제자들 속에서만 전파되는 것이 아니었다. 봄바람처럼 골목마다 스며들어 갔다.

흐르는 사수에서 진리를 깨닫다

공자 47세 되던 봄날, 사수 강변에는 곳곳마다 복숭아꽃이 붉게 피어 있었다. 버들잎과 들풀이 파릇파릇 솟아나고 강물에 봄 파도가 출렁거렸다.

공자는 사수에 봄물이 불었다는 소식을 듣고 제자들과 함께 봄 소풍을 하기 위해 나왔다. 도도히 흐르는 강물은 푸른 물결을 철썩이며 저 멀리 달려갔다.

공자는 강가에 다가가 허리를 굽혀 도도히 흐르는 강물을 바라 보았다. 한참 보다가 조용히 그리고 천천히 일어섰다. 그의 찡그린 눈썹은 무엇인가를 암시하고 있는 듯, 그의 심정은 봄물처럼 출렁거렸다.

제자들은 공자가 무엇을 보는지 무엇을 생각하는지 몰랐다. 성품이 솔직한 자로가 물었다.

"스승님은 무엇을 보고 계셨습니까?"

공자가 평온하게 대답했다.

"흐르는 물을 보았네."

"물을 보았다고요?"

제자들은 공자의 행동을 이해할 수 없었다. 어안이 벙벙하여 안로가 물었다.

"스승님은 물을 만나면 꼭 관람하십니다. 그 속에 꼭 깨달을 도리가 있을 것입니다. 알려주시옵소서!"

공자는 사수의 푸른 파도를 뚫어지게 바라보며 말했다.

"물은 쉼 없이 흐르고, 흐르는 물은 모든 생명을 키우는 젖줄과 같다. 그 덕망이 높아 하늘가에 닿는다. 또 물은 지정된 지점은 없으나 반드시 위에서 아래로 흐른다. 네모 번듯하게 혹은 길게 이치에 맞게 흐른다. 이것은 마치 의리를 지키는 듯하다. 의리는 산과 같이 무겁다는 것을 알려주는 것 같다.

천만 갈래의 하천들은 모이고 또 모여 물은 끝없이 흐른다. 흐르는 물에 도의가 있어 무제한의 바다처럼 두려움 없이 산모퉁이를 지나고 돌담을 꿰뚫으니 이것이 바로 용맹이다. 그리고 그 용맹은 끝임이 없다. 그리고 물은 놓으면 꼭 수평을 이룬다. 높은 곳, 낮은 곳을 차별하지 않는 것을 아는 듯하다. 수수가 얼마이든 깎을 필요가 없고 적정하게 틈 있는 곳은 모두 볼 수 있으니 명철하다. 동쪽으로만 흐르는 것은 지향이 있는 것이다. 만물이 물에만 들어가면 정결해지니 정화에 능하다. 이로 보아 물은 군자이다. 사람이 향해야 할 곳을 다 알고 있다. 세상의 도리를 아는데 어이하여 이를 관람하지 않는단 말인가!"

제자들은 공자의 박식한 얘기를 듣고 놀라지 않은 자 없었다. 그 누가 알았으랴 공자의 마음속을, 수시로 보는 물에 대해서도 그토록 신비하고 심오하게 느끼는 것을, 게다가 피와 살까지 붙일 수 있었던 것을.

녹음이 우거진 강변에서 제자들은 공자를 둘러싸고 그의 거문고 소리에 맞추어 노래했다. 노랫소리는 봄바람을 타고 하늘 멀리 날아가, 따뜻한 봄 거리에 흩어지고 사수의 푸른 물결 속에 녹아들어 멀리멀리 대해로 줄달음치며 흘러갔다.

사수 강변은 세상과 멀리 떨어져 있는 낙원이었다. 이야기도 하고, 노래도 부르고, 꽃도 꺾고, 나비도 잡고, 낚시질도 하고, 물장구도 치고, 거문고도 타고, 정감을 토로하기도 할 때, 안회와 자로만은 공자와 함께 한가롭게 앉아있었다.

"너희들은 어이하여 자신의 소망을 토로하지 않느냐?"

성질 급한 자로가 공자의 말이 떨어지기 바쁘게 대답했다.

"나는 수레와 말 그리고 의복까지도 벗들과 함께 나누어 사용하여 파손되어도 불만을 품지 않을 것입니다."

그러자 안회는 심사숙고하다가 조리 있게 말했다.

"칭찬이 없어도 스스로 완벽해지며, 표창이 없어도 스스로 공명을 이룰 것을 원하옵니다."

공자는 만족스럽게 고개를 끄덕였다.

"스승님의 소망은 무엇인지요!"

공자는 미소를 지으시며 말씀하셨다.

"나의 노인들이 안이하고 편안하며, 벗들이 서로 믿고 젊은이들은 서로 도우며 사는 세상을 만들었으면 한다."

이에 안회가 말했다.

"어제저녁 스승님께서 무엇을 골똘히 생각하신 것 같사온데 알려주시옵소서!"

"수십 년의 시간을 거쳐 50세까지 역(易)을 다 배워 낼 수만 있다면 과분하지 않으리라고 생각했다. 게으른 자는 세월이 너무 천천히 흐른다고 원망하며 공이 있는 자는 세월이 너무 빠르다고 한탄하기 마련이다."

공자가 말하면서 안회에 거문고를 밀어주었다.

"회야! 요즘 노래 한 곡 지었다던데, 이 스승에게 한 번 들려주지 않겠느냐."

안회는 거문고를 타면서 노래했다.

예리한 장검은 집 속에 숨어 있고
아름다운 옥은 흙 속에 묻혀있네!

호랑이 들에 나오면 개보다 못하고
봉황이 땅에 닿으면 닭들에게 쫓긴다.

호 시절을 타고 태어나지 못하면 옥석을 분별 못 하고
밝은 주인 만나지 못하면 주나라도 마구간에 그친다네!

꺼내어 사용하면 반짝반짝
버려지면 숨어서 마음대로….

"좋다! 소망을 서정적으로 토로함이 매우 적절하고 곡조도 아름답구나! 회야! 한 번 더 하여라!"

안회는 다시 노랠 불렀다. 처음에는 골똘히 듣고만 있던 공자가 차츰 손발을 흔들며 함께 했다.

"훌륭하게 사용하면 반짝반짝. 버려지면 숨어서 마음대로였지? 아마 너와 나밖에 이렇게 못할 거다."

스승이 안회를 칭찬하는 것을 지켜본 자로는 내키지 않았던 모양이었다. 불복이었는지, 질투였는지, 아마도 조금씩 모두 포함되어 있었을 것이다. 생각과 감정 그리고 한마디 말도 숨기지 않는 솔직한 자로는 거친 음성으로 물었다.

"스승님! 스승님께서 삼군을 통솔하신다면 누구와 함께 하오리까?"

공자는 자로의 말뜻을 알아차리고 대답하지 않았다.

자로는 많은 학생 가운데서 제일 용감했다. 그리고 무예가 출중하다는 것을 자신만만하게 생각했다. 거문고를 치는 데는 거칠고 뜻대로 되지 않는 손이었다. 하지만 장검을 들고 싸워 공자를 보호하는데는 제일이었다. 누구도 그와 상대를 논하지 못했다. 그는 스스로 만족스럽게 공자를 바라보았다. 공자의 입에서 단 한마디 칭찬이라도 나왔으면 했다. 안회 앞에서 뽐내리라 생각하고 있었다.

한참 만에야 공자가 말했다.

"맨손으로 범을 잡고 맨발로 강을 건너며 죽어도 후회하지 않는 자가 있다. 나는 이런 자와는 일을 함께하지 않겠다. 나와 공사(共事)를 함께 할 자라면 위험에 직면해도 겁을 먹지 않아야 한다. 일에 봉착하여 침작하고 모략을 잘 쓰는 자여야 큰일을 해낼 사람이다."

자로는 거칠면서 자세한 사람이었다. 그러기에 공자가 상냥하게 말했지만 자기를 다른 데로 돌려 쓰는 신중함이나 꾀가 부족하다고 생각했다. 처사를 서툴게 한다고 나무라는 것을 알고 고개를 숙였다.

오뉴월의 어느 하루, 공자는 또 제자들과 함께 태산을 유람했다. 공자 일행은 내리쬐는 땡볕과 무더위를 무릅쓰고, 이른 아침에 일어나서 밤중에야 쉬며 삼사일 걸려서야 태산 기슭에 도착했다.

고개를 들어보니 태산의 웅위로운 윤곽이 한눈에 보였다. 조금 더 가니 길은 갈수록 험난했으며, 가면 갈수록 힘겨웠다. 정오가 되니 배가 고파왔기 때문에 공자는 여관을 찾아 점심을 먹고 쉬었다 가려 했다. 그러나 두메산골에 여관이라고는 그림자조차 보이지 않았다. 한 초가에 들어가 음식을 사서 먹기로 했다. 이 집의 살림은 매우 구차했지만, 손님을 반가워하는 시골 풍속이 있어 성인이 오셨다 하니 마음을 다해 음식을 정성껏 마련했다. 식사 후 공자는 연구에게 돈을 지불하라 했지만, 주인은 기어코 받으려 하지 않았다.

"우리 같은 산골 구석에서 집에 있는 반찬으로 대접을 했을 따름인데, 어떻게 낯짝 두껍게 값을 받겠습니까?"

주인이 이렇게 말하자 공자가 억지로 돈을 밀어 넣어 주었다

"반찬을 힘들게 준비하신 것입니다. 우리와 같은 불청객들에게 편리를 주셨습니다. 우리 사도들에게 배 불림을 주신 것도 고마웠습니다. 보수를 받지 않으시겠다니 이런 도리는 없사옵니다."

그리고 고맙다고 인사하면서 태산으로 떠났다

태산에 올라 취선회를 조직하고 제자들을 가르치다

태산의 옛 이름은 대산 또는 대종이라 했다. 춘추전국시대부터 태산이라 했으며 대륙의 동부에 자리 잡고 있으므로 오악 중에 하나로 동악이다. 주봉은 해발 1554m 이며 산세가 험하고 웅장하여 오악 지존으로 불린다.

공자 일행은 동쪽 기슭으로 입산하여 산길을 돌아서 올라갔다. 산의 경치는 천태만상이었으나 녹음이 짙었다. 봉우리를 가로막은 바위는 첩첩이었다. 돌샘은 곳곳에서 노래 부르고 수림은 맑았다. 계곡은 고요했다. 절벽은 우뚝, 청봉은 하늘을 찌르는 듯하고, 검봉(劍峰)이 충천하여 구름을 가로질러 비가 되었다. 흰 구름이 감돌고 감돌아 산봉을 둥둥 띄우는 듯하고, 폭포수는 허공에 걸려 은과 옥가루를 뿌리는 듯하다. 고송(古松)이 오가는 길손을 손짓하고 있었다. 그야말로 기봉이령(奇峰異嶺)이 천태만상으로 늙은 양 같기도 하고, 장검 같기도 하고, 괴수(怪獸)처럼 신비했다. 그런가 하면 부챗살처럼 활짝 피어나기도 했다. 보면 볼수록 절경이 다 모여 있었다.

공자 일행이 한참 땀을 흘리며 갔다. 앞길 양 옆에 하늘을 찌를 듯한 고옥이 줄지어 있었다. 깊이를 알 수 없는 움푹 동굴이 나타났다. 들어가 보니 삽시간에 서늘해져 더운 기운이 가뭇없이 사라졌다.

중천문에 올라 북쪽을 바라보니 산 위에 구름다리가 하늘에 걸려 있고, 남쪽을 굽어보니 운하 벽수대요, 동쪽을 바라보니 계산(溪山)의 산봉우리들이 웅장하게 줄지어 봉황령(鳳凰嶺)이 구불구불 줄달음치고 있었다. 왼쪽 산비탈에 고송 한 그루는 자신에게 오라 손짓하는 듯 하고, 울울창창 그 모습이 삼강팔하(三江八河)의 유객들을 부르며 사해 오주(四海五洲)의 길손들을 바래다주는 것 같았다. 공자 일행이 찾아든 영양동(迎陽洞)은 대청보다 넓어 20여 명을 수용할 만했다. 천정의 물방울은 젊은 여인의 젖꼭지에서 떨어지는 젖 방울 같았다. 만송산(万松山)에는 푸른 소나무들이 녹환(緑環)장을 둘러 구름 안개 자욱하게 흩날리며 어느새 손바닥에 생기를 띄어주었다.

산봉우리에 오르니 조그만 바위가 있어 그곳에서 쉬며 산색을 구경하고 솔 파도 소리를 들었다. 앞으로 나가 보니 돌계단이 산을 따라 꼬불꼬불 뻗어 있다. 바로 십팔반(十八盤)임을 알고 바라보니 벽하원군(碧霞元君)이 흰 비단을 뿌려 놓은 듯하다. 굽이굽이 감돌아 구름 위로 날아오르는 듯, 십팔반을 오를 때는 산이 울고 수림이 울부짖는 듯, 파도 소리를 듣는 것만 같았다. 주위에는 안개가 자욱하여 몸은 그네를 뛰는 듯하고, 점점 올라가면서 가파르고 험난했다. 나중에는 손이 발이 되어 기며 뒤돌아보니 두둥실 구름을 탄 듯, 만장 심연 속에 굴러떨어질 것만 같았다. 눈을 꼭 감았으나 마음만은 파도처럼 출렁이며 남천문으로 올라가 선경에 이르렀다.

여기가 바로 산의 정상(頂上) 같았으나 위에는 아직도 월관봉(月観峰) 일관봉(日観峰)이 있었고 선인교(仙人橋)와 같은 명승지가 있었다. 그야말로 산 밖에 산이었다. 하늘 밖에 하늘이 있어 하늘의 거리를 거닐 듯 천천히 걸어서 천주봉(天柱峰)에 올랐다. 공자가 태산의 맨 꼭대기에 우뚝 올라서 보니, 하늘과 땅 사이에 거연히 솟아 있어 만수(万水)가 발아래 흐르고 천 봉은 무릎 아래 꿇어 있었다. 고개를 들어 멀리 바라보니 세상이 훤히 보이고 흉금이 확 트였다.

"동산에 오르면 노나라가 작아 보이고, 태산에 오르면 천하가 작아 보이는구나!"

공자가 자신도 모르게 외쳤다.

땅거미가 천주봉에 깃들자 천산 만학은 숨어 버렸다. 공자 일행은 외진 곳을 찾아 모닥불을 피우고 밤참을 했다. 식사 후에는 거문고 소리에 맞추어 노래를 불렀고 한담했다. 모두 대자연의 아들로 대자연과 하나가 되어 숭배도 치욕도 모조리 잊고 진정한 자유인이 되었다. 이날 밤 그들은 하늘을 이불로 삼고 땅을 자리로 깔고 밤을 지새우며, 바람과 이슬을 반찬으로 대자연의 지성 어린 사랑을 정성껏 받았다.

아침 해돋이의 장관을 구경하려 사경(四更)에 일어나 일관봉에 올랐다. 하늘이 돕지 않아 일망무제한 흰 구름만 보였다. 망망대해처럼 풍랑이 스친 뒤에는 구름 파도만 넘실거려 구름 떼가 산봉을 감싸 돌았다. 푸른 봉우리는 구름 위에 둥둥 떠 있어 그림 같고, 선경과도 같아 실로 장관이었다.

일관봉 아래에 거석 영지가 앞으로 펼쳐있어 이름을 공북석(拱北石), 또는 탐해석(探海石)이라 했다. 어떤 사람은 탐해석 위에서 동해를 바라보고, 또 어떤 이는 공북석 꼭대기까지 기어 올라갔다. 또 첨로대(瞻魯台) 위에서 고향인 남쪽을 향해 보니 쌍 절벽 가운데 큰 돌 세 개가 서 있어 서로 기대어 다리를 이루었는데 이것이 바로 선인교(仙人橋)이다. 선인교 아래에는 천 길 되는 절벽이고, 다리 위에는 구름이 넘실넘실 춤을 추고 있었다. 안개 속 다리를 지날 때 기분은 신선처럼 둥둥 떠 있었다. 자로는 공자를 부축하며 조심조심 선인교를 건넜다.

공자가 청석 바위 위에서 쉬고 있을 때 제자들이 모이자 취선회(聚仙会)를 하자고 말했다.

"우리는 비록 선인교에 왔지만, 신선이 되기는 어렵다. 신선이 되려고 생각하지도 말아야 한다. 유람을 끝내면 현실로 돌아가야 한다. 예전대로 인정덕치(仁政德治)를 위해 분투해야 한다. 내가 자네들보다 몇 살 더 먹었기에 하는 말이다. 평소에 자네들은 항상 본인을 '모르는 자'라 여겼다. 하나, 만일 누군가 자신을 아는 자가 있으면 출사하는 것이 좋겠다."

항상 이런 자리에서는 자로가 제일 먼저 발언했다.

"전고 소리 하늘과 땅을 진동하고 전투가 이미 시작되었습니다. 깃발이 하늘을 감싸고 있습니다. 중유는 대군을 거느리고 전진하여 승승장구 적들을 물리치겠습니다. 승냥이가 양 무리 속으로 들어간 것처럼 적장의 귀를 잘라 오겠습니다."

그러자 공자가 단순하게 말했다.

"용사로다!"

자공이 발언했다.

"제나라와 초나라가 싸우면 드넓은 사막에서 교전합니다. 두 나라 군대가 대치하면 그 전장은 모래 먼지가 하늘을 가립니다. 그리고 '죽여라!'라고 외치는 소리 귀청을 울릴 것이옵니다. 그러면 저는 흰옷을 입고 흰 관을 쓰고 교전 쌍방에 유세를 떠나겠습니다. 이해관계를 자세하게 설파하여 싸움의 피해를 사람마다 알게 하겠습니다. 제와 초나라로 하여금 싸움을 끝내고 사이좋게 지내게 하겠사옵니다."

공자가 평가했다.

"변사로다!"

안회는 친구들의 발언을 듣기만 하고 있었다. 공자가 '어이하여 발언하지 않느냐'라고 물었다. 안회가 웃으면서 말했다.

"무로는 중유가 있고, 문으로는 자공이 있사온데 안회는 할 말이 없사옵니다."

공자는 다음과 같이 말씀하셨다.

"사람은 모두 서로 다른 목표가 있는 법이다. 자네는 칠 척의 보기 좋은 몸매를 가지고 있지 않은가! 동야화(東野華)처럼 질마사건(軼馬事件)을 예측하는 지혜가 있지 않은가! 만권 서적을 읽은 학문까지 있지 않은가! 어이하여 목표가 없다 하는가? 바른대로 말하면 내가 평가를 해보겠다."

얼마 전 일이었다.

노 정공은 안회가 공문에 제일 현능한 제자라는 소문을 듣고, 정사에 중용하려고 면담을 했는데 동야화처럼 관한 말이 나왔었다. 동야화는 어마관(御馬官)으로서 말타기에 소문이 나 있었다. 또한, 노 정공의 환심을 많이 쌓았던 사람이었다. 이때, 노 정공은 "자네도 동야화가 말을 잘 키운다고 들었는가?"라고 물으니 안회는 "동야화가 말을 키우는데 유능하지만 완벽하지는 못하옵니다. 이제 오래지 않아 말들은 뿔뿔이 흩어질 것이옵니다."라고 대답했다.

노 정공은 안회가 자기를 반박하는 줄로만 알고 면담을 더 이어가지 않았다. 그런데 얼마 가지 않아 동야화의 말들은 우리를 벗어나 뿔뿔이 도망쳤다. 노 정공은 이 소식을 듣고 안회가 어떻게 이런 일들을 예측할 수 있는지, 놀라 재차 부르니 안회는 다음과 같이 말했다.

"옛날 우순(虞舜)은 민심을 잘 이용하고 조부(造父)는 말을 잘 사용했습니다. 그들은 모두 지나치게 백성이나 말들이 힘들어하는 것을 싫어했습니다. 그래서 순의 재위 시엔 백성이 한 명도 도망가지 않았습니다. 조부의 임직 기간에는 한 필의 말도 흩어지지 않았습니다. 하나, 동야화는 말의 속도에만 신경을 쓰고 아낄 줄은 몰랐습니다. 그래서 부릴 때마다 네 말 발굽에는 땀이 흘렀습니다. 기운이 빠져 비명을 질렀습니다. 새는 막다른 골목에 이르면 마구 쪼아댑니다. 야수도 막다른 골목에 이르면 마구 덤벼듭니다. 말이 막다른 골목에 이르면 흩어집니다. 사람이 막다른 골목에 이르면 난리를 일으킵니다. 이것이 바로 동야화가 키우는 말들이 흩어지리라 예측한 근거였습니다."

안회는 지난 일을 한참 생각했다.

"혜초와 유초는 한 그릇에 담을 수 없습니다. 당, 요, 하, 걸은 한 나라에서 나라를 다스릴 수 없습니다. 마찬가지로 자리에 따라 다르옵니다. 안회는 현능한 군주를 모시고 재상을 하고자 합니다. 아버지의 의로움, 어머니의 자애로움, 형의 우애로움, 동생의 공손함, 자녀의 효도 등에 관한 교육을 시행하여 예악으로 백성을 인도하고 병기로 농기구를 만들겠습니다. 말과 소를 들에다 놓아 자유롭게 방목하고 나라에 칼 든 병사들의 난이 없게 하여 백성은 이별의 고통을 겪지 않게 하고, 제후들은 봉지를 수호하여 백성들이 근심 · 걱정 없이 살게 하겠사옵니다."

"좋구나! 안회의 목표는 덕이었군!"

공자는 곧바로 칭찬했다. 자로는 공자가 또 안회를 칭찬하는 것을 보고 시샘하여 말했다.

"제후의 나라는 대국의 강권에 굴복합니다. 병란을 겪고 재난을 당하면 이 중유가 가서 다스리겠습니다. 3년 내로 백성들의 용맹한 힘을 되찾아 나라를 보위하겠사옵니다."

공자는 미소만 지으면서 가타부타 대꾸가 없었다. 그러다 잠시 후, 물어보았다.

"연구, 자넨!"

"육, 칠십 리나 오, 육십 리인 지방을 다스리고 싶습니다. 3년이면 백성들을 부유하게 할 수 있습니다. 하지만, 예악만은 능력이 닿지 않으니 현능한 사람을 초빙하겠사옵니다."

공서화는 예악에 소문났기에 그 자리에서 연구의 말을 이어 말했다.

"저는 큰소리를 칠 줄 모르고 다만 배우기를 즐길 뿐이옵니다. 제례 같은 모임엔 예관을 쓰고 제후들의 잔치에 참여하고 싶사옵니다."

증석의 차례가 돌아왔다. 공자의 부름에 손에 쥐고 있던 거문고를 땅에 놓으며 말했다.

"증석의 목표는 좀 다르옵니다."

공자가 말했다.

"저마다 자신의 목표를 말하는 자리이니, 달라도 무방하네."

"늦은 봄날, 봄에 맞는 복장으로 소년들과 봄 소풍을 하겠습니다. 오륙 명 그리고 동자 육칠 명과 성 밖으로 나가서 푸름을 흠상하겠습니다. 기수(沂水)에서 목욕하며 운사대(雩祀台)에 올라 산들바람을 쐬고 피곤하면 노래도 부르면서 천천히 돌아오는 것이옵니다."

증석의 말에는 한 폭의 태평성세의 그림이 그려져 있었다. 역시 공자가 추구하는 이상적 경지였다. 공자는 한숨을 쉬면서 말했다.

"나의 목표도 증석과 같네."

태산 등반은 동쪽 골짜기로 올라가 서쪽으로 돌아오는 것이 보통이었다. 공자 일행은 백장애(百丈涯)에 와서 고개를 들고 쳐다보았다. 서계(西溪)의 유수가 이곳을 거쳐 골짜기로 흘러내리고 있었다. 만 필의 흰 비단을 하늘에서부터 드리워 내린 것 같았다. 쏟아지는 파도는 흰 용이 춤추는 듯했다. 급류의 스침으로 벼랑 아래에는 못이 파였다. 깊이가 몇 길이나 되어 흑룡담이라 했다.

이때 공자 일행은 기쁨과 즐거움으로 가득 차 있었다. 격앙된 심정으로 이 용담 폭포에 몸을 푹 담구었다.

여번(璵璠) 쟁탈전에서 양호(陽虎)가 무너지다

몇 년 전에 자로는 포읍재로 출사했다. 이렇게 다시 곡부성을 찾아온 것은 공자에게 문안드리기 위해서였다. 며칠간이나 그는 공자에게 부임한 이후의 일들을 말씀드렸고 또 많은 정사와 학문에 관해 물었다. 그리고 공자를 대동하고 사수와 태산 유람을 마친 후 포읍으로 돌아갔다.

한 달 후, 계평자가 병사했다. 죽기 전 그는 아들 사(斯)가 무능하다는 것을 잘 알고 있었다. 그래서 계씨 대권이 양호의 손에 넘어갈 것이라 예상한 계평자는 비밀리에 맹의자에게 두 가지를 부탁했다. 첫째, 계씨네를 위해 현능한 자로 양호의 세력을 약화할 것. 둘째, 자기를 대신하여 공자에게 사죄하고 아들 사를 교육할 것.

공자는 맹의자의 말을 듣고 연구와 자로를 파견하여 계씨 가신으로 가게 했다. 계평자의 입관 일이 돌아왔을 때 양호는 여번(璵璠; 노나라의 보물)을 순장하려 했다. 계평자가 노 소공을 대신하여 국사를 보았다는 구실이었다.

사유(私有)제를 시작하고부터 순장제도의 문화가 형성되어 사람이 죽으면 생전에 사용했던 물품들을 모두 순장했다. 이것은 살아있는 사람이 죽은 사람의 염원을 풀어준다는 시각에서 출발했다. 그런데 점점 시간이 지나가면서 죽은 사람이 저세상에서도 계속 향락을 누릴 수 있다는 것으로 변질되었다. 살아있는 노예까지도 죽은 후 물건들과 함께 순장했다. 이것이 인순(人殉)이다.

이는 역사가 발전하면서 점차 줄어들었으나 흙이나 자기로 용(俑; 인형)을 만들어 무덤에 넣는 풍속이 생겼다. 공자는 이마저도 야만적이라 하여 강력하게 반대하여 말하기를 '음으로 용을 만든 사람은 그 후대가 끊겨야 한다'라고 했다.

사실상 계평자는 생전에 노나라 정권의 실권자였다. 그러므로 순장품은 당연히 풍부해야 할 것이나, 양호가 순장을 주장한 여번은 대후의 상징이지 보통 옥이 아닌 종묘 제사에 관여하는 자가 차고 있는 귀중한 옥이었다. 천자, 국왕 그리고 대후의 상징인 셈이다.

그래서 계환자가 제지하고 나섰다.

"여번은 국군이 달고 다니는 물건입니다. 돌아가신 부친의 순장 품이 될 수 없습니다. 이는 의롭지 않은 일입니다."

양호가 뒤질세라 반박했다.

"계 총재는 생전에 늘 이것을 차고 종묘 제사와 국사를 주관하시다 돌아가셨는데 어이하여 순장할 수 없다는 것인가?"

계씨 가신인 중량회(中粱懷)가 맞섰다.

"계 총재가 국정을 대신할 때는 국군이 계시지 않아 할 수 없었으나 지금은 새 국군이 계시므로 진즉에 국군에게 돌려드렸습니다. 한데 어떻게 낯짝 두껍게 찾아올 수 있사옵니까?"

연구는 벌써 스승의 명으로 계씨 댁 가신으로 조세·부세및 재정에 관한 사무를 맡고 있어 모두 자기 의견이 옳다고 우기는 판에 한마디 끼어들었다.

"우리 스승님이 예의 제도에 정통하시온데 물어보시는 것이 어떠하옵니까?"

연구의 의견을 계환자가 지지하여 영을 받고 모시러 왔다. 공자는 계씨 댁에 와서 우선 계평자를 조문하고 중인들과 대청으로 나갔다.

양호가 간청했다.

"여의대부(如意大夫)는 이미 선사하셨습니다. 이럴 때는 어떻게 장례를 모셔야 하는지 공자께서 가르쳐 주시옵소서!"

전횡한 낯짝을 숨기고 공경하는 척하는 양호의 모습을 본 공자는 반감을 느꼈다. 그의 도깨비 같은 계략을 환히 꿰뚫어 보아, 따뜻하지도 않고 매정하지도 않게 대답했다.

"여의대부께서 서거하셨는데 그 제사는 당연히 후손들이 주관해야 합니다. 외인으로서의 공구가 어떻게 좌지우지할 수 있겠사옵니까?

그리고 양 나리께서는 계씨의 문하로서 사이도 가까웠으니 응당 도와 주셔야 할 일인데 공구에게 물으실 이유가 없습니다."

양호는 가렵지도 않고 아프지도 않게 콧등을 다친 셈이었지만 실은 바보가 아니었다. 공자가 계평자의 권력 독점에 대해 줄곧 반대해 왔다는 것을 너무도 잘 알고 있는 양호는 이 기회에 공자를 자기편으로 끌어들이려 했다. 계평자에게 '국가와 사회를 어지럽힌 자'라는 죄명을 씌우면 금후의 일은 식은 죽 먹기라 생각했기 때문에 그는 숨김없이 말했다.

"여의대부께서 생전에 나라를 다스리며 제사를 주관하고 국정을 대행하실 때 모두 여번을 찾습니다. 그분이 돌아가신 오늘, 당연히 그것을 순장시켜야 한다고 봅니다. 계환자 대부께서 겸손하게 사양하는 바람에 결정을 짓기 힘듭니다. 하오니 예절에 정통하신 공자께서 가르쳐 주셨으면 합니다."

공자는 양호의 물음에는 대답하지 않고 웃으면서 말했다.

"여의대부는 생전에 공적이 탁월하셨습니다. 소공이 조정에 앉아 계실 때 정권을 대행하시기는 했습니다만 국사는 의연하게 처리했고 질서가 정연했습니다. 이것은 다 대부의 은덕이라 하지 않을 수 없사옵니다. 소공이 궁중에 계시지 못했던 문제에 대해서는 이미 돌아가셨기에 후세 사람들이 평가할 것이옵니다. 공구는 대부의 재능에 대해 매우 찬양하오나 일부 작법에 대해서는 용납하기 어렵사옵니다. 기타 문제는 계환자 대부께서 주장하시고 처리하셔야 합니다. 우리는 이에 대해 신경 쓸 필요가 없다고 생각하옵니다."

계환자는 공자가 여번의 순장을 반대하는 의도를 알아차리고 그가 계씨 네와 나쁜 사이가 아닌 것을 알았다. 그를 중용할 것을 생각했으나 상복을 입은 처지에 과분하게 처사할 수 없기 때문에 공자에게 말을 걸었다.

"공자께서는 예절에 통달한 분이옵니다. 정공께서 집정한지 5년안에 부친께서는 여번을 국군께 바쳤사옵니다. 사는 조금 전부터 부친을 대신하여 집정하옵니다."

양호는 계환자가 말을 끝맺기도 전에 말머리를 뚝 잘라 말했다.

"바쳤으면 가져올 수 있사옵니다. 노나라는 벌써 정권이 국군에게 있는 것이 아니라 대부의 손에 있사옵니다."

계환자는 난감하기 그지없었다.

그렇다. 노나라의 정권은 국군에게 쥐어져 있었던 것이 아니다. 삼환에 의해 장악되었다. 소공이 죽을 때 진나라의 사묵(史墨)이 다음과 같이 평가했었다. 노 군의 세대는 정권을 잃었으며, 계씨 세대는 근면을 닦았다. 그러므로 백성들은 노 군을 잊었으며 그가 외국에서 객사했다. 그 누가 노 군을 불쌍하다 하는가?

양호여, 당신은 계씨 댁 가신으로서 또한 친척이다. 어찌 집안의 일에 대해 덮어 감출 줄 모르고 선동을 하는가? 공자는 벌써 계씨 네와 금이가 있었다.

이때, 양호는 계환자와 정반대로 한가하고 편안한 표정을 지으면서 공자가 의식적으로 회피하고 있는 것을 잘 알고 있었다. 여번을 순장품으로 묻어버리는 것에 동의하지 않는 것도 알았다. 공개적으로 내놓고 말하기 힘들어한다는 것도 잘 알고 있었기 때문에 이 틈새를 이용하여 무언가 만들어 보려 했다. 양호가 정공에게 여번을 가져와 순장시키려는 것은 이유가 있었다. 그가 계씨를 제어할 능력이 있기 때문이었을 뿐만 아니라 정공을 조종할 능력도 충분했기 때문이다.

계평자는 영명하고 세련되었으며 음험하고 교활한 인물이었지만 그도 양호의 손아귀에서 꼼짝달싹 못 했다. 이 마당에 젖내기 계환자 같은 자는 더 말할 나위가 없었다. 노 군은 사실 계씨의 괴뢰가 되었지만, 계씨 역시 양호의 손에서 놀아나고 있었다.

양호는 계환자가 땀을 흘리고 있는 것을 보고 속수무책임을 알았다. 얼굴에 득의양양한 빛이 역력했다. 대청에는 물 뿌린 듯 공기마저 응고되었다. 만물이 모두 숨통을 막아놓은 듯, 양호 외에는 아무것도 존재하지 않는 듯했다. 게다가 뒤쪽에서 드문드문 들리는 곡소리와 창밖에서 불어오는 바람 소리만 사람들을 스산하게 했다. 사람들이 무엇 때문에 순장품을 가지고 옥신각신하며 말을 빙빙 돌려 말하고, 안절부절하는 것인지 알 수 없었다.

방금 연구는 양호가 정공에게 가서 여번을 가져오라는 소리를 들었다. 듣고 천진하게도 자기가 가려고 하는데 공자가 순장을 동의하지 않는 것을 알았다. 아울러 정공도 공자를 모르고 있으므로 교섭하기 어렵다고 생각했다. 그는 또 만일 자기가 간다면 여번을 가져오지 못할지라도 계환자는 물론 양호까지도 어쩌지 못할 것으로 생각했다. 그러다가 그는 자신이 가지 않는 편이 좋겠다고 생각했다. 언제부터 양호가 계씨를 대신할 야심을 품었다고 공자가 귀띔해주었으니, 중량회는 계씨 네에 진심으로 충성했으므로 그에게 여번을 가져오게 하면 적합할 것으로 생각했다. 연구는 여기까지 생각하고 이마에 난 땀을 닦은 후, 계환자에게 말했다.

"양호 나리의 방법을 한번 사용할 필요가 있는 것 같소이다. 만일 국군께서 동의만 하신다면 그것은 계씨 댁의 영광이 아니고 무엇이겠습니까? 양호 나리께서 분망하시니, 중량회 나리에게 수고를 하신다면 어떠하시겠습니까?"

중인들은 연구의 말을 듣고 모두 놀랐지만, 공자와 계환자만은 그 말의 뜻을 재빨리 알아차렸다. 그리하여 계환자는 중량회에게 지시했다.

"그러면 중량회 나리께서 수고하시는 게 어떻겠소!"

중량회는 언제부터인가 양호와 뒤틀렸다. 여번을 순장시키는 일을 반대한 것도 전적으로 개인적 의리 때문이다. 양호가 정공에게서 여번을 가져올 것을 제기했을 때였다. 자기가 나설 생각을 했었는데 양호의 위엄이 두려웠기 때문에 함부로 움직이지 못했다. 하지만 연구가 제의했으니 자기의 비위에 꼭 맞아떨어졌다. 그리고 계환자가 부탁했으므로 얼싸 좋다 여기며 서둘러 떠났다. 양호가 이 정경을 보더니 어리둥절해졌다. 제지하려고 할 때는 이미 늦었다. 정공에게서 여번을 가져오는 것은 본인이 직접 가져와야 했기 때문이다. 그리하여 그는 노기등등하여 분연히 안방으로 들어갔다. 계환자와 중량회를 없애 버리겠다고 속으로 맹세했다.

공자는 그 상황을 보고 계씨 댁에 환란이 발생하리라 짐작하여 그 장소를 떠났다. 계환자는 연구에게 자신을 대신하여 공자를 바래다 드리라 했다. 사도(師徒) 두 사람은 문밖까지 나왔다. 연구는 공자께서 어이하여 태도가 모호한지 물어보았다. 공자는 주위를 살피고 사람이 없는 것을 확인하자 조용히 일렀다.

"계씨 네 제사에서 공자는 외인이므로 지나친 열정을 보일 필요가 없었다. 자기 신분에 맞지 않는 일에 너무 열정적으로 하는 것은 아첨이다. 그리고 여번은 제사의 보물로서 그것을 순장시키려 할 땐 천자든 제후든 잘 고려해야 할 일이다. 한데 대부의 신분으로는 생각할 나위도 없다. 여번을 순장시키는 행위는 중원에 그 시체를 버리려는 것과 같다. 백성들에게 잠례했다고 공시하는 것보다 더한 것이다. 사자(死者)를 불안케 하고 생자(生子)를 불랑(不寧)케 하는 것이다. 계환자가 예의를 거역하지 않고 혈육을 위경에 빠뜨리지 않고, 군주를 진탕 속에 빠뜨리는 간신 행위도 하지 않는 것을 보아 효자라 할 수 있다. 한데, 양호가 살기등등한 것을 보아 환란이 계씨 집안에 미칠 것이다."

이 말을 들은 연구는 깜짝 놀라서 물었다.

"스승님은 어이 그런 말씀을 하시는지요? 제자는 이해되지 않습니다."

"더 물을 필요 없다. 얼마 가지 않아 알 수 있을 것이다."

"중량회가 보옥을 가져온다면 어찌 되옵니까?

"자네가 추천한 사람이면 해결책을 세웠을 것이다. 나에게 더 물어볼 필요가 있겠는가? 일을 처사하면서 한 치 보기가 되어서 되겠나. 자네의 상을 보니 계씨네 훌륭한 방조자가 되기에 손색이 없겠구나."

공자가 불만의 어조로 자신을 나무라니 그는 더 묻지 못하고 묵묵히 공자를 모시고 밖으로 걸어나갔다. 공자는 연구가 말이 없는 것을 보았다. 성격이 꽁한 그에게 똑똑히 알려 주지 않으면 마음에 부담을 줄까 봐 위로했다.

"조급해할 것은 없네! 중량회는 보옥을 가지고 오지 않네! 오늘 이후, 계씨 댁을 위해 의사를 결정할 때는 반드시 매사마다 조심해야 하네. 이곳엔 큰 폭풍우가 쏟아질 것이야!"

공자가 예언했던 것처럼 중량회는 과연 여번을 가져오지 않았다. 가지러 가기는커녕 밖에서 빙빙 돌다가 돌아왔다. 양호는 자신의 계획이 이룰 수 없음을 알았다. 계환자와 중량회를 없애야 겠다고 다짐했다.

이해 10월, 양호는 계환자를 감금하여 맹약에 서명하게 핍박했고 매사마다 또 시시때때로 양호의 지배를 받게 했다. 중량회 등 몇몇 가신을 죽이는 일에 대해 동의하게 했다. 이때로부터 양호는 서슴없이 제멋대로 놀아났다. 계씨 네를 안중에 두지 않고 나라의 명을 직접 좌지우지했다. 당연히 계환자는 가만히 앉아 죽으려 하지 않고 맞서 싸웠다. 그러나 세력 차이가 너무 났기 때문에 양호를 싸워 이길 수 없었다.

그제야 연구는 스승님을 이해할 수 있었다. 계환자 또한 아버지 초상 때 여번에 관해 왜 그렇게 공자가 처사했던지 이해할 수 있었다. 그래서 그에 대해 슬그머니 탄복했다. 그는 공자의 힘을 빌리려 했다. 그러나 공자는 가신이라는 신분을 싫어했다. 다시 공자에게 관직을 주는 문제를 생각해 보았다.

노 정공은 삼환에 의해 임금이 되었다. 그래서 계환자는 자기의 제의에 반대하지 않으리라 믿었다. 계환자의 끈질긴 노력은 공자를 조정에서 봉직하는 것으로 허락받았다. 하지만 실제적 학문 수준을 시험해야 임명할 수 있다는 것이다. 오직 이래야만 백관들을 탄복시킬 수 있었다. 공자가 재능을 발휘하는데 거추장스러움이 없다는 것이었다.

한번은 계환자의 봉읍인 비읍(費邑)에서 우물을 파는데 도자기 단지가 나왔다. 그 안에 양과 같이 생긴 동물이 들어 있었다. 누구도 그 이름을 알 수 없어 괴이하게 여겼다. 계환자에게 바치니 그 역시 매우 놀라며 주위 사람들에게 물었다. 그러나 어떤 사람도 그 동물이 무엇인지 아는 자가 없어 연구로하여금 공자를 청하여 물었다.

"비읍 사람들이 우물을 파다 개 한 마리를 파냈는데 이것이 어떤 동물인가?

"공구가 보자면 단지 안에 있는 물건은 개가 아니라 양입니다."

공자가 대답했다. 그 자리에 있던 사람들은 저마다 눈을 동그랗게 떴다. 계환자는 다시 물었다.

"공자는 어떻게 개가 아니라 양이라는 걸 알 수 있는가?"

"제가 알기에는 산과 들에는 토석지괴(土石之怪)가 있다 들었습니다. 그 이름은 기(夔) 혹은 망량(魍魎)이라 하옵고, 수중 괴물은 용 망상(罔象)이라 하오며 이를 분양(墳羊)이라 하옵니다. 오늘 우물을 파다가 이 괴물을 얻었으니 분양이 틀림이 없소이다."

공자가 자신만만하게 대답했다.

"어떻게 분양이라 확신하는가?"

"암컷도 수컷도 아니며 다만 양의 몰골이기 때문입니다."

공자가 대답했다.

계환자는 사람을 시켜 자세히 관찰한즉슨, 과연 수컷도 아니고 암컷도 아닌 것이 양의 모양이다. 계환자는 공자의 해박한 학식에 대해 탄복했다. 남궁경숙은 공자의 제자였기에 더욱 자신감을 가졌다. 모든 사람이 앉은 다음 남궁경숙이 말했다.

"오왕 부차(夫差)가 월 토벌 시 회계(会稽)에서 거골(巨骨)을 주웠습니다. 열국을 다 돌아다니면서 물었지만 아는 사람이 없었습니다. 그들이 우리 노나라 여관에 숙박하고 있으니 공자를 모시고자 하옵니다. 아예 공자께서 오신 김에 오나라 사람도 불러들이겠습니다. 그 거골을 흠상하여 지식을 늘이는 것이 어떠하옵니까?"

계환자가 동의하자 공자의 동의도 없이 연구에게 시켰다. 한 시경도 되지 않아 연구가 오나라 사람을 데려왔다. 공자가 오나라 사람을 훑어보았다. 구 척 남짓한 거골에 더부룩한 검은 수염이 가슴까지 자라 있었다.

"공자께서 당대 성인이라는 얘기를 오래전부터 들었습니다. 오나라가 편벽하다 보니 오늘에야 연분이 있어 뵈옵게 되어 다행이옵나이다. 우리 왕 부차께서 월나라를 정복할 때 회계 성벽에서 이렇게 큰 뼈를 하나 주웠사온데 열국을 돌아다녀 보아도 아는 사람이 없었나이다. 공자께서 식별하여 주시면 우리 왕과 대신들이 오리무중에서 헤어 나올 것이옵나이다."

공자는 미소를 지으면서 두 손을 감싸 쥐고 오나라 사자에게 말했다.

"과분한 말씀이옵니다. 저는 다만 다른 사람보다 배우기를 즐길 뿐, 성인이라 하기에는 황송하옵니다. 우선 그 해골을 자세히 관찰한 다음 결론을 내려 보겠습니다."

사람들은 공자와 함께 밖으로 나와 마차에 실은 해골을 보았다. 공자는 자로 재면서 한참이나 관찰하다가 대청으로 들어가며 양미간에 천(川)자를 그려 깊은 사색에 잠겼다. 손으로 상을 살짝 찌그려보고, 고개를 들어 밖에 세워 놓은 마차를 내다보기도 했다. 그러던 그가 갑자기 양미간을 활짝 펴고 얼굴에 희색을 띠었다.

"이것은 방풍 씨의 골격입니다. 2000년 전의 것이옵니다."

오나라 사자가 사정하며 말했다.

"공자께서 좀 더 상세하게 말씀해 주시옵소서."

사람들도 기대의 눈길로 공자를 보았다. 공자는 조급해하지 않고 침착하게 말했다.

"우(禹)는 순(舜)의 수령자를 계승한 각 마을의 수령들을 회규에 모이게 했습니다. 회명을 하려는데 방풍 씨가 대회에 참가하지 않은 것을 발견했습니다. 이 방풍 씨라고 하는 사람은 키가 무지하게 컸습니다. 기운이 소 같으며 늘 강한 자와 맞서고 약한 자를 업신여겼습니다. 또한, 그는 회의에 늦도록 오지 않았습니다. 우(禹)가 치수할 때 한 번 만난 적이 있었지요. 그런데 방풍 씨가 포악하고 거만하여 복종하지 않았었습니다. 그 때문에 방풍 씨를 없애려고 우가 마음먹었는데, 회명 회의가 끝난 후에 방풍 씨가 술에 잔뜩 취해서 왔습니다. 우는 술 먹고 일을 망치는 자를 제일 미워했지요. 어찌 대노하지 않았겠습니까?

그리하여 그는 명령을 내려 방풍 씨를 옥에 가두고 그가 군주를 업신여기고, 법령을 거역한 죄를 성토하게 했습니다. 그는 강한 자와 맞서고 약한 자를 업신여겨, 이웃 나라를 침략한 죄를 성토하고 머리를 잘랐습니다. 전하는 바로는 그가 죽어 누운 땅이 아홉 무를 점했다고 합니다. 오늘날 귀국이 회규에서 이 해골을 얻은 것은 방풍 씨의 것이 아니고 또 누구의 것이 겠사옵니까?"

공자는 근거를 말하고, 또한 도리에 어긋나지 않게 말했기 때문에 사람들은 흥미진진하게 들었다. 들은 후, 한숨까지 내쉬었다.

오나라 사자는 생각했다. 노나라가 회규까지 거리가 천 리도 넘는데, 그렇게 상세하게 알고 있으니 공자의 식견에 어찌 탄복하지 않을 수 있겠는가? 오자서(伍子胥)가 오나라에서 대단한 인물이긴 하나, 공자에 비하면 그야말로 천지 차이라고 생각했다. 그는 여기까지 생각하고 일어나 대례로 오나라 왕을 대신하여 감사드렸다. 그때로부터 공자의 이름은 더욱 멀리 전해져, 소문을 듣고 구학하러 오는 사람들이 많아졌다.

서풍이 아우성을 치는 한겨울이 되니 하늘은 음침하고, 대지는 칙칙하고 온 천하는 연회색 속에 말려들었다. 양호는 찬바람 속에서 떨고 있었다. 그의 예측이 뜻대로 되지 못하고 공자에 의해 계획이 실패했기 때문이다. 이상하게도 그들은 30여 년의 적수였지만 양호는 이 시각에 그를 증오할 수만은 없었다. 오히려 삼환과 노 정공과 맞서기 위해 공자를 자기편으로 끌어들여야 했다.

공자는 양팔 저울추와 같아 모두 공자를 자기편으로 끌어다가 상대방을 이기려 했다. 양호는 공자가 자기와 주장이 전혀 다르다는 것을 알고 있었다. 그가 추구하는 것은 권력과 부귀였고 공자가 추구하는 것은 인이었다.

'인을 추구하며 벼슬을 안 한다고? 사대부는 대대로 벼슬하고 복을 누리기를 원하지 않는다더냐? 공자의 부친이야말로 추읍(陬邑) 대부로서 죽은 후 봉록도 없어 그들 모자를 빈궁과 비천에 빠뜨려 놓지 않았던가!'라고 생각하며 공자를 찾아보려고 마음을 굳혔다.

이날 공자는 제자들과 궁술과 어예(御藝; 수레 몰이)를 연마하고 집으로 오는 길에 자공이 말했다.

"양호가 두 번이나 왔다 갔습니다. 무슨 급한 일이라도 생긴 모양입니다."

공자는 듣고 나서 낮은 목소리로 말했다.

"양호가 두 번이나 찾아 왔다는 것이 웬일인가?"

만일 계환자의 일이라면 연구가 올 터이다. 양호가 무슨 일이 있어 찾아 왔을까? 양호는 접촉하지 않는 편이 나을 것으로 생각하고 있을 때, 공리가 부랴부랴 들어와 양호가 찾아 왔다고 알렸다. 양호가 하루에 세번이나 찾아오니 공자는 더욱 의심되어 공리에게 일렀다.

"나가서 아비가 집에 계시지 않는다고 전해라."

자공과 공리는 서로 쳐다보며 이해가 가지 않아 머리를 저었다. 양호는 공자가 회피하는 것을 알고 돌아갔다가 다시 만날 대책을 마련했다. 다음날, 공자는 계속 제자들과 활쏘기와 어예를 연마하고 집으로 돌아왔을 때 공리와 공야장이 나오면서 말했다.

"양호가 삶은 돼지 한 마리를 가져왔습니다."

공자가 말했다.

"양호는 참으로 대책이 많은 자로군! 내가 없는 틈을 타서 어제는 세 차례나 찾아오고, 오늘은 돼지를 보내오다니… 나에게 인사 오게 하려고!"

공자의 말이 끝나기도 전에 공리는 이해가 가지 않아 물었다.

"양호의 무엇이 두려워 그를 피하십니까?"

"30여 년 동안 양호는 줄곧 나를 적대시했다. 그런데 요즘은 일일삼견하고 삶은 돼지를 예물로 가져왔다. 도대체 무슨 연고인지 몰라 나는 조심하는 것이다, 그를 두려워하는 것은 아니다."

공야장이 말했다.

"타인의 예물을 받았으면 꼭 찾아 인사하는 것이 예의 아닙니까? 보아하니 오늘도 회피하면 실례인 것 같사옵니다."

공자는 뒷짐을 지고 실내에서 서성거렸다. 그러다가 문뜩 멈춰 섰다.

"양호에게 가서 그가 집에 있는가를 알아 오거라."

공야장이 부랴부랴 양호네 집으로 발걸음을 옮겼다. 잠시 후 공야장이 돌아왔다.

"양호가 방금 마차를 타고 맹 씨댁 연회에 참가하러 갔습니다."

이 말을 들은 공자는 행장을 차리고 양호네 집으로 갔다. 문지기가 주인이 계시지 않는다고 했다. 온 뜻을 말하고 문지기에게 인사를 전해 달라 부탁하고, 그곳을 떠나려 할 때 양호가 마차를 타고 돌아왔다. 공자는 할 수 없이 삶은 돼지를 선사한 인정에 감사드렸다. 양호가 급히 마주 인사했다. 그는 자기가 집에 없는 틈을 타 공자가 올 것을 알고 있었다. 그래서 그는 맹 씨 댁의 연회에 참가하러 간다고 거짓을 꾸미고 골목에서 엿보았다. 양호는 공자를 실내로 모시려 했으나, 공자가 제자들이 저녁을 함께 하려 기다린다는 구실을 세워 거절했다.

양호가 빙그레 웃으면서 말했다.

"오늘은 실례가 많았소이다. 양호는 늙어서 재빠르고 둔한 무사로서 예의에 관해 아무것도 모르옵나이다. 목마른 것처럼 학문을 구하려 하옵나이다. 공자께서 가르쳐 주실 수 있으신지요?"

공자는 재빨리 이곳을 떠나는 것이 상책이라 생각하고 그와 말하기 싫어서 예의상 인사말을 몇 마디 건넸다.

"공구도 배운 것이 없사오니 승낙하지 못하겠소이다. 나리같이 명성이 높은 분이 계신 노나라가 아닙니까? 공구는 마치 난쟁이가 하늘을 바라보는 듯하옵니다."

양호는 공구의 거절에도 화를 내지 않고 단도직입적으로 물었다.

"설마 30년 전 연회에 참가하지 못하게 한 일 때문에 이러시는 것은 아니신지? 아직 매듭이 풀리지 않았사옵니까?"

"공자는 집에서든 나가서든 애당초 매듭을 지은 적이 없사옵니다. 나리께서 이왕지사 지난 이야기를 새삼스럽게 들출 필요가 없사옵니다."

"좋사옵니다. 그러면 제가 공자에게 한 가지 묻겠습니다. 학식과 모략이 속에 꽉 들어찬 사람이 있다고 합시다. 그가 나라의 흥망성쇠도 돌보지 않고 시속에 물들지 않는 고고함만 추구한다면 그것이 인이라 할 수 있겠사옵니까? 또한, 정치에 종사하려고 했으나 기회를 놓쳤다면 지(智)라고 할 수 있사옵니까?"

양호는 공자가 대답도 하기 전에 먼저 말했다.

"노나라의 정권이 삼환의 손아귀에 들어간 지 근 백 년입니다. 오늘

날 천자가 축출당하고 대후들이 정권을 잡았습니다. 예악이 산산조각이 났사옵니다. 공자께서는 총명하고 박식한 사람이옵니다. 그리 일생을 헛되이 보내면서 남의 코끝만 흠모하시겠습니까?"

양호의 청산유수 같은 질문이었다.

공자는 그가 하고자 하는 속내를 간파할 수 있었다. 삼환을 반대하는 데 힘을 합치자는 것이다. 양호는 또 벼슬과 녹봉 따위로 공자를 낚으려 했다. 이것은 중대한 사건으로 공자는 더는 회피할 수 없었다.

"나라의 흥망성쇠에 대해서는 저마다의 견해와 책략이 있을 것입니다. 만일 제후들의 권력 쟁탈을 따라 배우시면 주례는 파괴됩니다. 대권만 손아귀에 넣어서는 아니 되옵니다. 인정을 시행하고, 예악으로 만민을 감화시켜야 나라를 편안하게 다스림이 길어지옵니다.

주나라의 공적을 따르고 가르쳐야(周公之道) 군신들을 묵묵히 감화시키고 백성을 도탄에서 구할 수가 있사옵니다. 시와 문장을 널리 유행시켜야 국가의 백년대계가 이루어집니다. 인덕(仁德)으로 평화를 수호해야 분열이 사라지고 백성을 구원할 수 있습니다. 맨밥에 물만 먹고 팔베개를 하고 잘지언정 불의(不義)와 부귀는 뜬구름처럼 여길 줄 알아야 하옵니다."

양호가 히죽이 웃다가 정색하면서 말했다.

"부리(富利)의 논의가 대단히 고명하옵니다. 하온데 모두 공담에 지나지 않사옵니다. 옛날 주공이 삼공구경[1] 중에서도 첫 자리에 앉았습

---

1 삼공구경; 원래《예기》에 "삼공, 구경, 이십칠대부, 팔십일원사(三公九卿二十七大夫八十一元士)" 라고 하여 작위의 등급을 나타낸 말이었다. 삼공구경(三公九卿)은 중국 진한 시대의 행정관직의

니다. 예를 제정하고 악을 만들어 만민을 감화시켰습니다. 처음으로 동산에서 솟아오는 일출처럼 만 리에 빛을 뿌렸사옵니다. 애석하게 후세는 저마다 쇠약하고 무능해졌습니다. 제후국을 책봉하여 희씨(姬氏: 주나라 왕족)가 천하에 분포했습니다. 오늘에 또 동족이 서로 싸우고 부자가 서로 자비로 성곽을 쌓고 있습니다. 주나라는 그 이름만 존재할 뿐, 사실은 멸망했습니다. 공자의 말씀은 나무에 올라가 고기를 찾는 격이 아니겠습니까?

공자께서 만일 저와 손을 잡고 함께 행할 수만 있다면 세상을 다스릴 수 있는 당신의 학문은 헛되지 않을 것이옵니다. 공자의 연세가 이미 반백이니 시기는 기다려주지 아니하옵니다. 지혜가 넘쳐나도, 직무와 권리가 없으면 어떻게 발휘할 수 있겠사옵니까? 또 언제 나가서 자신의 포부를 실현할 수 있겠사옵니까? 시간은 유수와 같습니다. 이 귀한 시간을 헛되이 흘려버리면 애석하지 않겠사옵니까?"

묵묵히 사색하던 공자는 양호가 한 말에 도리가 꽤 있어 보였다. 그가 머리를 들어 사방을 보니 해는 벌써 서산에 지고 있었다. 하늘에는 흰 눈이 푸석푸석 내리고 있었다. 거리는 쥐죽은 듯 고요했다. 눈꽃은 아무런 기척도 내지 않고 땅에 떨어져 내렸다. 미풍에 흩날려 담벼락과 길모퉁이에로 떨어지고 있었다. 공자는 흰 눈처럼 갈피를 잡지 못했다. 원칙적으로 보면 양호는 윗사람을 거역하고 반란을 일으켰다. 그러므로 그 행위에 동의할 수 없다. 하지만 그의 말에는 전혀 도리가

총칭이다.

없는 것은 아니었다. 어떤 말에는 도리에 어긋나는 것도 있었다. 다만 눈앞에 내리는 눈송이처럼 쥘 수가 없었다. 손에 넣었다 할지라도 삽시간에 녹아버릴 것 같았다.

양호의 눈길은 한풍(寒風)보다 더 날카로워 보였다. 이에 공자는 시비를 가릴 수 없는 이곳을 빨리 떠나고 싶었다. 양호와 삼환지간의 모순에 참여하지 않으려고 마음먹었다. 한데 지금에 와서는 깊숙이 관여된 것 같았다. 몸에는 얼음이 덮인 듯했다. 보아하니 생사를 가르는 싸움을 할 모양이다. 자신은 어떻게 해야 할 것인가?

공자가 입을 다물고 있는 것을 보니 양호는 자신의 설득에 영향력을 주었다고 생각하여 은근히 기뻐했다. 공자가 무엇을 선택할 것인지 양호는 추측했다. 빨리 대답하여 달라고 핍박할 수는 없었다. 날은 저물고 눈은 더욱 세차게 내려 헤어질 때가 되었다.

"공자님을 불의의 구렁텅이에 밀어 넣은 것이 아니오니 다시 생각해 보시옵소서."

양호는 교활하게 웃고는 거무칙칙한 대문으로 들어갔다.

공자가 집에 돌아오니 제자들은 벌써 저녁을 끝낸 뒤였다. 제자들은 공자의 우울한 기색을 보고 감히 묻지 못했다. 공야장 부부는 저녁을 차렸다. 공자는 '오늘쯤이면 자로가 와야 했는데…'라고 중얼거리며 근심했다.

공야장이 공자를 위로했다.

"자로 형은 항상 시간을 어기지 않습니다. 아마도 달리는 말에 채찍질하면서 오고 있을 것입니다. 지금 말을 매고 있을 수도 있사오니 근심하지 마시옵소서."

아니나 다를까 그때, 자로의 거친 말소리가 들려왔다.

관리로서 백성을 사랑할 것을 가르치다

공자가 자공을 불렀다.

"자공아! 내일 포읍에 가서 중유에게 왔다 가라고 해라."

자공은 이해가 되지 않아 물었다.

"자로 형이 떠난 지 이틀도 되지 않았는데 왜 부르십니까?"

"여러 가지 소문이 있더구나. 중유가 농부들을 동원하여 홍수에 대비하려고 배수로를 파고 있다는데…."

"그것은 홍수를 미리 방지하려는 것이 아닙니까?"

"그렇다. 중유는 벌써 출사하여 관리가 되었다. 근정애민(勤政愛民)하여 백성들의 수해를 방지하려는 듯 하다. 얼마나 기쁜지 모르겠구나. 그런데 자신의 봉록으로 백성을 구제한다고 하더구나! 매일 사람들에게 밥과 고깃국을 제공한다고 들었다."

자공은 이 말을 듣고 의혹에 찬 눈으로 공자를 바라보았다.

"자로 형께서 자신의 봉록으로 매일 밥과 고깃국을 제공하여 백성을 구제하는 것은 인을 실천하는 것 아닙니까? 인이란 사람을 사랑하는 것이니, 읍관으로 백성을 자식처럼 사랑하는 것이 아니 돼 옵니까?"

공자는 과단성 있게 말했다.

"화가 눈앞에 당도했으니 스승이 부른다며 데려오게!"

자공은 난처해서 물었다.

"저 자신이 이해하지 못하는데 타인을 어떻게 설복하겠나이까? 자로가 만일 공무에 바빠서 오지 않으면 어찌하오리까?"

공자가 자공을 엄숙하게 나무랐다.

"이런 작은 시비도 가리지 못하다니? 그렇게하여 양 군사의 세객질을 어떻게 할 수 있겠는가?"

자공은 말문이 막히고 얼굴이 홍당무가 되어 쥐구멍이라도 있으면 찾고 싶었다. 안회가 자공의 소맷자락을 당기면서 작은 목소리로 말했다.

"자로의 밥그릇을 깬다면 하는 수 없이 따라오지 않겠나? 그때 공자께서 어떤 가르침이 있을 걸세."

"그렇군! 안회는 참으로 총명하군!"

뭇 제자들이 이구동성으로 자공을 재촉했다.

"어서 다녀오게! 스승님은 속에 품고 겉으로 나타내시지 않는 성격이야. 분명 우리에게 새로운 가르침을 주실 것이야. 그리고 자로가 오면 행단에는 조용할 새가 없을 것일세.

자공이 공자 앞에 전령병처럼 한쪽 무릎을 꿇고 말했다.

"스승님 노여움을 푸시옵소서! 제자, 명대로 갔다 오겠소이다."

그의 해학적인 행동에 제자들은 웃음을 터뜨렸다. 공자도 웃으시면서 "자로를 데려오지 못하면 머리라도 조심하라 일러라."하고 맞장구

쳤다. 자공은 마차를 몰아 포읍으로 향했다.

얼마 후, 자로는 한 손엔 채찍을 다른 한 손엔 자공의 팔목을 잡고 들어왔다. 입술은 꼭 다물었고 눈에는 핏기가 서려 있었다. 자공은 흐느적거리며 자로의 손아귀에서 벗어 날 생각도 하지 못 했다. 안회는 그런 장면을 보고 뜯어말리려 앞으로 나갔다.

자로는 공자를 보더니 자공을 놓아주었다.

"스승님이 내 밥그릇을 깨라고 자공을 보내신 게 정말입니까?"

안회가 웃으면서 말했다.

"스승님이 자네를 오라고 영을 내렸지 밥그릇은 무슨 밥그릇."

"스승님이 깨라 하셨네!"

자공이 안회의 말을 가로채 대답했다.

자로는 이들 둘의 말이 일치하지 않자 누구의 장난인 것을 눈치챘다. 채찍을 휘두르면서 자공을 위협했다. 자공은 공자의 뒤에 숨어 그의 높은 체구로 방패로 삼았다. 자로는 비로소 스승에 대한 인사가 늦어 실례했다는 것을 알고, 친구들과의 장난을 뉘우치면서 얼굴이 벌게져 귀 맞은 투계(鬪鷄)처럼 고개를 가슴에 푹 떨궜다. 거칠고 거센 쉰 목소리는 어디로 갔는지 부끄럼 피우는 소녀처럼 하느작거렸다.

"중유가 스승님을 뵈옵습니다. 방금 중유가 실례했는데 스승님께서 엄하게 벌해주시옵소서!"

공자는 나무라지도 않고 화도 내지 않으며 '하하' 웃으며 놀려 주었다.

"중유, 개구쟁이야! 포읍을 다스리는데 그 채찍이 얼마나 도움 되던가?"

"스승님께서 포읍에 가서 중유의 정적(政績)을 살펴보시옵소서!"

중유는 억울하다는 듯이 말하고 나서 또 이어 말했다.

"제자는 스승의 교시를 마음에 아로새기고 있사옵니다. 백성을 나의 부모처럼 보는데 채찍으로 부리다니요?"

"너희는 자리에 앉아 나의 말 좀 들어보아라."

공자는 자로의 화제를 피하고 더 따지지 않았다. 남궁경숙과 안회 등은 자신들 앞에다 공자의 자리를 권했다. 제자들은 원을 그리고 공자를 둘러싸고 앉거나, 선 자세로 가르침을 듣고 있을 때 공자는 다음과 같이 말했다.

"중유는 폭풍우가 올 것을 미리 예방하고 있다. 지형이 낮은 곳에 수재가 들까 근심하고 백성들을 동원하여 물이 빠지도록 배수로를 파고 현장에 나가 밤낮없이 일하고 있다. 나는 이 소식을 듣고 매우 기뻐했다. 관리들이 만일 중유처럼만 근무한다면 천하는 얼마나 태평스러울 것인가!"

공자의 말 한마디는 난류가 되어 자로의 전신에 퍼져나갔다. 눈시울까지 축축해져 속으로 '제 마음을 아는 자는 스승님밖에 없구나!'라고 중얼거렸다. 공자는 차를 한 모금 마시고 나서 말을 이어 나갔다.

"관리는 당연히 정사는 부지런해야 한다. 하지만 교육에 더욱 중점을 두어야 한다. 시는 사람들에게 순박함을 가르쳐준다. 서(書)는 정사에 통달하고 멀리 내다보게 한다. 악은 선량함을 가르쳐준다. 역(易)은 사람들에게 깨끗하고 결백하며 침착함을 가르쳐준다. 예는 공손하고 근검하며 정중함을 가르쳐준다. 춘추는 사물이 규칙에 어긋나지 않게 하는 것을 가르쳐준다. 하늘에는 사계절이 있다. 춘하추동과 풍상우로도 교육으로 할 수 있다. 산천의 높고 낮음과 기후의 건습과 오곡의 자생하는 것도 교육으로 가능하다.

중유가 백성을 동원하여 홍수를 대비하는 것도, 배수지를 파는 것도 교육이다. 하지만 백성들에게 작은 혜택을 주면서 일을 시키는 것은 교육이 아니다."

자로가 변명하여 말했다.

"백성들이 배를 곯으며 일을 하니 가슴이 아팠습니다. 봉록을 털어 밥과 고깃국으로 기아를 덜게 하였사옵니다. 스승님의 가르침에 '대중을 친인처럼 사랑하라'라는 말씀이 있습니다. 단지, 입으로만 말하고 실제 행동에는 옮기지 말라는 것이옵니까?"

자로가 말하자 번지 등 몇몇 제자들이 이에 호응하여 나서며 말했다.

"우리가 관리로 있으면서 백성들의 공경을 받아야지 백성의 힘을 얻지 못한다면 탐관오리와 다른 게 무엇입니까?"

공자는 양미간을 찌푸리고 엄숙하게 말했다.

"자네들은 하나만 알고 둘은 모르는 구나! 춘추시대 특히 공실이 극도로 쇠약해지고 있을 때, 대신들이 권리를 틀어쥔 노나라 땅에서 정사를 돌보고 있었네. 특히 앞뒤를 모두 살펴보아야지 만일, 인정만 시행하다가는 화가 미칠 수 있네."

이때 자로가 반박하며 말했다.

"그렇다면 노나라에서는 인정을 시행할 필요가 없겠군요. 법을 어기면서 백성의 피땀이나 짜내어 권세 있는 대신에게 아첨만 하면 되겠사옵니까?"

"절대 그렇게 하여서는 안 되네. 청렴과 순결이 관리의 본분이네. 하지만 현실은 그렇지 않네. 권력을 쥔 대신이 쥐락펴락하게 되면 사정은 달라지네. 세도를 노리는 소인이 구린 냄새를 즐기는 개미들처럼 모여드네. 흠을 찾아 그것을 건더기로 삼으려 하네. 권세를 잡은 대신을 사경에 처넣는 것이니 조심해야 하네.

백성이 배를 굶주리면서 일하는 것이 불쌍하다면 무엇 때문에 노 군에게 아뢰지 않는가? 국가 창고에 있는 식량으로 구제해야지 개인이 사사로이 녹봉의 쌀로 음식을 제공하는 것은 아니 되네. 딴에는 덕으로 정치를 한 것 같이 생각할지 모르지만, 노 군의 덕(德)이 없음을 나타내는 것이 아니고 무엇인가? 속담에 '군주의 봉록을 타 먹고 군주에게 충성한다.'라고 했네. 지금 너의 행위는 군주의 봉록으로 자기의 은혜를 베푸는 것이 아니고 무엇인가.

은혜를 베풀면 백성들의 환심은 살 수 있다. 그러나 소인들이 민중을 부추겨 반란을 일으키려 한다고 밀고하면 입이 열 개라도 변명하기 힘들 것이기에 나는 자공을 시켜 너를 데려왔다. 자공이 너의 밥그릇은 깼어도 너의 머리를 지켜주었으니 감사하는 것이 마땅하다!"

제자들은 가르침을 받았으며 공자의 사랑을 크게 느꼈다. 자로는 자리에서 일어나 엄숙하게 서서 "스승님의 사랑이 부모와 어찌 비기겠습니까?"라고 했다.

공자가 말했다.

"각자 휴식하게. 나는 중유와 단둘이서 할 이야기가 있네."

공자는 제자들이 물러가자 공리에게 화로에 숯을 더 넣으라 했다. 화롯가에 자로와 앉아 상냥한 어조로 이야길 했다.

"계환자는 무예가 훌륭한 자를 한 명 추천해 달라 했다. 아무리 생각해 보아도 나는 중유를 추천할까 한다!"

자로가 펄쩍 뛰었다.

"저더러 계씨네 가신으로 가라고요? 스승님이 어찌 이러실 수가 있나이까? 스승님께서는 가신이나 권세자의 부용물을 싫어하셔서 반백 가까이 출사도 하지 않으셨습니다. 중유가 퉁명스럽게 생기기는 하였사오나 '스승이 훌륭하면 제자도 따라간다.'란 도리는 알고 있사오니 스승님의 발자취를 따라 굶어 죽는 한이 있더라도, 가신 노릇은 절대 하지 않을 것이옵니다."

계씨네 가신이란 말에 분이 상투 밑까지 오른 자로를 본 공자는 자신이 그에 대해 기대했던 모습이라 지극히 기뻤다. 제자 중에서 자로는 제일 솔직하고 무예가 출중했기 때문에 그는 이미 문무를 겸비한 선비였다. 평소에 과감했으며 때로는 불평도 했지만, 속은 언제나 거울처럼 맑고 윤택하여 싫고 좋음이 분명한 사나이였다.

공자는 계씨가 현능한 자를 추천해달라는 부탁을 받고 우선하여 생각해 본 제자가 바로 자로였다. 그것은 그가 포읍장질을 잘했기 때문이다. 돌발적인 사변에 대처할 경험과 능력을 쌓은 것도 있었지만 그의 충성심에 관심을 가졌다. 그는 불효 불충한 자들을 눈에 든 가시처럼 여겨 계씨네 신하 노릇을 죽어도 하기 싫어하는 성격도 알았다.

공자의 비협조로 양호의 반란이 실패하다

양호는 계씨를 반대하여 당장 반란을 일으키기라도 할 듯했다. 공자도 계씨가 정권을 틀어쥐고 임금을 협박하는 것은 반대했다. 양호가 공자에게 계씨를 뒤엎을 계획을 털어놓았을 때, 공자도 나서지 못할 사연이 있었다. 만일 공자가 나선다면 그는 곧 '불의'란 누명을 쓰고 사람들의 손가락질을 받아야 할 것이다. 그러나 만약 자로가 가신이 된다면 상황은 달라질 것이다. 그런데 그는 현재 무척 화가 나 있어 그에게 도리를 자세히 설명해야 했다.

공자는 일어서서 자로의 옆으로 다가갔다. 그는 보는 척도 하지 않았다. 공자는 은근한 목소리로 자로를 달랬다.

"중유! 이 스승이 말을 끝낸 다음 화를 내도 늦지 않을 것이네."

자로는 돌아서서 다른 데로 가버렸다.

"자로는 40이 넘었는데도 아직 어린애와 같아, 생각해 보게! 노나라 어느 곳에도 계씨네 관할 구역 아닌 곳이 없다네. 공실은 사실 존재하지 않아. 연구는 이미 계씨 댁에 간지 몇 달이 되었네. 자네들이 가신으로 봉직하는 것은 계씨를 위하는 것이 아니라 노 군을 위하고 노 씨의 강산을 위한 것이네."

그리고 양호의 음모와 계획에 관해 자세히 들려주었다. 공자의 이야기를 다 듣고 난 자로는 부끄러워 고개를 숙였다.

"공자께서 진작 자세히 알려주셨어야지요. 그랬다면 제자가 어떻게 화를 낼 수 있었겠습니까?"

"연구가 일은 세밀히 처리하나 계씨에게 지나치게 충성하네. 자네가 가서, 연구와 함께 양호의 움직임을 면밀하게 주시하게. 지체 말고 계씨와 의논하고 양호의 반란을 제지해야 하네. 노나라에 내란이 없어야 예교를 실현하는 것이 가능하네. 타국으로의 전파도 실현할 수 있을 것이네."

"중유는 계환자에 대해 어떤 태도를 보여야 하옵니까?"

"배후에서 그를 논하지 말게. 만일 예의를 어기면 면전에서 간청해야 하네. 내일 나와 함께 가서 노 군을 회견하세. 포읍의 일을 교대한 다음 부임하게."

양호가 집으로 돌아왔다. 시종은 공자가 왔다 간 것을 이야기했다. 그런데 그는 짜증을 내면서 말했다.

"알았다! 의논할 일이 있으니 어서 양월(陽越)을 불러오너라."

양호는 공자와 헤어지고 집으로 돌아오는 길이었다. 심정은 매우 침중했다. 공자가 자신의 계획을 알고 참가하려 하지 않았기 때문이다. 평소에 공자는 계씨의 전권에 대해 반대했을 뿐만 아니라 철천지 원수를 대하는 것 같았다. 이 때문에 상견하여 함께 일하자고 했던 것인데 계평자의 전권보다 자기의 주장에 반대하고 나섰다. 설사 공자가 자기 계획을 계환자에게 말할지라도 그의 실력으로는 감히 어쩌지 못한다.

만약, 국군의 명으로 자신을 토벌한다면 자신은 달걀로 돌을 치는 격이다. 생각하면 할수록 무서워 온몸이 땀투성이가 되었다. 지금 그의 앞에는 오직 한 길, 무방비 상태에서 먼저 손을 쓰는 것이다. 그는 집에 돌아오자마자 기다리고 있던 가신들과 상의하니 어느 정도 홀가분하여 쪼그라 붙은 양미간도 느슨해졌다.

양호는 비록 계씨 낵 가신이지반, 주인을 대신할 야심을 언제부터인가 품고 있었다. 삼환의 일족들도 기회를 노려 한번 권력을 쟁취하려고 단단히 벼르고 있었다. 양호는 자신이 그들의 중심에 서면 승리는 자신의 손안에 있다고 생각했다.

삼환만 격파하면 노 정공을 대처하는 것은 식은 죽 먹기였다. 양호는 또 노나라 궁전 안에 의젓이 앉아 대신과 시비의 도움을 받고, 나풀나풀하는 춤 자세나 감상하며 천군만마를 지휘하는 자신을 상상했다.

양호는 두 눈을 거슴츠레 뜨고 욕망의 바다에서 돛을 올리기 위해 공자와 회담했지만, 후회와 두려움만 얻게 되어 환상이 산산이 무너졌다.

"형님께 아룁니다. 사람들이 다 모였으니 분부하시지요!"

갑자기 외치는 소리에 양호는 흠칫하고 놀랐다, 다시 정신을 차리고 보았다. 양월과 공렴양(公斂陽), 숙손철, 숙중지치(叔仲志治) 등이 있었다. 계손오는 그 옆에 있었으며 모두 자신만을 물끄러미 바라보고 있었다. 양호는 중인들을 앉게 하고 저녁에 공자와 있었던 일을 이야기했다.

"활시위가 팽팽해졌으니 부득이 쏘아야 하네! 이런 일은 빠르면 빠를수록 좋은 것일세. 늦추다간 의외의 사고가 생기는 것일세. 여러분의 의견은 어떠한가?"

공렴양이 양호의 장단에 가락을 맞추었다.

"양 나리께서는 제가(諸家)의 수령이십니다. 누가 어르신의 계책에 거역하겠습니까! 재작년엔 홀몸으로도 주실 제단(周室祭壇)과 조약을 맺으셨습니다. 또 국인들을 지휘하여 박사(亳社) 신관에서 맹세케 하였나이다. 누구나 할 것 없이 어르신의 거사와 위력을 알고 있습니다. 지금 이 시국에 어찌하겠습니까!"

양호가 천천히 말했다.

"말은 그렇게 하는 법이 아니라네. 이 일은 작은 일이 아니라 성공하면 당신들은 모두 공신이 되는 것이고, 실패하면 모두 도적 두목으로 몰리는 것일세. 신중하지 않으면 안 되는 것일세."

숙손철이 양호의 말이 끝나자마자 엄살을 떨었다.

"저는 병력이 부족할까 두렵사옵니다. 우리 숙손씨의 병력은 모두 숙손씨 집에 집결해 있습니다. 하오니 일병, 일 졸도 떼어 내오기 힘듭니다."

양월이 숙손철의 말을 이어받아 말했다.

"계씨네 병사는 제게 지휘권이 있습니다. 마음 놓고 분배하십시오. 삼환 쪽을 도울 일은 절대 없을 것입니다."

공렴양이 말했다.

"제가 보기에 병력이 부족한 것이 걱정입니다. 속담에 병사는 많은 것보다 정예군이 좋다고 했습니다. 더욱 장수는 용맹해야 합니다. 계씨 댁 병사로는 양월 장군이 총지휘하고 있사옵니다. 그것은 마치 호랑이가 승냥이 무리에 들어간 격이오니 승리에 근심할 필요가 있겠사옵니까? 염양(斂陽)이 아둔하고 지략과 용맹이 모자라 양월 장군의 만분의 일도 못 하옵니다. 하오나 수중의 창은 만만하지 않을 것입니다. 그리고 비성(費城)의 공산(公山)이 배반심이 있어 승리의 추세가 보이면 무기 들고 넘어올 것이옵니다. 병력 부족을 근심하여 무엇하겠습니까?"

양호가 말했다.

"염양 아우의 말이 지당하오이다. 그리고 이번 행동은 생사가 판가름 나는 것도 아닙니다. 계책을 쓰는 행동이기 때문에 언제 어디서 계환자를 죽여 버리는가 하는 것이옵니다."

양월이 선뜻 나서면서 말했다.

"계씨 댁에서 죽여 버리는 것이 제일 좋을 것 같사옵니다."

말소리가 떨어지자 문밖에서 어떤 사람이 호통쳤다.

"배짱 큰 도적놈아! 어디에서 시퍼런 대낮에 장난치는 거냐! 어서 자수하지 못해? 시체를 허공에 내버릴 수치를 당하지 말고."

뭇 사람들은 매우 놀랐다. 양월이 장검을 들고 문밖으로 나갔다.

"너희들은 남을 쫓아내고 그 자리에 앉을 배짱이 있는가? 말 한마디에 경황 실색하다니. 양월, 무례하게 굴지 말게!"

뭇 사람들이 정신을 차리고 보았다. 바로 문인(聞人) 소정묘(少正卯)가 들어오고 있었다. 양호가 급히 자리를 내주었다.

"소정 대부! 어이하여 여기까지 오셔서 소인을 놀라게 하옵니까?"

"자네들이 하는 짓은 삼환이나 얼려 넘길 수 있을 뿐이지, 나의 눈은 못 속이네. 나는 벌써 온 지 오래네. 자네들이 제명에 죽지 못하는 것을 보기 싫어 도우러 왔네."

"대부의 말씀에 의하면 이 일은 통하지 않는다는 것입니까?"

양호의 말에 소정묘는 미소 짓고 손을 내 저으며 말했다.

"되고말고! 정공과 공구를 함께 죽여 버려야 내 속이 시원하지만, 자네들은 이 일을 애들 장난으로 생각하네."

양호는 소정묘의 말이 딱 맞는다고 생각했다. 정공을 죽이고 공후(公侯)가 되려는 자신의 야심에 맞았다. 체면 차릴 새도 없이 소정묘에 물었다.

"대부의 말씀은 어떻게 하란 말씀이옵니까?"

소정묘가 천천히 말했다.

"행동에는 명분이 있어야 도리가 있고 힘이 있네. 제후들이 패권을 쟁탈할 때 깃발을 들고나오네. 왕을 존대하고 침략자를 쳐부수자는 깃발일세. 우리도 그 명분을 빌면 어떻겠나? 현재 노나라는 공실을 강화하고 삼환을 억제하려 하네. 그것이 민심을 얻을 수 있어 민의에 순응하고 있네. 우리는 잠시 정공의 털끝 하나 다치게 하지 말아야 하네. 그리고 깃발을 들어 권리를 손에 쥐어야 하네. 그다음에 다시 기회를 노려야 하네."

사람들은 소정묘의 말이 옳다, 하면서 연신 고개를 끄덕였다. 이 말을 공렴양이 추켜올렸다.

"소정 대부께서는 문인이라고 함에 손색이 없사옵니다. 과연 모략이 출중하옵니다. 당초에 공자가 학교를 꾸릴 때 대부께서는 그를 도우셨습니다. 세 번 채우고 세 번 비우게 하지 않았사옵니까. 공자가 꾸린 학교의 학생을 많이 끌어가시지 않으셨습니까?"

소정묘의 갈치 같은 얼굴이 더욱 길어졌으며 시퍼렇게 바뀌었다.

"학교를 꾸린 일은 입 밖에 내지도 말게. 나중에 그래도 공구에 진 것일세."

"소정 대부께서 화내실 필요가 없소이다. 이후에 공구를 죽여 한을 풀겠소이다. 언제 거사(擧事)를 일으키면 적합할 것 같사옵니까?"

"제사를 치르고 계환자가 포포(蒲圃)에 가서 제사 음식을 접대합니다. 그때 기회를 노려 죽입시다. 그러면 모든 대사가 원만해질 터! 제삿날까지 아직 몇 달 남았으니 치밀하게 계획을 수립하면 될 것입니다. 이 일은 비밀에 부치고 절대 밖으로 누설하지 말아야 합니다."

소정묘는 마치 사령관이 작전배치를 하고 동원령을 내리는 것 같았다. 양호는 매우 감격하여 머리를 숙여 인사했다.

"소정 대부의 가르침에 감사드리옵니다. 그리고 박식하신 분이 일처리를 하는데도 유달리 총명하옵니다. 이미 사경이 되었사옵니다. 변변치 않은 술이지만 모두 함께 거사를 미리 축하합시다."

술상이 차려졌다. 몇몇 사람들이 음모가 성사된 양, 빈번하게 잔을 들었다. 동녘이 환해서야 모인 사람들이 헤어졌다. 폭풍우가 닥쳐올 무렵의 하늘은 순식간에 천변만화했다. 마치 말을 타고 꽃구경을 하는 격이었다. 처음에는 공기가 싸늘하고 바람 한 점 불지 않았다. 연회색의 구름이 낮게 드리웠다. 양호는 감개무량하여 몸을 굽신거리며 소정 대부의 가르침에 '고맙소이다. 고맙소이다.'를 연발했다.

그러나 서서히 바람이 일고 하늘은 찢어지기 시작하여 그 틈새가 점점 커지고 길어졌다. 먹구름은 점점 응고되어 파도인 양 치솟아 오르더니 먼 곳으로부터 우레가 치며 바람이 세차게 불어왔다. 뭉게뭉게 먹장구름은 병마의 대열같이 동에서 서로, 남에서 북으로 몰려왔다. 전투는 곧 시작될 것만 같았다.

야밤이다. 한 대의 마차가 땅거미를 무릅쓰고 계씨 댁으로 들어가고 있었다. 삽시간에 어지러운 발걸음 소리가 계씨네 뒤뜰에서 멎었다.

맹의자는 새집을 지으려고 계씨 댁에서 자로를 모셔왔다. 공정 감독을 맡기기로 했다. 그리고 밤낮으로 다그쳐 새집 건축에 망루를 숨긴 밝고 작은 성을 설치했다. 맹부(孟府)에서는 자로가 훈련을 강화했다. 공자는 책방에서 남궁경숙(南宮敬叔)과 밀담(秘談)했다. 이때, 공자와 남궁경숙이 노 정공의 주변에 나타났다. 자공은 임초(林楚)와 차를 마시고 있었다. 그는 계환자의 보호병이었다. 공자는 공영양(公斂陽)과 술을 마시고 있었다. 건배가 빈번했고 담화도 잘 되어갔다. 계씨 댁 울안에는 양월(陽越)이 가병(家兵)을 훈련하고 있었다.

양호는 피곤하여 눈에까지 핏발이 섰다. 그는 지금 눈코 뜰 사이가 없었다. 양호는 오만한 태도를 감추고 계환자와 화기애애하게 담화를 하고 있었다. 눈이 온 뒤 날이 개니 날씨는 더욱 추워졌다. 석양의 따스함마저 눈에 온기를 빼앗겨 버렸다. 행인들은 몸을 움츠리고 발을 동동 굴렀다. 호호하고 손을 불면서 집으로 돌아가기에 바빴다. 거리는 바닥에 물 뿌린 듯 고요했다.

새하얀 곡부성에서는 지금 피비린내 나는 혼전을 잉태하고 있었다. 쌍방은 모두 저들의 권익과 이익을 위해 분투하고 있었다. 대자연이 부여한 무대를 빌려 그들은 또 각자의 역을 맡았다. 저마다 앞다투어 사람이 놀랄 정도로 연출을 잘 했다. 제사 이튿날 계환자가 세수를 마치자마자 양호가 다가갔다.

"총재 나리! 오늘은 포포향작(蒲圃鄉昨)에 가셔야 하옵니다. 어서 채비하여 주시옵소서!"

"예전에는 점심 무렵에 갔네. 그런데 지금은 아침일세. 나는 일을 좀 보아야겠네. 국군(国君)이 나무라시기 전에 자네가 알아서 제사 음식을 각 대부에게 나누어 주게."

"총재께서는 안심하시옵소서. 꼭 분부대로 하겠사옵니다. 안심하시고 포포 연회에 참석하시옵소서. 양월이 총재 나리와 함께 갈 것이 옵니다."

양호는 말을 끝마치자 양월에게 외쳤다.

"총재 나리를 모시고 포포향작에 다녀오게. 날씨가 추운데 조심하고."

양월은 문밖에서 대답했다.

"총재 나리! 마차에 오르시옵소서. 저희는 이미 준비가 다 되었사옵니다."

계환자는 비록 온실에서 자랐지만 바보가 아니었다. 오늘 양호의 특별한 행동에 의심이 가지 않을 수 없었다. 포포향작에 다녀오는 것은 해마다 있는 일이었다. 하지만 이렇게 일찍 떠나는 것은 처음이었다. 그리고 가병(家兵)도 수행하지 않았다. 방금 양월의 그 강개한 어조에서 보더라도 머리가 곤두서는 것 같았다. 그가 문밖을 내다보았다. 사병들은 저마다 창칼을 들고 대열을 지어 정연하게 서 있었다.

얼핏 보기엔 평소와 별반 다르지 않았다. 하지만 그들의 얼굴에는 살기가 충천했다. 계환자는 생각을 멈추고 양호를 보았다. 양호는 손에 보검을 잡고 있었다. 또 다른 한 손은 주먹을 쥐고 있었다. 자신을 바라보는 두 눈은 게슴츠레했다. 그 모습에 계환자는 2년 전의 일을 환기했다. 양호가 한 손에 검을, 한 손에 새하얀 어린양을 들고 맹약(盟約)을 핍박하던 그때에도 양호는 역시 게슴츠레한 눈으로 자신을 바라보고 있었다.

이 검 아래, 두 목숨이 걸려 있다. 하나는 당신이고 다른 하나는 이 어린양이라 했다. 대부께서 선택하옵소서! 자신의 목숨을 보전하려면 이 양은 죽고 맹약은 체결될 것이옵니다. 양의 목숨이 붙어있으면, 그 다음에는…. 장검을 계환자의 목에 겨누었다.

손가락 하나 까딱하면 목숨이 날아갈 찰나였다. 계환자는 하는 수 없이 맹약에 조인했다. 계씨네 모든 대사는 모두 양호가 처리하게 되었다. 노나라 정사까지 양호가 처리하게 되었다.

계환자는 여기까지 생각한 후, 주위를 살폈다. 연구(姸求)와 자로(子路)는 그림자조차 보이지 않았다. 오늘 내가 포포에 가는 일을 그들이 정말 모르고 있을까? 자로는 내 집에 와서 나와 담화 한번 하지 않은 채 맹 씨에게 불려갔다. 연구의 말에 의하면 이는 공자의 뜻이라 하였다. 그리고 결정적 시각엔 자로가 나타날 것이라 했다. 공자의 계획은 무엇일까? 지금이 결정적 시각이 아닌가? 만일 양호가 당장 손을 쓴다면 숨통이 백 개가 있어도 쓸모가 없다.

양호는 계환자가 아무런 대꾸도 없는 것을 보았다. 눈치라도 챌까 두려워 마구 재촉했다.

"필요한 물건은 이미 다 준비했습니다. 임초(林楚)가 채찍을 잡았사옵니다."

양호는 또 임초에게 호통쳤다.

"대부께서 마차를 쓰실 것이니 어서 와서 시중을 들라!"

포포는 곡부성 남문 밖에 있었다. 중심거리를 통해 맹씨 댁을 거쳐 가야 했다. 계환자는 자신도 모르게 뒤를 돌아보았다. 양월이 대도(大刀)를 들었으며 부릅뜬 두 눈에는 살기가 충천했다. 마치 죄인을 압송하여 형장으로 가는 태도였다.

'이 일을 어떻게 한담? 이렇게 죽음을 기다릴 수는 없는데….'

찬바람이 칼처럼 뼈를 파고들었다. 하지만 계환자의 몸은 땀투성이가 되어 있었다. 이때 마차부 임초가 말했다.

"대부께서 참말로 연회에 가시옵니까?"

계환자는 흠칫 놀라면서 어떻게 대답을 하면 좋을지 몰라 망설였다.

임초가 말했다.

"오늘 갑자기 추워졌습니다. 대부께서는 춥지 아니하시옵니까?"

계환자는 임초의 말 중에 뜻이 있는 것을 눈치챘다. 임초와 살길을 의논하는 수밖에 없었다.

"자네 집안은 선대부터 우리 집에서 마차를 몰았네. 서운한 것은 없었나! 보아하니 오늘 같은 난관에 와서 좀 도와줄 수 없겠는가?"

"너무 늦지 않았소이까?"

"자네가 목숨 걸고 도와준다면 후에 톡톡히 상을 주겠네!"

"이 지경이 되었는데도 대부께서는 아직도 재물이 목숨보다 더 중요한 것이옵나이까?"

계환자는 그의 말을 듣고 탄식하면서 머리를 떨구었다. 임초는 이 정경을 보고 위안하는 어투로 말했다.

"자로가 대부 나리를 도와드리라고 부탁하였습니다. 그가 이미 준비하고 있을 것이오니 놀라실 필요는 없사옵니다."

계환자는 그제야 시름을 놓았다. 말을 주고받는 사이 마차는 맹부에 거의 닿았다. 임초는 갑자기 말에 채찍을 세 번 날리고 앞에 나타난 굽이돌기를 향해 질풍 같이 달렸다. 굽은 벽을 에돌아 맹 씨네 뜰 안으로 들어갔다. 양월이 급히 뒤따랐지만, 마차는 그림자조차 없었다. 양월은 계책에 넘어간 것을 눈치채고 병졸들을 독려하여 맹 씨네 뜰 안으로 쳐들어갔다.

맹 씨네 대문은 활짝 열려 있었으나 사람의 그림자 하나 얼씬거리지 않았다. 양월과 그의 병졸들은 벌떼처럼 몰려 들어갔다. 바로 이때 사방팔방의 작은 성루에서 화살이 날아왔다. 양월은 맨 먼저 명중되어 화살에 목숨을 잃었다. 그가 인솔하는 병졸들은 주장(主將)의 죽음을 보고 줄행랑을 놓았다.

갑자기 하늘과 땅이 진동하는 외침 소리와 함께 자로에게서 훈련을 받은 병사들이 안에서 뛰쳐나왔다. 그 기세가 제방에 뚝 터진 밀물처럼 사나웠다. 양월의 병졸들은 상대도 못 하고 여지없이 얻어맞았다. 양호는 소정묘의 방안대로 군마를 인솔하여 노궁으로 쳐들어가 노 정공을 옆구리에 끼고 삼환(三桓)을 토벌하여 정정당당한 자기의 위치를 찾으려 했다. 그러나 그가 꿈엔들 생각했으랴!

죽은 사람도 살려낼 만큼 구설이 출중한 자공이 노 정공을 어떻게 설득했던지 벌써 맹 씨네 집으로 피신했다. 양호는 헛방을 치자 궁중의 무수한 재물을 약탈하고 포포로 날려갔다. 맹 씨네 문 앞의 싸움에서 동생은 사망했고 그의 병졸들이 반이나 쓰러져 있는 것을 보았다. 양호는 분통이 터져 나머지 병졸들을 자기의 군마와 합치고 공격을 지휘했다.

이미 맹 씨네 대문은 꽁꽁 닫혀있어 양호가 화공(火功)을 명령했다. 삽시간에 맹부는 검은 연기와 열화가 충천하여 불바다가 되었다. 양호는 앞뒤로 오가면서 공격을 지휘했다. 담장 안에 있는 연구는 대문에 불이 붙어 온 뜰에 있는 사람들이 불바다에 묻힐 것을 예견하고 분분히 뛰쳐나와 적들과 한판 싸움을 벌였다.

그러나 이번에는 상황이 달랐다. 왜냐하면, 양호가 군마를 합쳤으므로 병력이 현저하게 차이 났다. 그리고 양호 본인이 매우 용맹한 데다 지금 그는 속옷까지 도박에 저당 잡힌 격이 되었기 때문이다. 맹의자와 연구는 상대가 되지 못해서 삼사 회도 되지 않아 패했으므로 형세는 매우 위급했다. 바로 이 위기일발의 시각에 다른 군마들이 양호 군의 뒤를 포위했다. 양호의 사병들은 협공을 받게 되어 우세로부터 열세로 넘어갔다. 맹의자나 연구와 달리 양호와 싸움 상대를 만나게 된 자로는 싸울수록 용맹했다. 양호는 한 시경이나 이미 싸웠기에 벌써 피곤해 있었다. 자로는 산에서 뛰어 내려오는 굶주린 맹호같이 양호에게 덮쳐들었다. 양호는 싸우면서 철수하는 수밖에 없었다. 양호의 사병들도 이제는 기진맥진한 데다 정예부대까지 만나 마치 쥐와 고양이를 본 듯이 뿔뿔이 도망쳤다.

자공은 이 정경을 보자 싸우지 않는 병사들을 두 조로 나누어 한 조는 지원을 보내고 다른 한 조는 적군으로 분장시켜 한편으로 소리치게 했다.

“양호를 위해 죽을 필요 없다! 양호 군은 전멸한다! 빨리빨리 도망치자! 반역자를 위해 목숨 팔아 전장에서 죽으면 우리 가족은 누가 보살필까!”

양호의 사병들은 이 소리를 듣고 의기가 꺾여 창칼을 던지고 도망치는 놈, 무릎 꿇는 놈이 적지 않았다. 양호 역시 판가름이 난 것을 알고 도망갔다.

공자는 벌써 이런 일이 발생할 것을 예견하고 노 정공과 삼환을 맹씨네 새집에 모셨다. 양호가 최후 발악으로 이곳을 점령할 것까지 예견하고 자로의 정예부대 일부를 남겨놓아 방어하게 했다. 자로는 다른 한 부대를 이끌고 뒷길을 막아 적을 협공했다.

양호는 포위를 뚫고 먼저 포포로 갔다. 양월이 매복시켰던 부대와 회합하여 다시 쳐들어오리라 마음먹었다. 정작 가보니 그곳에는 시체가 너저분했다. 그는 또 숙손씨와 합병하려고 했다. 숙손씨네 문 앞에도 적아 간의 병사들 시체가 너저분했다. 사실, 공렴양(公斂陽)은 양호와 한편이 아니라 계환자의 심복이었다. 그가 한밤중에 마차를 몰고 계씨네 집에 양호의 계획을 밀고했다.

오늘은 또 공렴양이 명령을 기다리고 있었다. 포포에 매복한 적군을 공손 씨와 함께 물리치기로 했다. 또 공손철(公孫輒)을 소멸하고 돌아가 명령을 기다렸다. 이 모두가 공자의 지시대로 진행했다. 반란이 평정되고 군신(軍臣)들은 서로 위안하고 축하했다.

남궁경숙이 말했다.

"계환자가 죽지 않고 국군이 무사한 것은 공자께서 지휘를 잘하신 덕입니다."

노 정공이 칭찬했다.

"짐은 자공의 권고 때문에 난을 피할 수 있었네. 그는 참으로 위험에 직면해도 두려움을 모르는 영웅이로다!"

숙손무도 말했다.

"제가 보건대 자공은 공자보다 담력이 크다고 봅니다. 공자는 지금까지 얼굴 한번 내밀지 않았소이다."

남궁경숙이 변호해 나서려는데 자공이 앞질러 말했다.

"내가 어찌 공자님과 비할 수 있겠사옵니까? 담력으로 말하면 저는 저 낮은 담장입니다. 사람들이 고개만 갸웃하면 훤히 볼 수 있습니다만 공자님은 수척이나 높은 담장이십니다. 그 안에 들어가지 않으면 알 수 없습니다. 웅위로운 종묘며 궁전들의 아름다움을 어찌 볼 수 있겠사옵나이까!"

많은 사람이 자공의 말재주에 저마다 혀를 껄껄 찼다. 공자에 대해 더욱 존경하게 되었다. 양호의 삼환 소멸 음모는 실패했다. 그 자신은 홀몸이 되었다. 환(讙; 지금 산둥성 영양현 서북부)에 먼저 피했다가 후에 양관(陽關; 산둥성 태안현 동남부)으로 갔다. 양관이라는 곳은 원래 노나라 땅이었다. 후에 제 나라에서 점령했다가 기원전 503년 2월에 되돌아 왔다. 양호의 손에 넘어갔기 때문에 양호의 작은 근거지라 할 수 있었다. 경영하기 시작했던 시간이 반년도 되지 않았다. 노나라에 있어서 '배신(陪臣)으로 국명(国命)을 잡으면 3대 안에 잃지 않는 경우가 드물 것이다(陪臣執国命)'란 역사가 종결 되었다. 이는 기원전 502년의 일이었는데 공자는 그때 50세였다.

공자는 자신을 보고 오십이지천명(五十而知天命)이라고 했다. 소위 남자 나이 오십이면 천명을 알게 된다는 말은 사물의 법칙을 알게 된다는 뜻이다.

이번 전쟁은 사람들에게 '노나라는 주례를 회복할 수 있을까? 집권 대부들은 국군과 평안히 지낼 수 있을까?'라는 의문에 심사숙고하게 했다. 천백 년 내 사람들은 줄곧 이번 내전에 관해 논쟁을 중지하지 않았지만, 오직 역사만이 공정한 평가를 할 수밖에 없다.

공자는 몸을 닦음으로 중도를 다스리니 중도의 혼란한 상태가 바로 잡혔다.
그리고 농업, 공업, 상업을 발전시키고 양로원을 만들어 의지처가 없는 노인이 수양하며 건강에 힘쓰게 하니 장수했다.

제3장

공자의 초사와 중도성에서의 선정 선치

자로가 공산불뉴의 감언이설을 꾸짖어 물리치다.

공자가 중도성의 총재로 부임하다

중도성에서 공자의 선정 선치가 빛나다

孔子

자로가 공산불뉴의 감언이설을 꾸짖어 물리치다

생활은 항상 호수같이 잠잠하지는 않았다. 대해처럼 파도가 치는가 하면 장마철처럼 변화를 예측할 수 없다.

계손씨의 봉지인 비읍(費邑)은 공산불뉴(公山不狃)가 관리하고 있으며 계씨에 대한 배반심으로 가득 차 있었다. 공산불뉴는 정체를 드러내지 않고 영리하게 자라처럼 목을 길게 빼고 사방을 살피다 자신에게 유리하면 파문을 일으키고 불리하면 뺐던 목을 집어넣었다.

양호는 반란을 일으키기 직전에 몇 번이나 사람을 파견하여 힘을 합치자 제의했다. 그때 공산불뉴는 적극 지지하며 빨리 손을 쓰라고 양호를 충동질까지 했었다. 그러나 움직이지 않다가 양호가 반란에서 패배하자 양호의 죄행을 폭로하느라 분주했다. 이 세상에서 마치 주인에게 충성하는 자는 자신밖에 없는 것처럼 충군 존왕을 다하는 격이었다. 그러나 그도 역시 공자를 한 갈래 강대한 정치세력으로 여겨 자기의 세력권으로 끌어들여 영향력을 확대하려 했다.

공자가 양호의 반란을 평정하는데 공로가 제일 컸다는 것을 잘 알기 때문에 공산불뉴는 노 정공과 삼환에게 넘어가는 것이 두려워 사람을 보내 비읍에 모셔다가 그 지방을 공동으로 다스릴 생각까지 했다. 그리고 말재주가 대단한 사람을 파견하여 공자의 중요 사상에 대해 높이 평가하며 공자의 재능을 찬양함으로써 두툼한 계관(桂冠)을 씌워 많은 언약을 하게 하려 했다. 그러나 공자는 '좋은 말로 사람을 꾀는 것은 인에서 멀다(巧言令色鮮矣仁)'라고 했다.

공산불뉴가 파견한 사자의 감언이설에 공자는 머리가 어질어질할 지경이었다. 그러나 공자가 관심을 갖는 것은 비읍에서 인정 덕치를 광범위하게 펼치자는 것이었다. 그러므로 공자는 공산불뉴의 초청에 동의하고 비읍으로 가기로 마음먹었다.

자로는 그 소식을 듣고 매우 불쾌하여 공자에게 와서 노기등등하여 말했다.

"그놈은 악평이 자자한 놈입니다. 그 감언이설에 절대 넘어가지 마시옵소서! 이런 불인 불의한 놈과 맞장구를 치시다니 수치심을 느끼옵니다. 정 갈 곳이 없으시면 댁에 머물러 계십시오. 행단에 영원히 뿌리 박더라도 공산불뉴란 놈한테 가지 마시옵소서!"

공자는 변명했으나 결국, 자로의 의견대로 비읍에 가지 않았다.

"옛날 문공과 무공은 호(鎬)라는 송곳 꽂을만한 지방에서 천하를 얻었다. 공산불뉴가 나를 쓰고자 한다. 내가 비읍을 중심으로 문무의 도를 부흥시킬 수 없단 말인가?"

공자 51세 때, 6월에 노나라는 양호를 토벌하여 양관을 공략했고 양호는 포위를 뚫고 제나라로 갔다. 제나라에서 감금하자 또 탈옥하여 송나라로 갔다가 결국은 진나라로 가서 권신인 조간자(趙簡子)에게 중용되었다. 공자는 이 일에 대해 다음과 같이 말했다.

"양호는 집단에 해를 끼치는 나쁜 놈이다. 조 씨가 그 화근을 받아들였으니 이 세상은 기필코 대란이 일어날 것이다."

공자가 중도성의 총재로 부임하다

방금까지만 해도 떠들썩했던 행단은 조각달이 허공에 걸리자 조용해졌다. 공자는 제일 마지막 학생들을 보내고 나서 주위를 돌아보며 심중에 적막을 느끼기 시작했다. 사학을 꾸린 후 제자들은 날마다 늘어났다. 어떤 사람은 벼슬을 했고, 관리하기 싫은 사람들은 영원히 배움의 길을 선택했지만, 자신의 생각은 모순으로 가득 차 있었다. 어떤 때엔 급히 벼슬하여 자신의 큰 뜻을 이루고 싶기도 했고, 또 어떤 때엔 벼슬에 관한 생각을 가슴 깊이 묻어버리고, 현능한 제자들만 기르고 싶었다. 결국, 공자는 나라를 다스릴 인재를 배양하고자 하는 이상을 목표로 세워 실현하기로 했다.

그는 홀로 행단에 올라 사방을 둘러보니 제자들의 글 읽는 소리며 웃음소리가 들렸다. 그리고 치열한 쟁론 소리가 귀에서 메아리치는 것 같았다. 전날처럼 앉아서 격동된 마음을 다소나마 진정시키려 했으나 마음을 잡을 수 없었다. 낮에 남궁경숙이 공자에게 와서 공자님이 반란 평정에 공이 있어 노 정공이 중도재(中都宰)로 부르실 것을 결정했다고 알려주었기 때문이다. 스승이 벼슬하여 관리가 된 것을 희망하는 제자들의 마음만은 이해할 수 있으나 혼란 상태에 빠진 노나라를 안정시키고 조정을 청렴하게 한다는 것은 쉬운 일은 아니었다.

'다른 나라도 정국이 혼란한데 제나라는 노나라를 호시탐탐 노리고 있다. 노나라는 또 자기보다 약한 나라를 정복하려 한다. 월나라는 이미 멸망했고 국왕 구천(句踐)은 감방 속의 죄수가 되었다. 오나라는 비록 승리했지만, 영원히 멸망되지 않는다고 누가 장담할 수 있겠는가! 천하도 한 나라처럼 다스릴 필요가 있다. 어렵다고 겁을 먹으면 어떻게 되겠는가? 홍수가 나 건너편 백성들이 죽을 고비에서 벗어나지 못하고 있으면 주위의 나무를 베어 뗏목을 만들면 살아날 수 있다. 도강할 것만 알려준다면 구원받을 수 있다. 강물이 깊고 물살이 센 곳에서 헤엄쳐 도강하자면 위험할 것이다. 물을 건너지 않고 가만히 있자면 자신이 제창하는 인은 이룰 수 없는 것이 뻔하다. 이를 알면서도 노력하지 않는다면 어찌할 것인가?'

공자는 행단에서 내려오며 생각했다.

가을바람이 불어와 은행나무 잎은 우수수 떨어졌다. 은행나무 잎은 봄에 싹이 터서 가을바람 속에서 시든다. 그동안 은행나무 잎은 얼마나 많은 풍상고초를 겪었고 세상에 얼마나 많은 아름다움을 가져다주었는가? 은행잎도 추풍 속에 조용히 떨어져 한낱 먼지로 사라진다.

가을은 쓸쓸하다!
초목이 모두 시들어 가네!

이 옛 시는 주저하지 말고 노력하라는 것이다. 성공하지 못하면 다시 제자를 육성하라는 것이다. 후대에 희망을 걸라고 제시하는 것 같았다.

공자는 크게 깨닫고 마음을 굳혔다. 기분이 홀가분하고 가을바람의 시원함에 적막이 가뭇없이 사라졌다. 그는 초롱불을 들고 그의 결정을 아내에게 알려주기 위해 집으로 향했다.

이때, 계환자는 공자를 더 중용하여 중책을 맡기려 마음먹었다. 노나라의 정국은 혼란한 상태이고 아무리 생각해도 이 상황을 타계할 대책이 떠오르지 않았다. 더욱 근래에 강적이 판을 치고 대부와 가신들은 제멋대로 행동하며 뒷다리를 잡는 일이 흔했다. 비록 자신도 노 정공을 끼고 군권을 마음대로 행사하지만, 손아래 관리가 자신과 같이 행동하는 것은 참기가 어려웠다. 그러나 속수무책이었다.

이런 상황에서 지난번 순장 사건과 양호 반란 평정 사건에서 공자가 보여준 지혜와 재능을 보면 탄복할 만했다. 공자는 현재 노나라의 상황을 해결하기엔 적임자이다. 충과 서는 때에 따라 긴장하는 군신의 관계를 완화할 수 있고, 인정(仁政)은 민중의 옹호를 받을 수 있으며, 덕치는 가신 등 사인(私人)의 무력을 제한할 수 있다. 그리고 중용(中庸)의 도로 첨예화하는 사회 모순을 완화할 수 있다고 생각했다. 그는 정공(定公)에게 공자를 조정에 임직시키자고 했다.

자기 주변에 사무를 보게 하여 의론할 것이 있으면 도움을 받겠다고 몇 번이나 청했다. 그렇지만 노 정공은 외형만 보고 속을 들여다볼 수 없는 사람이라 하며 양호 반란 평정 사건도 제자들이 추켜 올린 예찬에 불과하지 공자가 직접 계획했으리라고 믿어지지 않는다고 했다.

공자가 제나라에 2년간 있어도 그를 써주지 않은 것은 그의 정치 식견을 이해하지 못한 것이다. 이에 정공은 먼저 작은 직을 주어 이 세상을 다스릴 수 있는 인재인지를 알아본 후 조종에 올라와도 늦지 않는다 했다.

공자는 중도성(산둥성 문상현)의 총재로 부임하게 되었다. 공자는 연구와 함께 계손 씨네 문 앞까지 가서 계환자가 계단에 서 있는 것을 보고 인사를 올렸다. 계환자는 마주 인사하며 말했다.

"국군이 당신을 기다린 지 오래요!"

공자와 계환자는 조당(朝堂)으로 갔다. 남궁경숙이 문밖에서 기다리다 스승에게 인사했다.

"국군이 내청에서 기다리고 있사옵니다. 저에게 여기서 스승님을 맞으라 하여 이렇게 서 있사옵니다."

세 사람은 계단을 밟으며 조당으로 들어갔다.

앞에는 좌, 중, 우, 세 줄로 배열된 비단으로 얽어 놓은 문이 있었다.

계환자와 남궁경숙이 중문으로 들어가 내청으로 들어갔다. 이를 본 공자는 머리를 살짝 흔들었다. '중문은 국군이 다니는 길인데 대부가 다니다니, 이것이 바로 예의에서 벗어난 행위가 아닌가!'라고 생각했다.

그가 이렇게 주춤하고 있을 때, 남궁경숙은 벌써 스승의 속내를 알아차리고 실례한 것을 자책하여 얼굴이 빨개졌다. 계환자의 옷자락을 살짝 잡아당겨 보았지만, 그 뜻을 알아차리지 못했다. 발걸음을 멈추고 서 있는 사이에 공자는 오른쪽 문으로 들어갔다. 계환자는 남궁경숙이 난처한 얼굴로 자기를 보고 있는 것을 발견하고 자신이 예의에서 벗어났음을 짐작했다. 그리고 속으로 공자의 행위에 탄복했지만, 삼환은 습관이 되어있었기에 이런 일은 속에 넣어 두지 않았다.

그러나 오늘은 달랐다. 예절을 엄격하게 지키는 고지식한 공자 앞에서 조심하지 않을 수 없어 남궁경숙에게 눈치를 보내고 공자를 뒤따라 내청으로 들어갔다. 노 정공은 탁자에 마주 앉아있었고 몇 명의 시종들이 옆에 나란히 서 있었다. 공자가 들어와 일일이 인사를 올린 다음 다섯 발작 물러선 후, 나란히 섰다. 노 정공은 공자를 이미 지정해 놓은 자리에 앉게 했다.

"나라에 현능한 자 있음에도 중용하지 않은 것은 이 국군의 과실입니다. 짐이 듣건대 공 대부가 성인의 이름을 오래도록 듣고 계셨다지요? 오늘에야 뵐 수 있사오니 짐에게 많은 것을 일깨워 줄 것을 바랍니다. 짐을 도와 나라를 다스려 주시길 바랍니다. 노나라의 옛 위풍을 다시 떨칠 것을 희망합니다."

공자는 자리에서 일어나 인사했다.

"공자는 천한 시골 출신입니다. 어떻게 주제넘게 친히 상을 뵐 수 있겠나이까!"

공자의 이 말은 정공에 관해 공경한다는 인사였다. 하지만 예의범절을 손금 보듯 하며 초면이라서 말을 조심했다. 많은 말을 할 수 없어 공자는 국군의 말만 들었다. 정공은 서당을 꾸린 일들에 관해 물었다.

공자는 곧이곧대로 대답했다.

정공이 물었다.

"군주의 일언에 나라의 흥망이 결정된다는데 사실인가?"

공자는 계환자와 남궁경숙이 귀를 기울여 듣고 있는 것을 보고 차근차근 말했다.

"군주는 항상 임무가 중하고 바쁘다하십니다. 또 신자는 군주가 쉽지 않다는 것을 항상 알아차립니다. 상하가 조심하고 힘을 합쳐 행하신다면 나라가 흥하고 왕성해집니다. 이것이 바로 일언에 나라를 흥성시킨다는 말과 가깝지 않겠습니까? 그리고 군주가 간언을 듣지 않고 고집만 부립니다. 이럴 때 일언에 나라를 망친다는 말과 근사하지 않겠사옵니까?"

정공은 잠깐 침묵을 지키더니 다시 물었다.

"군주가 신자를 이기고 군주가 신자를 위해 일을 하는 데는 어떻게 해야 하는가?"

"군주가 예의로 신자에게 일을 맡기면 신자는 충성으로 군주의 일을 도와서 열심히 해야 하옵나이다. 군주는 집정하옵니다. 정사는 빨라야 하옵니다. 군주는 단정해야 하옵니다. 신자는 모든 면에서 최대한 복종해야 하옵니다. 신자가 되는 것은 쉬운 일이 아니옵니다. 일함에 충심이 지극하면 아첨한다 할 것입니다. 얼렁뚱땅하고 나라와 백성에게 잘못을 저지르면 죄를 씌울 것이옵니다."

공자는 말을 하면서 정공과 계환자의 표정을 살펴보았다. 그들의 눈길이 서로 마주치면 정공과 계환자는 급히 피해 버렸다. 남궁경숙은 태연하게 자리에 앉아있었다. 하지만 계환자와 남궁경숙은 책임져야 할 말을 듣기 싫어했다.

이것은 공자도 잘 알고 있었다. 출사하여 정치에 종사하면 충성하는 이면을 따져 보아야 한다. 남궁경숙은 스승의 말뜻을 알아차렸다. 공자도 처음에는 조심스레 말했다. 정공이 점점 깊이 파고들어 문제를 제기하며 공자는 청산유수처럼 말했다. 그는 마치 제자들에게 강의하는 것처럼 가르치려 했다. 남궁경숙은 스승의 말이 많다고 생각되어 다른 사람에게 불쾌감을 주지 않을까 두려워 말머리를 돌렸다.

"공자께서 어떻게 중도를 다스리려는지 계획이 있습니까!"

공자는 제자의 뜻을 알아차렸다.

"지금은 말할 필요가 없습니다. 1년 후, 국군과 두 대부께서 중도에 시찰 오시면 그 성적을 알 수 있소이다."

공자는 정공에게 작별 인사를 올리고 자리를 떴다. 계환자와 남궁경숙도 뒤이어 자리에서 일어섰다.

중도성에서 공자의 선정(善政) 선치(善治)가 빛나다

중도성 밖에서 공자는 안회와 자공 등 제자들과 함께 민정을 시찰했다. 외지에서 온 상인처럼 가장하고 길을 걸으면서 이것저것에 관해 물었으나 누구도 이 사람이 새로 부임된 중도읍의 총재라는 것을 알아보지 못했다. 들에는 밭이 묵어 있었고, 빈민이 무리 지어 고향을 등지며 걸식을 떠났다. 길옆엔 아사한 시체 위로 까마귀들이 날고 있어 소름이 돋았다. 들개가 갑자기 어린아이를 물어 비명을 지르지만 결국 아이는 살점을 뜯긴다. 공자는 양미간을 찌푸리며 말없이 그 처참한 광경을 목격했다.

낡고 파손된 토담은 곳곳이 무너지고, 성문은 몇 개 널조각처럼 부서져 있었다. 늙은 병사 두세 명이 성문 옆에서 졸았고, 사람들은 낡은 성문으로 거침없이 들락날락하고 있었다.

공자 일행이 사람들에 묻혀 성문으로 들어가니 중도성 안은 좀 큰 장터 마당에 불과했다. 집은 낮거나 낡았고, 거리는 비좁고 질퍽하여 진흙탕이었다. 거지들이 두셋씩 떼를 지어 거닐고 있었다. 남루한 젊은이는 어떤 집에서 조심스레 머리를 내밀어 주위를 살피다가 봇짐을 부둥켜안고 줄행랑 쳤다. 또 한 무리의 사람은 싸움질하고 여인과 아이는 울고 불며 진흙탕 속에서 한 덩어리이다. 젊은 여인은 남자를 꾀어 음침하고 어두운 골목으로 들어가 말 몇 마디에 짝을 짓는다.

공자는 또 삼사일의 시간을 내어 삼로(三老; 백성의 교화를 담당한 향관)

와 밝은 관리 그리고 각개 이름난 사람들을 방문했다. 중도의 정황을 설명 듣고 이곳을 다스릴 의견을 들었다.

현장 시찰로 공자는 중도를 손바닥에 넣었으며 다스릴 방법을 생각했다. 공자는 우선 데리고 온 제자들에게 일을 맡겼다. 증석에겐 선곡(錢谷)을 책임지게 했고, 민손(閔損)에겐 형사를 책임지게 했다. 안회는 문서를 책임지게 하고 자공에겐 교육을 책임지게 했다. 그리고 서리(書吏)와 차역(差役)들을 한데 모아 한 달가량 시험적으로 일을 시켜보았다. 매사마다 조심하면서 청렴을 지키는 자는 계속 쓰고 게으르고 태만한 자와 탐오하는 자는 파직시킨다고 분명히 말했다.

어느 날이었다.

안회는 공자가 홀로 집에 앉아 양미간을 찌푸리는 것을 보고 물었다.

"스승님은 중도를 다스리는 일 때문에 고민하는 것이옵니까?"

공자가 한숨을 쉬더니 말했다.

"옛적에 그 번화하던 중도가 오늘 이 지경에 이를 줄은 누가 생각했겠는가? 유민이나 거지가 늘어 사회 풍기가 어지럽다. 부자들은 사치하고 상인들은 속이기를 일삼고 있다. 여인은 자기의 절개도 지키지 못하고 문란하다. 손을 많이 보아야겠다!"

안회는 다가서면서 물었다.

"스승님은 어떻게 손을 보실 계획입니까?"

공자는 다음과 같은 조치를 생각했다.

"첫째, 수재와 한재를 예방할 방안을 조치해야겠다. 둘째, 공업과 상업을 발전시켜 유민과 거지를 없애겠다. 셋째, 인덕으로 백성을 가르치어 길러야겠다. 넷째, 근검절약을 제창하며 사치한 악습을 버리게 하겠다. 다섯째, 살아있는 사람을 잘 부양(扶養)하고 죽은 사람을 공손히 장사 지내는 규칙을 제정하겠다. 여섯째, 향교를 설치하여 어린아이들을 교육하겠다."

이 여섯 조목으로 중도의 질서를 바로잡고자 공자는 제자들과 사회 각계 인사의 의견을 듣고 약간의 수정을 거친 후 반포했다.

첫 번째로 공자는 읍의 농민들을 동원하여 수위가 높은 지대에 물길을 소통시켰다. 우물을 파서 가뭄에는 우물물을 연결하는 수로를 만들었다. 또 수위가 낮은 지대에는 논밭과 가까운 거리에 물길을 파게 했다. 제방까지 튼튼히 쌓아 장마철엔 논에 침수가 되지 않게 했다. 또 물이 쉽게 빠질 수 있게 하여 농작물에 피해를 받지 않게 했다. 이렇게 하여 농사는 대풍이 들었다. 알곡을 많이 거두어 비축하니 거지와 유민과 도적의 수가 줄어들었다.

다음으로 공자는 크고 작은 수공업 공장을 만들어 유민과 거지에게 기술을 가르쳐 공장에서 일용품을 전문적으로 제조하여 품질을 보증하니 판매가 날마다 늘어났다. 노나라는 물론 제(斉), 위(衛), 오(呉), 초(楚) 등에 공급하니 물량이 달리자 규모를 확대하여 분소를 만들었다.

공자는 또 양로원을 만들어 노동력을 상실한 자나 빈민, 자녀가 없는 노인을 집결시켜 공장의 이윤에서 일부를 떼어내 그들의 의식을 해결했다. 늙은이도 생활이 안정되게 하였다. 근검절약을 제창하고 공직에 종사하는 자에겐 자기(自己)가 먼저 실천(実践)하여 무명옷을 입고 무명 모자를 쓰게 했다. 마차를 타지 않고 보행할 것을 강조했다. 소식(素食)하게 하고 매달 고기반찬 수량을 제한했다. 관리를 적재적소에 재배치하여 효율성을 높이고 남는 자는 민간에 내려가 인, 의, 예, 덕을 가르치게 했다.

가정에서 부친은 자애롭고 아들은 효성스러워야한다. 형은 너그럽고 동생은 공경스러워야 한다고 가르쳤다. 부부간에는 호흡이 서로 통해야 하고, 남자는 효를 여자는 절개를 지켜야 함을 가르쳤다. 백성들에게 효성과 화목의 도리를 알게 했다. 장사꾼들은 매매에 성실해야 하고 늙은이와 아이들을 기만하지 않게 했다. 사람마다 성실을 귀중하게 여기고 허위로 말하는 것을 수치로 여기게 했다. 관리는 직무에 충실하고 백성들에게 신의를 지키게 했다. 백성을 착취하는 것은 더욱 엄금해야 한다고 했다.

읍의 사방에 향교를 설립하여 청소년이 모두 글을 배우게 하며 학풍이 모두 겸비되게 했다. 백성 중에 위세와 명망이 있는 인사를 교사로 뽑아 봉록을 높여 주어 대우가 일반 사람들보다 높게 했다. 전체적으로 공자는 몸을 닦음으로 중도를 다스리니 중도의 혼란한 상태가 바로 잡혔다. 그리고 농업, 공업, 상업을 발전시키고 양로원을 만들어 의지처가 없는 노인이 수양하며 건강에 힘쓰게 하니 장수하게 되었다.

세월은 어느새 봄이 되어 부드럽고 따뜻한 바람이 사람들을 취하게 했다. 잘 다스려진 중도의 소식은 곡부나 중원 각지로 전해졌다. 계씨댁에서는 삼환이 모여 의논하는 중에 계환자는 가슴으로부터 우러나오는 감탄을 금치 못했다.

"공구가 부임하고 일 년도 되지 않아 중도를 크게 다스렸습니다. 백성들이 안정된 생활을 하고 있습니다. 정말 예로부터 없었던 기적입니다. 저는 믿기 어렵소이다."

"천한 유생이 벼슬길에 처음 들어와 크게 다스렸다니 아마도 제자들의 선양에 불과하겠지요."

맹의자는 설명하는 어조로 말했다.

"속담에 '백 번 듣기보다 한번 보는 것이 났다'라고 했습니다. 우리 한번 가보면 진실인지 거짓인지 알 수 있지 않겠습니까?"

숙손씨가 말했다.

"만약 공구가 실로 이런 대단한 인재라면, 저는 이 대사구라는 벼슬자리를 내놓겠소이다!"

맹의자가 맞장구를 쳤다.

"숙손 대부! 군자는 거짓이 없는 법이외다.

숙손씨는 칼로 물 베듯이 말했다.

"한마디 말이라도 약속은 약속이지요."

계환자와 맹의자도 이구동성으로 말했다.

"좋습니다. 그렇게 합시다."

기원전 500년 봄. 중도는 마치 희고 포동포동한 신생아 같았다. 연인의 품에서 달콤하게 행복을 느끼는 새색시 같고, 굴레 벗은 준마처럼 기쁨 속에서 날뛰는 듯, 따뜻한 봄날 밝은 햇살 사이로 봄바람에 줄달음치는 듯, 중도의 날씨는 경도에서 오는 손님과 노나라의 권신들을 환영하는 듯했다.

들에는 어린양이 건실하게 자라고 파란 풀들이 녹음을 이루었다. 물길은 가로세로 졸졸 흐르고, 산비탈의 소 떼는 무리를 지어 놀고, 양 떼는 구름처럼 줄지어 뛰어다녔다. 강둑은 높이 쌓여 있고, 드넓은 강바닥에는 물고기가 노는 것이 선명하게 보였다. 상류에서는 처녀들이 물장구를 치고 하류에서는 사내들이 미역을 감고 쌍을 이룬 젊은 남녀들이 뽕나무밭에서 숨바꼭질하고 있었다. 때론 구성진 노랫소리도 들려왔다.

꿈을 따려면 어디로 가나?
꿈을 따려면 말향으로 가세!
내 마음속 그녀는 누구이냐?
내 마음속 그녀는 성이 강 씨인 누나라네!
나와 뽕밭에서 약속할 자 있는가?
나를 상궁에 오라고
기수까지 바래다 주시구려!

춘추 시기에 있어서 남녀지간의 속박은 심하지 않았다. 마음껏 자신의 즐거움을 표현할 수 있었다. 계환자, 맹의자, 숙손씨 등은 암행하여 중도에 와 보고 눈 앞에 펼쳐진 풍경들로 어안이 벙벙해졌다. 시골 마을에서 남녀노소를 만났다. 모두 각양각색의 질그릇을 손에 들고 물을 뿌리고 있었으며 계환자 등 세 사람은 마을 사람들의 한가운데 둘러쌓여 있다가 자신의 신분도 잊은 채 환희에 도취하여 잠깐 사이에 비 맞은 병아리 모양으로 웃으면서 사람들을 헤치고 나왔다.

숙손씨는 탄복한 나머지 '풍년 세월엔 사람도 낙이로세!'라고 감탄했다. 맹의자가 '숙손 대부, 대사구 자리를 어찌하렵니까?'라고 농담 반 진담 반으로 물었다. 계환자도 뒤질세라 '군자가 뱉은 한마디 말은 달리는 말도 잡지 못하옵니다. 만약 내놓지 않을 땐 천하의 웃음거리가 되겠습니다' 하면서 한몫 끼었다.

중도 성안은 면모가 일신해 있었다. 걷기 힘들던 울퉁불퉁하고 먼지 투성이던 거리는 평탄하고 정갈하여 먼지 하나 일어나지 않았다. 거리 양쪽은 수양버들이 축 늘어져 그윽한 향기를 풍기고 버드나무 아래에는 점포들이 수림을 이루었다. 시장은 번화하고 가계의 천으로 만든 세움간판은 봄바람에 하늘하늘 나부꼈다. 각 점포에서는 고객을 열정적으로 부르는 소리와 늙은이 잔소리 흡사한 부탁 소리가 여기저기서 들려왔다. 자유로운 농공상(農工商)과 교역상은 각 주요거리에 집중되어 각종 물품을 가지런히 진열하고 있었다. 상인들은 친절했고 부드러운 언어와 즐거운 낯으로 기분 좋게 거래했다. 사람들은 자신이 필요로 하는 물품을 마음대로 선택했다. 인산인해를 이루었으나 화기애애하고 쌍을 지은 부부는 나란히 길을 거닐고 생면부지의 남녀들은 서로가 바르게 걷고 있었다. 칠팔 세 아동도 광주리를 들고 사고팔았는데 거래는 공평하고 아동과 늙은이에겐 사기 치는 사람이 없었다. 이따금 죽간을 안고 다니는 청소년들은 총총걸음으로 지나가면서 한쪽으로 삼분오전(三墳五典)[2]을 외우고 있었다.

---

2 삼분오전(三墳五典); 삼분(三墳)은 중국 고대의 삼황(三皇)인 복희(伏羲)、신농(神農)、황제(黃帝)의 사적(事跡)을 적은 책이다. 오늘날은 전하지 않는다. 오전(五典)은 사람이 지켜야 할 다섯 가

세 사람은 한 점포 문 앞으로 갔다. 열아홉 살 되는 남자애가 한 손에 바구니를 들고 다른 한 손에는 동배 꿰을 들고 백발노인 앞에서 엉엉 울면서 무엇인가를 하소연하고 있었다. 주위의 화기애애한 분위기와는 어울리지 않았기 때문에 계환자 등 세 사람은 그들에게 다가갔다.

늙은이가 남자애 보고 말을 건넨다. '그 나이에 이토록 효성이 지극하니 참으로 기특하구나!'라고 하며 아이를 대견하게 바라보았다.

사연인즉, 그 애의 어미는 가난한데 병까지 걸리자 마반선(馬半仙)에게 가서 어머니의 병을 고쳐 달라고 애걸복걸했다. 마반선은 툭 털면 먼지밖에 없는 그 집 형편을 잘 알고 있었다.

노인은 이들 모자의 사정이 너무 가엾게 생각되어서 이들 몰래 바구니 속에 동배 한 꿰을 더 넣어 주었다. 그 애가 돌아가는 도중에 한 누렁이 개에게 쫓겨 넘어지는 바람에 돈(동배) 꿰을 발견하고 노인에게로 달려왔던 것이다.

"내가 이 돈을 너에게 준 이상엔 너의 것이다. 나는 절대로 다시 받을 수 없다!"

"할아버지의 고마운 마음은 알겠습니다만, 저에게는 마반선께서 주신 돈이 있어 어머니에게 약을 사드리고 쌀까지 살 수 있습니다. 할아버지의 돈은 참으로 받지 못하겠소이다. 공자께서 하신 말씀을 저는 몇 번 읽어 보았는데, 재물은 남을 속이면서 얻지 말라 했습니다. 어머니의 병을 치료하는 것은 아들로서의 응당한 도리이기에 아무리 궁색

지 도리, 즉 인(仁), 의(義), 예(礼), 지(智), 신(信)이다

할지라도 이 일은 제가 할 수 있는 최선이옵니다."

어린아이의 말에 노인은 깊이 감동하고 눈에 이슬이 맺혀 떨리는 목소리로 말했다.

"너의 효심과 굳센 의지야말로 흔치 않다! 또 책까지 읽으니 훗날에 꼭 출세하고야 말 것이다. 이 돈은 나에게 있어서 큰 것은 아니다. 너에게는 추운 겨울에 보태지는 옷가지일 것이다. 어서 이 돈으로 쌀이나 사서 돌아가거라. 너의 어머니는 아직도 약을 기다리고 있을 것이다. 어서!"

노인은 말하면서 남자애의 돈을 받아 그의 바구니에 넣어 주고 그의 어깨를 쓰다듬으면서 구경꾼들 밖으로 밀었다. 어린아이는 그래도 돈을 돌려주려 했다.

맹의자가 앞에 나서면서 말했다.

"어린 동생! 노인님께서 너의 지극한 효심을 위해서 주신 것이니 받는 게 어때! 그것은 불의(不義)한 재물이 아니야. 그리고 나중에 노인님의 그 은덕에 보답해 드리면 되지 않겠니?"

아이는 눈물이 대롱대롱 맺힌 큰 눈을 깜박이며 잠깐 생각하더니 그 노인과 맹의자에게 머리를 굽혀 세 번 인사하고 집으로 달려갔다.

계환자 등 삼 인은 계속 거리를 따라 앞으로 걸어갔다. 한 농기구를 생산하는 공장 문 앞까지 왔는데 사람들의 말소리가 들려 가만히 귀를 기울이고 들으니 소곤거리는 소리가 들렸다.

"이상해, 이상해. 간밤에 도둑이 들었는데 물건은 그대로 있으니 정말 이상하지 않소. 지금은 봄 파종이 바쁜 계절인데 이렇게 많은 농기구 중에서 모두 그대로 있다니, 아무것이나 하나만 가져가도 모두 쓸모가 있을 텐데…."

아내가 남편에게 말하고 있었다.

계환자가 집안을 들여다보니 과연 각양각색의 농기구가 질서 정연하게 배열되어 있고 도둑이 든 흔적은 없었다. 아내가 남편에게 말했다.

"무엇이 없어졌나 좀 자세히 보셔요. 어마나, 돈은 없어지지 않았네!"

주인은 머리를 긁적이면서 주위를 살펴보았다.

"내가 먼저 돈 궤를 보았는데 한 잎도 없어지지 않았어. 참 이상한 일이지?"

바로 이때, 이십 대 청년이 이들 부부에게 물었다.

"사부와 사모께서는 또 웬걸 가지고 다투옵니까?"

남자 주인은 기이하게 여기며 말했다

"오늘 아침에 일어나 보니 도둑이 들었다. 야단났다 생각했는데 먼지 하나 없어지지 않았구나."

그 청년이 좀 생각하더니 껄껄 웃었다.

여주인은 그가 웃는 것을 보고 골이나 욕을 퍼부었다.

"뒤질 녀석! 너의 사부가 하마터면 놀라 쓰러질 뻔했는데, 웃긴 왜 웃어. 이 농기구들은 너와 사부께서 피땀 흘리며 만든 것이다. 한해 겨울과 반해 봄에 만든 것이야. 하나라도 없어지면 아쉽지 않겠느냐?"

청년은 되물었다.

"어제 너무 힘들었기에 자기 전 문을 잠그는 것을 잊었습니다. 사모님! 실로 없어진 것이 없소이까?"

계환자는 이 모든 것을 똑똑히 보고 들으며 '이런 대현한 분을 송곳 꽂을 만한 작은 땅에서 일하게 했다니, 그야말로 큰 인재를 적은 일에 쓰는 격이로다. 명주를 어두운 곳에 던지는 격이지!'라고 하면서 공자에 대해 더욱 탄복했다.

계환자 등이 중도성 관청에 오니 공자는 특별히 기뻐하면서 연회를 베풀어 접대하고 밤새껏 이야길 나누었다. 이튿날 공자는 또 그들을 동행하여 관내를 시찰하고 명승지를 유람했다.

공자가 정치에 종사하여 얻은 결과는 순식간에 나타났다. 그리하여 후세의 사람들은 다음과 같이 시를 써서 찬양했다.

늙은이 젊은이 먹을 것 있고
강한 자 약한 자 할 일 많다네!
남녀 서로 다름이 있고
밤엔 문을 잠글 필요 없다네!
길에선 물건 줍지 않으며
모든 기물 가짜가 없다네!
일 년 동안 노력하여
사방 모두 무사하다네!

집법을 하며 인덕으로 민중을 교화시키고 형법으로 민중을 다스려야 한다.
덕과 은혜만 행한다면 유약한 백성만 보살피게 되기 때문에 덕치와 법치를 병행시켜야 한다.
흉포하고 고집이 센 자들을 굴복시켜 천하를 다스려야지 만일 덕과 법 중에서
어느 하나라도 결핍이 있으면 아니 된다.

제4장

협곡(峽谷)회맹과 대사구의 집법(執法)

노 · 제 간에 삽혈위맹(歃血為盟)을 맺게 하다
공자의 용맹과 지략으로 제나라를 제압하다
협공 회맹에서 외교적 승리로 기쁨에 넘치다
대사구직을 맡아 백성을 편안하게 다스리다.
공자는 인덕과 법치를 강조하다

노 · 제 간에 삽혈위맹(歃血為盟)을 맺게 하다

삼환이 곡부에 돌아와 중도에서 보았던 일들을 모두 노 정공에게 아뢰었다. 노 정공은 크게 기뻐하면서 공자에게 소사공(小司空) 직을 주었다.

대사공(大司空) 직은 맹손씨의 세습적인 관직으로 전국의 토지를 관리하고 공정 건설 관리까지 겸하는 일이었다. 공자는 취임하자마자 제자들과 사무원들을 불러 산을 넘고 물을 건너 토지 성능을 측량하러 전국 각지에 발자국을 남겼다. 그는 또 젊을 때 위리(委吏) 승전(乘田)을 맡았던 경험에 근거하여 측량한 자료를 검토, 전국의 토지를 산림과 천택(川沢), 구릉(丘陵)으로 구분했다. 고원과 평지도 함께 넣어 종류별로 분류했다. 또 특징과 실제 토질에 근거하여 용도를 구분, 식수조림이나 어염(魚塩) 및 과수나무를 재배하게 하는 한편 농작물을 재배하게 했다.

공자가 소사공 직을 맡은 기간은 비록 짧았지만, 곧 삼경(三傾; 사도, 사마, 사공을 일컬음)과 병립된 사구직으로 진급했다. 이때 공자가 중도를 크게 다스렸다는 소식이 봄바람처럼 퍼져 화하(華夏; 중국의 옛 명칭) 각지에 전해지자 각 나라에서는 분분히 사자를 파견하여 참관하고 귀국하여 공자가 일 년 동안의 행적을 본보기로 삼아 실행하였다.

제나라는 노나라의 이웃이기 때문에 으레 중도의 진흥과 공자의 정치 업적에 관해 관심이 많았다. 공자가 대사구가 되어 노나라에서 실권을 잡자 10년 전의 우려가 사실로 나타나 일부 대신이 제 경공에게 노나라를 토벌할 것을 제기한다. 노나라가 강대해지면 제나라 안전에 위협이 될 것이니 근심을 미리 덜려는 것이다. 귀가 얇은 제 경공은 주견이 없는 자로 누구의 말이라도 도리가 있다고 믿었다.

안영이 임종 시에 '제나라에 위협이 되는 나라는 진(晋)이지 노나라가 아닙니다. 제와 노는 이웃이기에 응당 잘 사귀어야 합니다. 방어 대상으로 삼을 나라는 진(晋)입니다.'라고 한 말도 잊었을 뿐 아니라 공자에 대해서도 '그는 아무런 도움도 안 됩니다. 번거로운 고문(古文)과 예절에 열중하여 국가의 강성에 대해서는 도움이 되지 않습니다. 주(周)나라의 예악곡장(礼楽曲章) 제도로 천하를 구하려는 것은 사분오열된 천하를 바위에 달걀 던지기밖에 되지 않을 것입니다. 설사 노나라가 정녕 공자의 정치로 인해 강성해졌다고 해도 절대로 제나라에 위협이 될 수 없습니다. 그것은 공자라고 하는 사람은 괴이하므로 인정덕치(仁政德治)를 주장하고 제후 패권을 적극적으로 반대합니다.'라고 말했다.

당시의 안영이 추진하는 일은 제 경공이 흡족했고, 안영을 현능한 재상으로 신임하고 있었다. 그의 주장은 절대적이었기에 안영의 제안에 노나라에 대하여 우호 정책을 시행했었다. 그러나 오늘날 일부 대신이 노나라 토벌을 주장하나 그는 이상하게 여기지 않았다.

만일 안영의 말대로라면 공자는 시대에 뒤떨어진 사람으로 복고(复古)적이고 퇴보적인 주장은 시대에 맞지 않는데 공자는 어떻게 중도를 일 년 사이에 크게 변경시킬 수 있었을까? 대사구직에 임명된 지 얼마 되지 않아 노나라는 점점 정치가 밝고 민심이 안정되어 어떻게 나라의 세력이 강해질 수 있었단 말인가? 계속 이렇게 간다면 노 · 제 간의 국력 차이가 심해져 노나라는 점차 제나라를 억압할 것이다. 왜 공자에 관해 큰 우려할 필요가 없다고 하겠는가?

제 경공은 애당초 안영의 말을 듣고 공자를 중용하지 않았던 것을 매우 후회했지만, 너무 늦었다. 만일 안영의 말을 듣지 않고 공자를 중용했더라면 오늘의 번뇌와 우려가 있을 수 없었을 것이다. 이렇게 생각한 제 경공은 안영을 원망할 뿐만 아니라 나라와 백성을 망쳤다는 점에서 괘씸하게 생각했다.

그가 죽은 후 유언을 좇아 여서(黎鉏)를 태재로 위임하여 성과를 올려 보고자 했다. 그러자 그는 경공에게 신임을 얻는 한편 신하들에게 위신을 세우기 위해 노나라를 침략하려는 마음이 태산 같았다. 그러나 반생 동안이나 안영을 따라다닌 사람으로 안영의 중용과 배려와 적극적 추천으로 꿈에도 생각지 못했던 대신의 최고위급인 태재(太宰)직까지 올랐으니, 안영의 유골이 채 식기도 전에 어떻게 그의 뜻을 거역하고 노나라를 침략할 수 있단 말인가? 그래서 그는 자기 속을 감추고 양쪽 모두 만족할 계책을 꾸미고 있던 어느 날 제 경공이 이 문제에 대해 여서의 의견을 물었다.

"안 태재께서는 절세의 영웅으로 제나라와 노나라의 친선 관계를 잘 처리하셨기 때문에 병력이 강한 진나라가 우리를 얕잡아보지 못했사옵니다. 노 소공이 삼환을 없애려다 패하고 제 나라에 왔을 때 안 태재의 냉대를 받고 진나라에 갔고, 양호가 반란에 패하여 제나라에 왔을 때, 우리나라에서 받아주지 않았을 뿐만 아니라 안 태재께서는 양호를 죽이려고 마음먹었습니다. 이를 안 양호는 진나라로 망명했기에 진은 이미 노 나라와 두 번이나 맞선 셈이 됩니다. 대왕께서는 이 기회에 노나라와 회맹하고 노나라의 변화를 축하하며 노·진 간에 이간을 놓아야 합니다. 그렇게 되면 노나라는 우리나라와 가깝게 되어 무서워하고 존경하며 우리의 예속국이 되는 것이 아니겠사옵니까?"

경공은 여서의 말을 듣고 기뻐하며 칭찬했다

"여 애경(愛卿)이 과연 책략이 대단하구먼. 경의 견해가 짐의 마음에 딱 들어맞는 것이요. 모든 것을 경에게 맡길 것이니 어서 그리 추진하시오."

여서는 경공의 신임을 받고 득의양양해 말했다.

"대왕께서는 근심하지 마시옵소서! 신이 기필코 모든 것을 이른 날에 준비하겠나이다."

여서는 국서를 한 통 써서 노나라에 사신을 보냈다. 올해 6월에 협곡(夾谷; 산둥성 내부 경내)에서 모임을 하자고 제안했다.

편지에는 아름다운 언어가 철철 넘쳐났다. 노 군이 인재를 잘 쓴 일에 관해 칭찬이 대단했다. 그 명성이 온 천하에 떨쳤다는 등등 이었다. 노 정공은 생각이 단순하여 제나라에서 보낸 국서를 본 후, 만면에 희색을 띠며 제나라 사신에게 상을 주었다. 그러나 사정이 그리 간단하지 않았다.

삼환의 의견은 달랐다.

"제나라의 국서는 아첨하는 단어가 지나치게 많아 성의가 보이지 않습니다. 제나라는 강하고 노나라는 약합니다. 아울러 제나라는 역사적으로 계책이 많은 나라입니다. 갑자기 우리에게 화해를 청하는 것은 선의로 보기에는 미심쩍은 부분이 많습니다. 따라서 막연히 연회에 참가했다가 협박이라도 당하면 어찌하겠습니까?"

그러나 기만술인 줄 알면서 가지 않을 수 없었다. 잘 못 했다가는 친선 관계를 끊어버리고 노나라의 나약함을 들어내는 것이다. 어떤 사람은 말하기를 만일 연회 초청에 응하지 않는다면 제나라의 분노를 사서 전쟁을 초래할 수 있다고 했다.

노 정공은 어찌할 바를 몰라 자신의 경망스러움을 몹시 후회했다. 그러나 이미 늦었다. 안영의 부고를 받았으나 가지 않아 처음으로 실례한 이력이 있었다. 이번에도 제 나라가 예절을 지켜 진심으로 초청했는데 가지 않으면 재차 실례가 된다. 제나라는 이것을 이유로 삼아 창칼로 문죄할 수도 있다. 엎친 데, 덮친 격이 될 것이다. 연회에 참석하겠노라 화답하였으니 제후들에게 신의를 져 버릴 수 없어 불바다라도 하는 수 없이 넘어야 했다.

이 연회에 참석할 예관을 진지하게 골라야 했다. 그는 예의를 손금 보듯 잘 아는 자여야 한다. 모략이 출중하고 말재주가 좋아야 하며, 회맹의 특성상 위험에도 침착하게 대응하여 상대에 실례하지 않아야 한다. 결정적인 시각에 위험의 고비를 넘길 수 있는 자라야 했다.

상례에 따르면 양군회맹(両君会盟)은 총재의 사무였으나 계환자는 젊고 유치하여 세상 물정을 잘 모른다. 아직 큰 사건을 처리해 본 경험이 미흡하다. 노 정공이 염려하는 것은 계환자에게는 배짱이 없었다. 가신 양호가 진행하는 맹약에 조인했던 나약한 자가 어떻게 양군회맹의 중임을 떠맡을 수 있겠는가?

노 정공이 보기엔 공자가 이상적인 인물이라 생각되었지만 계환자가 질투하고 양보하지 않아 분쟁이라도 생길까 두려웠다. 그러나 계환자는 대사구직을 맡긴 이래 조정의 모든 일은 공자에게 맡기고 술판을 즐기며 닭싸움과 투견싸움에 빠졌으나 회맹에 참가하는 일이 고역인 것은 알고 있다. 국군의 의식주는 물론 문답까지도 모두 책임져야 하고, 일 처리를 잘못했다간 주권을 잃고 나라가 치욕을 당해야 한다. 계환자는 노 정공이 찾기도 전에 스스로 공자를 회맹의 상례로 추천했다.

"신이 배운 것이 없어 무능합니다. 예의를 잘 모르기 때문에 나라에 웃음거리가 되고 임금님에게 폐가 될까 두려워 박식하고 모략이 출중한 공자 대사구에게 중임을 맡기는 것이 옳은 일이라 생각되옵니다."

계환자는 노 정공의 노파심에 있는 말을 한 셈이다. 자신의 염려에 꼭 들어맞았지만, 그는 일부러 계환자를 떠보았다.

"역대로 양군회맹은 총재가 상례를 보았습니다. 어떻게 공자 대사구에게 역할을 맡길 수 있겠는가?"

"관위가 상경이면 모두 상례에 임직할 수 있어 총재가 아니라도 상관없습니다. 공 대사구는 늘 이론이 정당하고 말이 바릅니다. 총재가 있는 한 중임을 맡으려 하지 않을 것이오니 주공께서 대사구를 조정에 불러들여 영을 내리시고 저를 대신하여 상례 직을 맡기시면 되지 않겠사옵니까?"

아침 모임을 마친 후, 정공은 공자와 논의했다. 계환자의 말처럼 상례에 보낼 생각을 전했다. 제나라는 노나라에 대해 줄곧 딴 뜻을 품고 있어 노나라의 발전에 제나라가 적대시하는 것이 정상이다. 그런데 제나라가 회맹을 하자 하니 참으로 비정상이었다. 계환자는 공자가 의아해하고 있는 것을 보고 상례에 가기 싫어하는 줄로만 알았다.

"공 대부가 대행할 것을 이미 전부터 생각해 왔으나 기회가 없었을 따름입니다. 협곡 회맹 후 나는 총재직을 영원히 그만두려 하옵니다. 공 대부께서 응당히 나라를 위해 있는 힘을 다해 주시오. 국군의 중요한 부탁을 저버리지 않도록 하여 주시옵소서!"

공자는 계환자가 상례 직을 떠맡기는 것이 단지 편안함을 바라는 것이 아님을 알았다. 더구나 모험을 덜기 위해서라는 것을 너무나 잘 알고 있었다. 제나라와 노나라는 풍습이 다른 제후국가였다. 노나라가 제나라의 축하를 접수하는 것은 주례에 어긋나지 않는 일이다. 하지만 이것은 표면적 현상이고 그들의 진정한 목적은 결코 그렇게 간단한 것이 아니다. 인간 세태의 변천은 사람들의 마음을 더욱 알 수 없게 하여 예를 탈로 잡아 예의에 어긋나게 일하는 것이 오늘의 세상에서는 이미 희소한 일이 아니다.

공자는 제나라에 3년 있을 때, 그 나라의 군자와 대신들에 관한 이해가 퍽 깊었다. 안영은 이미 세상을 떠났지만, 평소에 신의를 잘 지키는 사람이었고 다른 대신들은 거반이 간사한 자들이었다. 현재 패권을 잡은 여서(黎鉏)는 속을 알 수 없는 사람이었다.

그는 처음 고소자(高昭子)의 가신이었다. 종일 안영의 그림자가 되어 안영과 철천지 원수의 관계인 쌍방의 환심을 모두 받았다. 안영과 같은 재상도 그의 참모습을 알지 못하는 자였다. 지혜가 영명하고 세상에서 보기 드문 정치가까지도 그랬던 여서는 태재(太宰)의 보좌에 올라 제나라 성장의 운명을 짊어지고 있었다. 공자도 제나라에서 여서와 빈번하게 교류했었다. 하지만 그의 속내를 알 바가 없어 다만 그를 신비한 인물로 여겼다. 그는 안영의 명령으로 공자 사도를 보호하여 구명은인이 되었다. 그러나 공자는 그의 은혜에 감사하는 것이 아니라 그를 밉상 서러운 놈으로 보았다. 그리고 귀 얇은 제 경공을 너무도 잘 이해하고 있었다.

이번 협곡 회맹은 잔치를 명분으로는 두 나라 친선 관계를 축하하는 것이라 했지만 노 군을 저들의 부속물로 만들려는 살기등등한 피비린내 나는 협박이 빈번할 것으로 보았다. 그러나 대신으로서 당연히 종묘사직(宗廟社稷)을 지켜야 한다. 정의를 위해서라면 자신의 주장을 실천하고 나라에 보답할 절호의 기회로 삼아야지 겁을 내서야 되겠는가?

공자는 여기까지 생각하고 방그레 웃었다.

"공구가 상례의 부탁을 어떻게 맡을 수 있겠소이까? 태재의 직만은 공구가 감히 넘보지 못하겠소이다."

정공은 공자의 대답을 듣고 무거운 짐을 부리듯이 기꺼이 말했다.

"공이 맡으면 짐은 이번 상례에 안심할 수 있겠네! 노나라는 예의 지방이네! 절대 제나라 군신들에게 실례하면 안 되네!

계씨의 뜻을 업신여기는 듯하여 정공은 보충하여 말했다.

"국군에게 아뢰옵니다. 제나라의 제후가 편지에 승거지회(乘車之会)라고 분명하게 밝혔소이다. 승거지회라는 것은 친선적 관계를 잘 수립하자는 것이오니 폭력으로 대하지는 않을 것이옵니다. 옛적에 제환공의 일이 생각납니다. 병마를 동원하지 않고도 아홉 제후를 합치시켜 천하를 통일하였소이다. 하나 말은 이렇게 한다지만 신이 들은 바에 의하면 내용은 복잡합니다. 문사(文事)가 있는 곳엔 꼭 무장 준비가 따른다고 했습니다. 남을 해치려는 마음은 버려도 남을 방비하는 마음은 항상 있어야 합니다. 또 옛적에 초나라가 송양공(宋襄公)을 맹(孟)에서 회맹코자 했을 때의 약속도 승거지회라 말했습니다. 초는 맹에 군대를 숨겨 놓았는데 송은 이 사실을 모르고 있었으므로 여지없이 패하였소이다. 지난날의 실패 역사를 교훈 삼아야 합니다. 국왕께서 좌 · 우 사마에게 정예군 500명을 훈련케 하여 주십시오. 그때 가서 앞에 나아가 수레를 보호하기 위하여 협곡에 숨겨 놓으십시오. 만일의 경우를 담당케 하여 주시옵소서!"

노 정공은 이에 공자의 뜻에 따랐다. 그리고 좌사마 낙흔(樂欣)과 우사마 신구서(申句須)를 임명했다. 전국에서 정예군 500명을 뽑아 훈련에 오차가 생기지 않게 했다. 공자 본인도 회맹에 참석할 사항들을 일일이 점검했다.

협곡은 태산 동쪽에 있는 지방이다. 골짜기가 깊고 수림이 무성하며 주위에는 산이 빽빽하고 소나무가 꽉 들어찼다. 온종일 해를 보기가 어려운 곳이었다. 새들은 수림 속에서 날고, 매미들은 나뭇가지에서 울고, 개구리들은 계곡에서 콧노래를 부른다. 무수히 많은 시내와 매우 많은 골짜기에서 유수가 졸졸 흐르고, 남쪽으로 가는 비탈과 북쪽으로 가는 산봉우리에서 노루가 껑충 뛰었다.

어느 무더운 여름. 큰 나무들이 빽빽하게 들어선 숲은 깊은 산골짜기에서 피비린내 나는 학살이 잉태되고 있었다. 제단(祭壇)은 상위에 건설되었고 궁전은 계수나무 옆에 우뚝 세웠다. 이 궁전은 날아갈 듯, 높이 쳐든 처마와 기둥 끝에 붙여 놓은 정방형의 건축물은 깜찍했다. 높은 담으로 막아놓은 건물이 곡부성의 궁실보다 훨씬 아름다웠다. 담장 안엔 작은 담이 하나 있었고, 건축물들은 동서로 대칭되게 갈라놓아 특별히 새로워 보였다. 여서(黎鉏)가 이런 무대 안에서 모든 것을 지휘하고 있었다.

이번 회맹의 제안자이자, 주인으로서 제나라는 정중하게 성의를 보이려고 이처럼 화려한 궁전을 준비한 듯했다. 제왕의 피서지를 만들어 경공의 환심을 사려는 여서의 다른 계책도 있었다.

공자는 제후들과 상견지례(相見之礼)하고 먼저 제 경공의 방으로 들어가 인사를 올렸다. 제 경공도 인사를 받고 노 정공을 맞아들여 손님과 주인이 자리를 따로 했다. 그리고 상견례 선물로 큰 기러기 한 마리를 받았다.

다음날 제 경공은 먼저 제단에 올라가 여서에게 노 정공을 맞아들여 회맹을 시작하자고 명령했다. 공자는 노 정공과 함께 제단 옆으로 갔을 때, 노 정공이 먼저 서쪽 계단으로 오르려 했다. 공자는 그의 옷깃을 당겨 좀 기다리라고 암시했다. 여서는 이 정경을 보고 히죽이 웃으면서 아무 말도 하지 않았다.

제단 위에 올라가 제 경공에게 손님들이 왔다고 아뢰었다. 제 경공이 하단하여 두 나라 국군이 손을 맞잡고 동쪽 계단으로 천천히 올라갔다. 그다음에야 여서는 공자와 함께 국군의 뒤를 밟아 나란히 올라갔다. 손님과 주인은 따로 자리했다. 여서는 제 경공의 옆에 서고 공자는 노 정공의 옆에 서 있었다. 여서는 제 경공을 대표하여 맹주(盟主)의 신분으로 먼저 이야기했다.

"제 · 노는 이웃으로 입술 같이 어깨를 나란히 하고 있습니다. 또 역대로 인척까지 맺고 있어 세세 대대로 화목하옵니다. 노나라가 잘 다스려져 나라가 태평하고 백성이 편안하다는 소식을 들었습니다. 너무도 기뻐서 이렇게 경축의 잔치를 베풀었습니다. 앞으로도 영원히 사이좋게 결맹하자는 것이옵나이다."

두 나라의 상례는 국군을 모시고 정해진 의식에 따라 먼저 하늘과 땅에 제배(祭拜)하고 삽혈위맹(歃血為盟)의 예물을 주고 받았다.

예로부터 피를 입에 바르고 맹세하는 의식을 하곤 했다. 서로 간에 평화의 상징으로서 비단 등의 예물을 드리고 또 축하의 말을 건넸다. 제나라는 맹주였다. 여서가 손을 휘저으니 두 시종이 산 기러기와 술 그릇이 담겨 있는 접시를 들고 제단에 올라왔다. 노 정공 앞에서 한 시종이 소뿔 모양의 끝이 뾰족한 칼로 기러기를 잡았다. 피 몇 방울을 술이 담긴 두 잔에 떨어뜨리고 한쪽으로 물러났다. 여서가 그중에 한잔을 들어 제 경공에게 드리니 제 경공은 받아 노 정공에게 넘겨주었다. 노 정공도 공자의 잔을 받아 제 경공에게 넘겨주었다. 노 정공과 제 경공은 서로 마주 보더니 어깨를 나란히 하고 서서 하늘과 땅에 조금씩 쏟고 모두 마셨다. 이것이 바로 삽혈위맹이라는 고대 결맹(結盟)하는 예절이다.

노 정공이 기뻐하며 말했다.

"노나라는 제나라와 공동 번영을 이룩하고 있습니다. 예의로 내왕하며 상호 통상하려 하옵니다."

제 경공도 열정적으로 말했다.

"제나라와 노나라는 비록 성이 다른 제후지만 실은 형제입니다. 그러므로 이제부터는 한 나라처럼 사이좋게 지내게 될 것이옵니다."

공자는 제 경공의 말을 듣고 분노가 일어났다. 그것은 제 경공이 방금 한 말 가운데 노나라를 삼키려는 야심을 보았기 때문이다. 제나라는 비록 태공 강상의 봉지로 노나라와는 달랐다. 노나라는 천자(天子) 직계의 봉지였으므로 제 경공의 '한나라처럼 사이좋게 지낼 것이오.'

라는 그 한마디 말은 실로 예의에 부합되지 않았다.

공자는 앞에 나와 반박을 하려 했다가 기쁜 표정으로 앉아있는 노 정공을 보고 참았다. 이때 여서가 악공들에게 손짓을 보냈다.

"양군의 회맹은 기쁜 일로서 악곡 없이 어이 되겠느냐?"

한 무리의 괴상망측한 사람들이 떠들썩하게 다가왔다. 그들은 창칼과 깃털로 장식한 기와 깃털 따위를 들고 나왔다. 소털 꼬리거나 꿩 깃털이 꽂힌 모자를 쓰고 떠들면서 춤을 추었다.

공자의 용맹과 지략으로 제나라를 제압하다

제후들이 상봉하여 가무로 흥을 돋우는 것은 상례였다.

노나라 가무에 싫증을 느꼈던 노 정공은 이국의 예술을 한껏 즐기려 했다. 그러나 오늘 등장한 악공들은 요조숙녀가 아니다. 풍류 소년도 아니다. 모두 키꺽다리 아니면 난쟁이들이었다. 이빨을 드러낸 해괴망측한 귀신들이 창칼과 도끼를 들고 마구 내젓더니 노 정공에게 다가왔다. 노 정공은 질겁하여 얼굴이 흙색으로 바뀌었다. 온몸을 부들부들 떨면서 공자 뒤에 숨어 버렸다.

공자는 제나라에 이런 가무가 있는 줄 생각하지 못했다. 노기충천하여 피가 거꾸로 흐르는 듯, 두 눈을 부릅뜨며 장검을 빼 들고 악공들에게 호통쳤다.

"이놈, 무례하다!"

한편으로 노 정공을 보호하면서 다른 한편으로 제 경공을 질책했다.

"친선 성회에 궁정 아악을 사용하지 않고 암캐들의 음악을 사용하다니 어찌 된 것이옵니까? 예의에 따르고 법도에 따라 이놈들을 죽여 버릴 것이오니 제왕께서는 예의와 법으로 처리해 주시길 바라옵니다."

제나라의 주사관(主事官)들은 여서만 바라보고 있었다. 이때, 여서는 머리를 한쪽으로 돌려버리고 보는 척도 하지 않았다. 공자는 이 모습을 보고 호통쳤다.

"제 · 노가 형제의 친선을 수립했습니다. 이제부터 제나라의 일이면 노나라의 일입니다. 이렇게 실례로 법을 어기는 행사를 가만히 보고만 있지 않을 것입니다. 노 사마 어디에 계시는가?"

공자의 말소리가 채 떨어지기도 전에 산골짜기가 갈라지고 하늘과 땅이 무너질 듯한 소리가 들리며 신구서와 악흔이 제단에 올라왔다.

"하관이 여기에 있소이다!"

이들은 마치 제단 위에 세워 놓은 철탑 같았다. 이 철탑 같은 두 장군은 노 정공과 공자를 향해 인사를 올리며 외쳤다.

"말장(末將)에게 영을 내리소서!"

공자가 영을 내렸다.

"제나라를 대신하여 저 악공 키잡이의 목을 쳐라!"

"준명(遵命)하나이다!"

장군의 보고 소리와 함께 칼이 번쩍하더니 두 악공의 머리가 땅에 데굴데굴 굴러떨어졌다. 다른 악공들이 혼비백산하여 줄행랑을 쳤다.

무더운 여름철이라 열기가 올라 입을 벌리고 숨쉬기도 힘든데 먼 산골짜기에서 전마들의 울부짖는 소리가 들려왔다. 밀림 속에서는 전차의 움직임 소리가 들려왔고 온 협곡에 끓어오르는 열기는 하늘을 찌르는 불길 같이 솟아올랐다.

제 경공은 전쟁에서 항상 노나라에 승리했지만, 오늘의 외교에서는 철저하게 실패했음을 인정했다. 공자는 그의 군주를 인도하여 인의를 행하고 고례에 따르게 했다.

제 경공은 여서에게 투덜거렸다.

"자네는 짐에게 우리의 천한 풍속을 보이고 불의(不義)의 경지에 빠뜨려 제후들에게 실례케 했다. 그리고 우리나라를 천하의 웃음거리로 만들어 놓았다. 대체 어떤 심산인가?"

여서는 입으로는 죄를 인정했다. 그러나 노나라를 노리는 제나라의 야망만은 바뀌지 않았다는 것을 알게 한 것이 즐거웠다. 그리고 이 일로 자기는 여전히 총애를 받고 대권을 좌지우지할 수 있다고 생각했다.

지금은 실패했지만, 다음 회합에는 어떻게 노나라에서 자그마한 이득이라도 빼앗아 내고 회맹의 목적을 달성할 수 있을지를 궁리하면서 새로운 음모를 계획했다. '궁정 아악을 즐기는 것이 예로부터 전해진 예의에 부합한다고! 그렇다면 …' 여기까지 생각한 여서는 제 경공에게 아뢰었다.

"이번 회맹에 있어서 꼭 이렇게 불쾌하게 끝내야 하옵니까?"

노기가 채 가시지 않은 경공은 목석같은 얼굴로 따졌다.

"노나라 군신이 모두 진노했다. 군사까지 갖추어져 있는데 끝내지 않으면 어찌하란 말인가?"

"맹약에 서명도 하지 않아 미결입니다. 대왕께서 낙심할 필요가 없사옵니다. 대왕께서 내일 연회를 다시 베푸십시오. 노나라 군신들을 초대하십시오. 사과하시면 오늘의 실수를 메울 수 있지 않겠사옵니까?"

제 경공은 여서의 말을 듣고 한숨을 쉬면서 '이렇게 된 바엔 하는 수 없지!'라고 하며 여서의 의견을 묵인했다.

여서는 새로운 방안을 짜고 잔칫상을 다시 준비했다. 그리고 가무를 연습시키려고 바삐 돌아갔다. 노 정공은 공자와 거처에 돌아와 제 경공과 작별하고 떠나려 했다. 그런데 제나라 사람은 또 청첩을 보내 내일 연회 잔치에 참여하라는 것이다. 정공은 놀라 연회 참가는 생각도 할 수 없었다. 이 상황을 본 공자가 위로했다.

"왕께서 근심할 필요 없소이다. 이 공구가 있사오니 제나라 사람들이 어쩔 수가 없을 것입니다. 만일 우리가 이곳을 급히 떠난다면 사람들의 웃음거리가 될 것입니다. 여서가 되먹지 못한 짓을 계속할지도 모릅니다. 경공이 제 옆에 있기에 그의 생명이 신의 손에 달리게 될 것이옵니다. 그리고 좌우 사마가 제단 아래 서 있습니다. 500 병마가 수림 속에서 대기하고 있습니다. 두려울 게 없습니다. 우리 대왕님께서 기꺼이 주무시고 즐겁게 노시면 온 보람이 있으리라 생각하옵니다."

노 정공은 그래도 안심하지 못해서 침묵하다가 윤허했다.

"일이 이 정도까지 된 바에 대사구의 생각대로 하십시오."

다음날 이른 아침 제 경공은 친히 노 정공과 군신을 초청하러 왔다.

잔치는 역시 제단 위에서 진행했다. 임금들이 자리를 함께하고 여서와 공자가 함께 다른 상에 앉았다. 제 경공은 창피한 안색으로 특히 친절하게 굴었다. 여서는 수시로 두 군주의 상을 넘겨보았다. 술을 마시는 공자도 넘겨다보았다. 공자는 여서의 속내를 간파하고 겉으로는 술만 마시는 척했으나 속으로는 더욱 신경을 써서 지켜보았다. 여서는 노 군이 술만 마시는 것을 보고 속으로 웃었다. 어제 한 차례 다툼에서 그는 벌써 정공을 눈에 넣어두지 않았지만, 공자만은 달랐다. 제 경공 앞에서 악공들을 죽여 버리는 것을 보아 만만치 않은 상대였다.

그러나 조금만 지나면 술에 푹 절 것이다. '너희들 군신의 너저분한 행동을 여러 가지로 드러낼 것이다. 그때엔 우리의 부속물이 되기 싫어도 할 수 없을 것이다. 네가 유명한 성인이라고! 노나라 백성들의 얼굴을 어떻게 볼 것인지 한번 두고 보자.' 여서는 이렇게 생각하고 공자에게 더욱 극진하게 굴며 한 잔, 또 한 잔을 권했다. 나중에는 사발 술까지 권했다. 경공과 정공이 취했을 때, 여서가 일어나서 말했다.

"신은 예의를 잘 몰라 어제 실수를 많이 했사옵니다. 오늘 제나라 풍을 잘 드러내는 궁정 악공을 불러 왔습니다. 두 임금께 흠상하시도록 하고자 하옵나이다. 먼저 어제 지은 죄를 용서하여 주시기를 바라옵나이다. 이제 흥을 돋우고자 하옵나이다."

노 정공은 악공 가무가 있다는 소리를 듣고 질겁하여 말했다.

"짐은 취했네! 아니, 아니. 악공은 싫어, 싫어!"

그러나 여서는 아랑곳하지 않고 뒤쫓는 듯이 호통쳤다.

"노 군이 제풍(斉風)을 흠상하자 하시온데 악공들 어서 나오너라!"

공자는 말없이 사태의 변화를 살펴보았다.

몇 명의 금사(琴師)들이 선을 조율하더니 멋진 곡을 울렸다. 또한, 4명의 여악이 궁녀 복장 차림을 한 무녀들과 함께 노래했다. 춤을 추면서 우르르 몰려 왔다가 우르르 몰려가며 대열을 짓기도 했다. 궁녀복 차림을 한 여악은 안간힘을 다하여 아첨을 떨었다. 음탕한 동작을 지으면서 정공에게 꼬리 쳤다. 4명의 여악은 또 손에 든 생화를 궁녀복인 여악에게 넘겨주었다. 그리고 그녀를 뭇별들이 달을 둘러싸고 도는 형태를 이루게 했다. 빼곡히 둘러싸고 있는 악녀들 속에서 가벼운 걸음으로 한들거렸다. 한들거리는 걸음으로 걸어가 생화를 정공에게 선사했다.

정공은 비칠거리면서 일어서 받으려 하는데 갑자기 '쾅!' 하는 소리가 나서 뭇 사람들은 놀랐다. 공자가 술상을 던진 것이다. 금동이 속 미주와 은쟁반의 맛 좋은 안주가 바닥에 너저분하게 흐트러졌다. 그는 상을 던지고 앞으로 나가 노 정공을 붙들고 알려 주었다.

"국왕님! 이 노래는 선조를 모욕하는 음란한 말이옵니다. 이 여자는 문강(文姜)의 역을 하여 헌화하는 것입니다. 이것은 우리 주인을 짐승이라고 모욕하는 것이 옵니다."

노 정공이 대경실색하여 공자를 바라보았다.

그 외 악녀들은 문강과 제궁(齊宮)의 궁녀 역을 하면서 제나라 시 〈재구(載驅)〉를 노래로 불렀다. 이것은 제 경공 선조의 추악한 역사가 실려 있는 것으로 자식들이 동생 문강과 난륜(乱倫)하는 것이었다. 공자는 노기충천하여 부들부들 떨면서 여악들을 가리켰다.

"너희들은 맹단을 짓밟아 제 · 노 두 나라의 형제적 맹약을 파괴했다. 그뿐만 아니라 음사로 선조까지 모욕하였으니 도저히 참을 수 없다."

그리고 경공을 보면서 말했다.

"대왕께서 저 여공들을 주살(侏殺)해 두 군주의 귀를 깨끗이 하십시오. 하늘에 있는 선조의 영혼을 위안해 주시옵소서!

제 경공은 공자가 대로하여 악녀들을 비난하는 원인을 몰랐고, 여악들을 주살하여 선조의 재천지령을 위안케 하라는 이유도 몰랐다. 음악에 대해서는 더욱 오리무중이었다.

"대부는 왜 이토록 진노하는 것이요?"

"대왕께서 깊은 궁중에 계시옵니다. 어떻게 귀국의 정서와 회포를 자아내는 문학에 관해 이해가 깊겠소이까? 〈재구〉는 나라의 백성이 귀국 선조를 모욕하는 싯구입니다. 한데 뻔뻔스럽게도 오늘과 같은 제 · 노 회맹의 맹단에 올렸습니다. 대왕께서 앞으로 어떻게 저 세상에서 선조들을 뵐 면목이 있겠나이까?"

"어떤 싯구이며 무슨 일을 기재한 것이오?"

공자는 제 경공의 물음에 차마 대답할 수 없었다. 경공이 재차 여서에게 물으니 그는 벌벌 떨면서 꿇어앉아 있었다. 말도 못 하고 용서만 빌었다. 제 경공은 또 공자에게 협조를 요청했다.

"공대부가 말을 해도 군주를 모욕하는 죄로 생각지 않겠습니다. 어서 말씀하시지요!"

공자는 하는 수 없이 200년 전에 있었던 제나라의 역사를 들려주었다. 불명예스러운 한 단락의 역사였다. 제 경공은 무참하여 얼굴이 빨갛게 달아올랐다. 어찌나 화가 났던지 입술까지 자주색으로 변했다.

그는 긴급 영을 내려 여악들을 몽땅 죽여 버려 치욕을 가시려 했다. 참으로 훌륭한 태재였다. 너무도 총명하여 있는 계책 없는 계책 다 쓰게 하여 외교 장소에서 자기의 선조를 모욕하며 자신의 뭇자리까지 파놓았으니 어찌 대노 충천하지 않을 수 있겠는가? 양국 맹약. 이는 상호 평등, 상호 이득의 원칙이었다. 서로의 협상으로 제정되는 것이었는데 제나라의 서울에서 제정해 놓고 노 군(魯君)에겐 서명만 하라고 했다. 이야말로 형제 맹약이 될 수 없다. 그 맹약의 마지막 조목에는 다음과 같은 내용이 있었다.

"제나라가 출전할 때, 노나라에서는 삼백승병거(三百乘兵車)가 나서야 한다. 만일 그렇지 않으면 맹약의 파괴를 선고한다."

이것은 노나라에 무조건 제나라의 부용물임을 승인하라는 것이다. 어젯밤, 노나라의 군신들이 맹약의 조목들을 따질 때 노 정공은 마지막 조목을 읽고 의분이 가슴까지 치밀어 올라 접수하려 하지 않았다. 공자는 두 나라 역량을 대비하여 이 조목에 대해 거부는 못 했지만, 또 무조건 접수할 수도 없어 형세가 유력한 기회를 이용하여 선뜻 나서서 말했다.

"우리 군주께서 귀국에서 제정한 맹약 조목들을 읽어 보셨습니다. 아주 기뻐하셨나이다. 다만 제일 마지막 조목의 뜻을 좀 모르시고 있사오니 제왕께서 제시하여 주옵소서!"

제 경공은 공자의 질문에 떳떳하게 대답하지 못하고 우물우물하면서 '형제 맹약을 맺은 이상에는 응당 그렇게 해야 하지!'라고 했다.

대왕께서 하신 말씀이 지당하오며 형제는 응당 서로 도와야 하지만 옛날에 제나라에서 노나라의 문양(汶陽) 등지를 침략했사옵니다. 만일 아직도 귀환시키지 않았다면 어떻게 형제적 친선이라 말씀하오리까? 또 어떻게 손과 발 같은 관계에 정이라 할 수 있사옵나이까?

제나라의 군신은 아무런 준비도 없었기에 그 질문에 제 경공은 어안이 벙벙하여 '이것은…' 하고 어물거렸다.

제 경공은 갑자기 어제저녁에 심복이 하던 말이 생각났다.

'소인은 말에 사의를 표하고 군자는 행동에 사의를 표하옵나이다. 대왕께서 먼저 노나라에 실례했사옵니다. 우리가 점한 노나라의 문양과 운(鄆)과 규양(龜陽) 등지가 있습니다. 이를 돌려주어 친선 관계를 유지하는 것이 좋을 것 같사옵나이다. 보아하니 제나라와 노나라는 친선 관계를 유지해야 합니다. 그러려면 냇물을 대해에 돌려주어야 합니다.'

제 경공은 여기까지 생각하고 나서 큰 결심을 내렸다. 점령지를 전부 돌려주기로 했다.

제나라와 노나라는 다시 사이가 좋아져 서로 도왔다. 공자는 임기응변에 능하고 술상을 던지는 등 예의를 투쟁의 무기로 삼아 강자를 이겼다. 나라의 자존을 잃지 않았기 때문에 외교에 있어서 승리를 얻을 수 있었다.

협곡 회맹에서 외교적 승리로 기쁨에 넘치다

노나라는 제나라와 진(晋)나라의 장기적인 능욕과 협박에서 벗어나 가슴을 쭉 펴고 떳떳이 설 수 있게 되었다. 또한, 협곡회맹에서 공자가 제나라 군신을 질책하고 악공의 목을 치며 병사 한 명 쓰지 않고 잃은 지 오래인 고토를 찾을 수 있어 기쁨으로 들끓었다.

노나라 수도는 그야말로 승리의 밤이었고 기를 펴고 활개 치는 밤이었다. 광명을 불태우는 밤이었고, 민심의 환호성에 들끓는 밤이었다. 온 성안의 주민들은 밀물처럼 거리로 몰려나왔다. 북 소리, 징 소리, 주민들이 환호하는 소리가 하늘을 진동했다. 촛불 횃불은 창공을 붉게 물들여 화룡(火竜)이 춤을 추는 듯하고, 열광적인 주민들의 노래와 춤은 곡부성의 거리를 꽉 메워 곳곳마다 기쁨의 물결로 출렁였다.

무위(无違)와 무가(无加)는 원관 씨를 모시고 들끓는 인파 속에 끼어 있었다. 노궁(魯宫)에서는 나라 잔치가 크게 베풀어져 문무 대신들을 한자리에 모아 경축모임을 갖고 있었다.

노 정공과 계환자가 들어와 앞자리에 앉자 집사관(執事館) 남궁경숙이 앞에서 노 정공에게 소악(韶楽)을 연주할 것을 청하니 머리를 끄덕였다. 그러자 그는 소리를 높여 외쳤다. 악공들이 아름답고 듣기 좋은 소악을 연주했다. 그러자 갑자기 노 정공이 손을 저으니 악곡 소리가 뚝 멈추었다.

노 정공이 옆에 있는 대신들에게 물어보았다.

"대사구는 어디에 있는가?"

계환자는 막연하게 머리를 저었다. 남궁경숙이 말했다.

"임금님께 아뢰옵나이다! 공자님은 옥체가 불편하여 쉬고 계십니다. 제자인 저에게 임금님께 송구의 뜻을 전해 달라 하였사옵나이다."

노 정공이 놀란 기색을 했다.

"소악을 계속 연주하옵나이까?"

남궁경숙이 묻자 노 정공이 고개를 끄덕였다.

악사들이 소악을 연주하기 시작했다. 무녀들은 궁정 양 홀에서 나와 나풀나풀 춤을 추었다. 노 정공은 잔을 들고 사색에 잠겼다. 뭇 대신들도 잔을 들었다. 대청에는 축하의 소리와 웃음소리로 가득했다. 노 정공의 사색은 점점 술잔 속에 용해되어 점차 축제 분위기에 젖어 들었다.

공부의 앞뜰에는 노궁에서 듣기 좋은 악곡 소리가 들려왔다. 거리에는 화룡(火竜)의 빛이 대낮처럼 밝고 공문 제자들은 제각각 밖에 들끓는 장면들을 보면서 공자의 공덕을 논했다.

"한 명의 병사도 쓰지 않고 잃은 땅을 되찾아 오셨사오니 위대한 분이로다!"

"스승님은 어찌하여 잔치에 참여하지 않으셨을까?"

이렇게 주고받는 중, 뒤뜰에서 듣기 좋은 거문고 소리가 들려왔다. 공자는 거문고를 타며 자신의 염원과 이상을 모두 이 거문고에 담아내는 것 같았다.

협곡회맹의 큰 승리는 공자의 위치를 높은 경지로 끌어 올렸다. 게

다가 공자는 예의로 자신을 단장하여 윗사람을 공경했다. 매사를 참되게 시행함으로 노 정공과 계환자의 칭찬과 신임을 얻었다. 노 정공은 제나라에서 수복한 땅을 공자에게 봉상(封賞)으로 주고자 하여 말했다.

"이번 회맹에서 경의 사전 준비는 완벽했다. 일에 봉착했을 때 예의를 투쟁의 무기로 삼은 것도 좋았다. 제단을 뒤흔들어 놓고 짐을 위험한 경지에서 구원해 줘서 고마웠다. 제나라의 제후와 군왕으로부터 노나라의 소중한 것을 지키고 보호했으니 참으로 놀라운 일이었다. 짐은 오늘 수복해 온 땅을 녹전(祿田)으로 경에게 봉상하려 하니 절대 거절하지 말기 바란다!"

"신이 회맹에 참석하여 강권(強權)에 굴복하지 않은 것은 당연히 해야 할 일이었습니다. 이것은 공이 아니오니 토지를 봉상 받을 정도는 아니옵나이다. 임금님께서 만일 토지를 나누어 주시다 보면 남아 있을 땅이 없을 것입니다. 오늘에는 신에게 내일에는 다른 대신에게 주시다 보면 얼마 가지 못하여 노나라의 궁실은 약화되고 조정의 질서가 문란해지오니 거두어 주시옵소서!"

그러나 노 정공은 공자의 말을 듣고 더욱 감탄하여 구음(龜陰)에다 성지(城池)를 하나 건설하고, 사성(謝城)이라 명명하여 사람들에게 영원히 공자의 공적을 기억하게 했다. 특히 협곡 회맹에서 공적을 쌓은 데 대한 감사의 뜻을 표시하는 의미로 사성이 준공된 다음에야 공자에게 알려주며 크게 연회를 베풀어 축하했다.

대사구 직을 맡아 백성을 편안하게 하다

음력 2월의 어느 날, 공자는 안회(顔回), 자공(子貢), 백우(伯牛) 등과 민사소송 안건을 조사하기 위해 시골로 갔다. 사도가 곡부성 중심지를 지나 북쪽 길을 지나가는데 길 양옆에는 집마다 초롱불을 걸어 놓았다. 바닥엔 주단을 깔았고, 허공에는 채색 글발을 걸었다. 길 가운데 북적이는 사람은 저마다 깨끗한 옷차림은 물론 얼굴에는 기쁨이 넘쳐났다.

갑자기 징 소리가 귀청을 울리더니, 풍악 소리가 하늘에 울려 퍼졌다. 의장대(儀仗隊) 채색기가 휠훨 나부끼며 한 사람이 씩씩하게 걸어오고 있었다. 의장대 뒤로는 방대한 악대가 따랐고, 악대 뒤에는 두 대의 사두마차와 호화로운 가마가 따랐다. 가마의 앞뒤와 좌우 쪽에 많은 남녀가 따랐다. 모두 아롱진 복장의 음탕한 남녀들이었다. 안회가 공자에게 심귀(愼潰)씨 아들이 장가가는 날이라 알려주었다.

공자 사도는 변화무쌍한 거리의 양상에 두 눈이 휘둥그레졌다. 공자는 얼굴빛이 노래지고 이마는 푸르러져 매우 성난 모양이었다. 그것은 항상 노나라는 주공의 봉지라고 자랑하였는데, 자고로 인심은 험해지고 순한 풍습은 간데없고 사치와 부자가 판을 치고 있었기 때문이다. 빈궁과 유민을 양산하면 강자는 당파를 지어 강도로 돌변할 수 있다. 이 기풍을 막지 못하면 결국은 외부의 침략을 받지 않아도 자멸하게 될 것이다.

공자가 제일 노한 것은 의장대를 사용한 것이다. 심귀씨의 아들이 장가가는데 태자의 결혼식처럼 했다는 점이야말로 엄히 벌을 받아야 할 일이다. 그래서 그는 나쁜 짓을 본받는 사람을 경고한다는 뜻으로 분에 넘치는 예식과 사치한 풍습을 막아 근검과 예절을 앞장서서 이끌어야겠다고 결심했다.

공자 사도 일행은 오촌(吳村) 동북쪽의 산진(山鎮)을 목적지로 하고 도시에서 온 토산물 상인으로 가장하여 민가에 투숙했다. 이 진에는 순우(淳于) 씨라는 자가 있어 계손(季孫) 씨와 친척이라며 백성을 괴롭혔다. 이곳은 너무도 외져서 관청에서 방문하러 오는 관리가 없었다. 대사구가 극악무도한 이 자를 잡아 족쳐 주기를 바라며 백성들이 사구부에 연명으로 상소를 올렸던 것이다.

이에 공자 일행은 성안의 토산물을 구한다고 이집 저집을 다니면서 여러 사람을 접촉하여 순우 씨의 범죄 행위들을 조사했다. 어느 날, 공자 사도들이 밥상에 둘러앉아 식사하고 있을 때 거리에서 갑자기 한 늙은 여인이 울었다. 태산에서 들었던 그 처량한 울음처럼 사람의 가슴을 갈기갈기 찢는 듯했다. 사람들이 소란하자 공자 일행은 식사를 계속하지 못하고 거리에 나가 자초지종을 알아보았다.

홍운(紅芸)이라는 처녀가 어려서 아버지를 여의고 어머니와 함께 어렵게 살았는데, 순우 씨가 그의 미모를 탐하여 첩으로 삼고자 핍박하는 바람에 그녀가 물에 빠져 자살했다고 한다. 그리고 그녀가 죽은 지 3일 되던 날 저녁에 예순된 어미가 대들보에 목을 매달았다 한다.

또, 어느 날 밤중에 공자는 엉엉 우는 소리에 깨어서 귀를 기울였다. 한참 듣다가 자로를 깨워 소리를 따라 어떤 집의 처마 밑까지 가니, 한 청년이 처량하게 우는 것이 눈에 띄었다. 몽롱한 달빛을 빌어 우는 청년이 바로 낮에 결혼식을 올리던 새신랑이라는 것을 알아볼 수 있었다. 첫날밤에 붉은 촛불 밑에서 기뻐해야지 울기는 왜 울고 있을까? 하고 알아보았다. 순우 씨가 새신부가 예쁘게 생겼다는 소문을 듣고 사람을 시켜 빼앗아 갔다는 것이다. 시골 진에서 이런 일은 한두 번 있었던 것이 아니었다. 뉘 집 신부의 용모가 예쁘다는 소문만 나면 순우 씨는 꼭 먼저 동침하여 마음껏 가지고 논 다음 돌려보내거나 아니면 독차지했다고 한다. 자로는 가련한 청년의 하소연 소리를 듣고 이를 갈았다. 그는 임무를 갖고 오지 않았다면 장검을 들고 순우 씨 댁에 뛰어가 극악무도한 짐승을 갈기갈기 찢어놓았을 것이다.

공자는 몇몇 제자들과 함께 점포를 돌아다니며 시장 구경을 하며 물정도 알아보고 물건도 몇 가지 샀다. 그리고 각계 인사들과 말을 나누어 보니 매우 친절했으며 열정적이었다. 의견도 잘 통했다. 감옥에서 옥방을 시찰하고 범죄자를 심문하기도 하면서 몇 달간의 대규모 사회조사를 끝으로 이 진을 다스릴 수 있는 조치를 제정하기 위한 근거를 만들었다.

곡부성 내에 공심(公慎)씨라고 하는 사람은 원래 서향(書香)의 자제로 성품이 나약했다. 그는 용모가 준수한 칠씨를 아내로 맞았다. 그런데 그녀는 행실이 단정치 못하여 결혼 전에 바람을 피웠으며 결혼 후에도 여전히 관계를 유지하며 새 남자를 꾀어 바람을 피웠다. 공심씨는 통제하기는커녕 묻지도 못했다.

사회 치안에는 법률과 기율(紀律)은 엄숙하고 정당하게 대처해야 효과가 있는 것이다. 교육, 처벌, 감옥, 사형, 등 많은 방법이 있을 수 있지만, 상인의 사기행각은 심유씨 같은 자를 징벌하는 것에서부터 다스리고 세상에 공포하면 문제의 해결이 쉽다. 그러나 공자에게 두통거리는 심귀씨나 순우씨가 계손씨와 특별한 관계였다는 점이다. 공심씨는 처자의 바람을 달갑게 생각하고 있어 문제였다. 그야말로 백성이 고소하지 않으면 관청은 간섭하지 않는다. 그러나 집단의 문화풍습에 많은 영향을 미치는 것이어서 이 문제의 징벌과 처리문제를 심각하게 생각하고 의논할 때 제자들은 한쪽 눈을 감을 것을 주장했다.

자로가 공자에게 권유했다.

"중유가 보건대 상관하지 않는 편이 상책이오이다."

공자가 말했다.

"상관하지 않으면 사치 풍조를 어떻게 막고, 또 근검절약을 어떻게 제창할 수 있단 말인가? 예의를 위반한 자에 대해 모른척하면 군자의 행실이 아니므로 공구는 사구로서 일하지 않는 것이나 다름없는 것이다."

재우(宰予)가 말했다.

"소문에 의하면 심귀씨와 계손씨는 관계가 특별히 밀접하다 하옵니다. 괜히 혹을 떼려다가 하나 더 붙일 수도 있습니다."

공자는 주저하지 않고 말했다.

"여하튼, 이런 바람은 오래 불어선 좋지 않네!"

일을 구체적으로 처리하기 위하여 공자는 계환자를 두 번 만났다.

공자가 인덕(仁德)과 법치(法治)를 강조하다

계환자가 홀로 있을 때 공자가 찾아와 그동안 조사한 내용과 앞으로의 계획에 관해 이야기하자 계환자는 매우 기뻐하면서 공자가 집법(執法)의 방법을 찾았다고 칭찬했다.

이때, 공자가 말했다.

"오직 두 안건이 머리를 어지럽히고 있습니다. 하나는 거상(巨商)이고 다른 하나는 큰 부자이옵니다. 아울러 모두 조정에 뿌리가 깊은 자들이올시다."

계환자가 말했다.

"속담에 왕자가 법을 위반하면 서민과 동등하게 처리했네. 그들이 대체 누구인가?"

"순우 씨라고 하는 자는 부동산이 엄청나게 많습니다. 게다가 보호자 또한 튼튼하옵니다. 악한 짓이란 악한 짓을 모두 다 하여 백성의 원한이 하늘에 사무칩니다. 법에는 차별이 있을 수 없어 그 뿌리나 후원자가 누구이든 따지지 않고 모두 법으로 치죄(治罪)하려 하옵니다."

순우씨의 이름까지 꺼냈는데도 아무런 반응 없이 계환자가 정색하여 말했다.

"법에 따라 치죄하시오!"

그래도 공자는 마음이 놓이지 않았다.

"총재께서 순우 씨를 아시는지요?"

계환자는 모른다고 딱 잘라 대답하고는 짜증까지 내면서 말했다.

"내가 어이 두메산골에 있는 순우 씨를 알 수 있단 말이요?"

공자는 그 말을 듣고 난 다음에야 좀 안심했다.

"한 대상인 부자는 왕실보다 더욱 사치하고 있사옵니다. 아들의 결혼식에 태자 결혼식에 사용하는 의장대를 사용했습니다. 이 일도 처벌해야 하옵나이다."

"이런 분수에 맞지 않게 법을 능멸했군! 이런 것을 처벌하지 않으면 대사구가 무엇을 하시는 거요?"

계환자는 공자의 말을 듣고 화가 치밀었다.

"공구는 엄하게 대하여 나쁜 기풍을 막아내겠습니다. 예제를 제창하고, 근검절약의 기풍을 수립하려 하옵니다. 그러하오나 어떤 사람이 간섭할 것 같아서요?"

"이 정도의 무법 무례함을 어느 놈이 간섭한단 말이오?"

계환자는 공자의 말을 뚝 잘라 계속 말했다.

"그 부자가 누구란 말인가요? 담대하기도 유분수지!"

"다름 아니오라 곡부성 내의 심귀씨이옵나이다."

"오, 그였구먼…."

계환자는 김빠진 고무풍선이 되어버렸다.

"총재께서 심귀씨와 친척이라도 되시옵나이까?"

"아, 아니!"

"옛 친구이옵나이까?"

"아, 아니."

"심귀씨의 아들이 의장대를 함부로 쓴 것을 아시옵나이까?"

계환자는 씁쓸하게 웃으면서 반문했다.

"대사구가 나를 신문하는 것이오. 이런 일들을 내가 어떻게 안단 말이오!"

"공구가 일부러 노엽게 하는 것이 아니오니 용서하여주시옵소서!"

공자는 계환자에게 실례한 줄 알고 사죄했다.

계환자는 냉담하게 말했다.

"내가 심귀씨에게 주의하라고 권고하겠소. 입궁하여 일을 봐야 해서 배웅하지 못해 미안하오".

공자는 다시는 말하지 못하고 떠났다.

그는 세 번째 날에 또 계환자를 방문했다. 계환자는 신체가 불편하다면서 면담을 거절했다. 심귀씨를 법으로 잡아넣으면 계환자가 가만히 있을 것 같지 않았다.

재여(宰予)는 공자가 두 번이나 계환자를 방문했다는 소식을 듣고 불쾌하여 공자를 찾아 왔다. 그는 성품이 곧고 보는 대로 말을 다 하였으며 구변 또한 뛰어났다.

"예부터 금지옥엽은 필요하지 않고 보러가지 않는다 하였습니다. 대사구 직을 맡은 지 얼마 되지 않아 어찌하여 빌붙으려 하십니까? 계씨를 회견하러 꼭 가셔야 하옵나이까?"

"꼭 가야 하네."

"노나라는 불안한 시국의 연속일세. 주체자가 다스리지 않았으니 반드시 대란이 일어날 수 있네. 위태롭고 어지러운 시기에 나를 초청했으니 더 신중해야 하지 않겠는가?"

주관자는 응당 다스려야 하지만 권세를 부리는 자의 이익을 건드리면 일마다 난관이 생길 것이다. 공자가 골머리를 앓지 않을 수 없다.

자공이 이 일을 알고 공자를 찾아와서 말했다.

"저희에게 맡겨 주시옵소서! 기필코 심귀씨를 징벌하고, 계손씨도 노엽게 하지 않고, 스승님도 어렵게 하지 않겠나이다."

공자는 자공의 모략이 출중하다는 것을 알고 계책을 물었다. 자공은 공자의 귀에 대고 뭐라 뭐라 하니 공자는 그만 껄껄 웃더니 마음에 내키지는 않았지만 동의했다.

하루는 공심씨가 문밖으로 나와 손님을 배웅하고 있을 때, 한 무리의 개구쟁이가 손뼉을 치고 깡충깡충 뛰면서 노래했다.

곡부성엔 기풍이 악랄하더라,
사미가 나약해 아낙네가 절개를 지키지 못했다더라.
공심씨 심보 괴상도 하더라.
헛공부하다가 자라가 됐다더라.
치욕을 가시려면 아내 곁을 떠나라

공심씨는 분통이 터져 개구쟁이들을 쫓아가려 했으나 한 길손이 제지하며 그의 잘못을 일깨워 줬다.

"당신의 가정 소문을 이곳 성에서 모르는 사람이 없소이다. 동요가 왜 나왔다고 생각하시오. 이 동요가 당신을 일깨워주는 것 같소. 처를 내쫓고 치욕을 당해야 출셋길이 열릴 것 같소. 우리는 글을 배운 사람으로 처자가 칠거지악을 범하면 응당 내쫓아야 하오. 만일 그렇지 않다간 강물에 뛰어들어도 그 치욕을 씻기 힘들 것이외다. 당신은 성품이 나약하므로 이 사람이 도와주겠소."

열흘 후, 공심씨는 과연 떠났는데 안회가 연출한 것이었다. 공심씨가 떠난 한 달 후, 심귀씨도 노나라를 떠났다. 이는 자공이 연출했다.

알고 보니 심귀씨와 자공 댁은 곡부성 내의 대상이었기에 사이가 매우 좋았다. 자공은 심귀씨와 계손씨는 친척 관계가 아니라는 것을 잘 알고 있었다. 다만 계손씨가 재물을 탐내고 있어 심귀씨가 전국에 분포된 재산을 아끼지 않고 외지에서 보물과 미녀들을 사들여 흡족하게 주었을 따름이다. 특히, 소주와 항주 일대의 미녀들은 목청이 좋았고 몸매가 나비 같아서 베개 옆에서나 침대에서나 기분을 둥둥 띄워서 계손씨로 하여금 신선 놀음에 도낏자루 썩는 줄 모르게 했다. 그래서 이 두 집은 자연히 관계가 밀접해져서 심귀씨 역시 막된 짓을 할 수 있었다.

어느 날 자공이 심귀씨 집을 방문하여 백부라고 각별하게 인사했다. 심귀씨는 자공이 공자의 훌륭한 제자라는 것과 근래 대사구의 팔이 되었다는 것까지 모두 알고 있어 그를 맞아 술상까지 차려 대접했다. 이 자리에서 술이 세 순배 돈 후에 자공은 취기를 보이면서 아주 신비한 표정으로 말했다.

"심 씨와 단 씨 이 두 집안은 세세 대대로 친형제처럼 지내왔사옵니다. 특히 백부는 저를 친자식처럼 대해 왔습니다. 오늘 비밀을 하나 알려 드리겠소이다."

"조카 어떤 비밀인가?"

심귀씨는 놀라운 듯, 자공의 입가에 귀를 가까이 대었다.

"백부께서 이 비밀을 꼭 지킬 수 있사옵나이까?"

자공은 말을 하려다 멈추고 또 일부러 중요한 이야기인 척 말했다.

"만일 누설하는 날이면 목숨을 보전하기가 어려울 것입니다."

"조카는 근심할 필요 없이 어서 말하게. 이 늙은 것이 철석같이 지킬 테니."

심귀씨는 일어나서 하늘을 가리키며 맹세했다.

"이 늙은이가 비밀을 조금이라도 누설하면 붉은 해와 함께 서천에 갈 것이외다."

자공은 몸을 심귀씨 쪽으로 조금 옮겼다. 그리고 입을 그의 귓가에 대고 낮은 소리로 말했다.

"저희와 공자 간의 관계를 말하지 않아도 백부께서는 잘 알 것이옵니다. 어제 공자께서는 왕궁에서 돌아와 10만 군자를 모으라 하지 않겠습니까? 노나라가 날로 강해져 제나라와 교전하게 될 것이랍니다. 하여 전국적으로 징병하고 성금을 모을 것이라 말했나이다. 백부는 가산이 전국에서 으뜸이오니 내야 하지 않겠사옵나이까?"

심귀씨는 자공의 말을 듣고 하얗게 얼굴이 바뀌었다. 장사꾼은 돈을 아끼지 않는 자 없으니 말이다.

"이 늙은 것의 얼마 남지 않은 목숨을 빼앗는 격이 아닌가! 가산을 다 털어도 10만은 되지 못할 걸세.

"저희가 죽음을 무릅쓰고 알려 드리는 것입니다. 백부께서 일찍 손을 써 가산의 탕진을 막으시면 될 일입니다."

자공이 심귀씨를 무척이나 걱정하는 듯 말했다.

"어떤 방법이 있는가?"

심귀씨는 머리를 긁적이면서 부뚜막의 개미처럼 안절부절 못했다. 집안을 거닐다 갑자기 그는 걸음을 뚝 멈췄다.

"옳지! 계 총재를 찾아가 그사이 사귄 면목으로 좀 도와달라고 읍소하면 감소해 주겠지, 아니면 면제해 주던가."

자공이 제일 두려운 것이 이점이었지만 그는 이미 준비가 되어 있어 급히 손을 흔들면서 말했다.

"아, 백부님. 그건 절대 안 되옵니다. 생각해 보시옵소서! 노나라의 모든 일은 어느 하나 총재께서 결정짓지 않은 것이 있소? 만일 총재께서 백부가 제나라 출병을 반대한다는 누명을 씌우면 죽음이 기다릴 뿐입니다. 관리와 정계(政界)는 상계의 도와 다릅니다. 즉 값을 깎을 여지도 없거니와 아무런 인정도 살피지 않지요. 그리고 이렇게 된다면 백부께서 이 조카를 잡는 것이 되지 않사옵니까, 백부께서 방금 하늘을 가리키면서 맹세하셨습니다. 신용을 지키지 아니한다면, 쓸데없는 일에 구덩이를 파는 격이죠."

심귀씨는 찜찜해졌고 더 안절부절했다. 그리고 그는 자공의 지혜와 수단을 잘 알기에 묘안이 무엇인지 알려 달라 애걸했다. 자공은 깊이 사색하는 체하더니 시치미를 뚝 떼고 말했다.

"초나라에는 뽕과 누에가 많이 나옵니다. 초나라 사람의 말에 의하면 그곳에서는 비단을 싸게 판답니다. 오나라에 가져다 팔면 하루에 금한 덩어리가 들어올 수 있답니다. 상인은 뜬구름처럼 천하를 떠돌기도 하고 재물을 목숨처럼 여겨 이득을 보아야 합니다. 고향에 굳이 머물러 있을 필요가 있을까요? 백부께서 비단 장사를 떠나신다면 화도 피할 수 있고 돈도 많이 벌 수 있어 그간의 소망을 이루는 길이 될 것입니다."

심귀씨는 자공의 계책이 훌륭한 것 같았다. 그의 총명한 재능을 칭찬했다. 앞으로 부자가 되면 중금으로 보답하겠다고까지 했다. 얼마 가지 않아 심귀씨는 재산을 팔아 보물들을 가지고 초나라로 이사했다.

순우씨의 죄악은 너무 심해서 옥에 가두었다. 그에게 사형을 선고하고 많은 백성에게 본을 보이자고 계환자에게 말했으나 계환자는 순우씨를 죽이는 것은 반대했다.

"공자께서 대사구 직을 맡자 사람을 죽이고 극형까지 처하려 하십니다. 그동안 제창했던 인정(仁政)과 덕치(德治)에 어긋나는 것이 아닙니까?"

공자는 계환자의 이해를 구하고 형을 집행했다.

"사구는 집법을 하며 인덕으로 민중을 교화시키고 형법으로 민중을 다스리는 것입니다. 덕과 은혜만 행한다면 유약한 백성만 보살피게 되기 때문에 덕치와 법치를 병행시켜야 합니다. 흉포하고 고집이 센 자들을 굴복시켜 천하를 다스려야합니다. 만일 덕과 법 중에서 어느 하나라도 결핍이 있으면 아니 되옵니다. 마차 몰이와 같아서 고삐도 당겨야 하고 채찍질도 해야 하외다."

순우씨를 극형에 처했을 때, 구경꾼이 인산인해를 이루었다. 저마다 백성들이 잘했다고 손뼉 쳤다. 공자는 인덕만 강조하는 것이 아니라 법치도 강조하여 그로부터 노나라의 형사 건은 대폭 줄어들었다.

지금은 주공의 시대와 같지 않아 노나라가 변하면 제자도 함께 변해야지.
만일, 우리가 주의하지 않는다면 천하가 크게 혼란에 빠진다.
천하가 혼란하면 많은 생명이 도탄에 빠 지고, 많은 가정이 파괴될 것이다.
그리고 많은 사람이 유리걸식하게 되어 역사상 어떤 난리보다도 국민에게 피해가 클 것이다.

제5장

공실 강화를 위한 탈삼도(脫三道) 정책

대리 총재직을 맡아 노나라의 세 번째 인물이 되다

탈삼도의 첫 번째 작전으로 후읍성을 함락하다

공산불뉴의 반역을 평정하다

탈삼도 정책의 실패로 새로운 전환점을 맞다

여서의 미인계에 노 정공이 함정에 빠지다

孔子

대리 총재직을 맡아 노나라의 세 번째 인물이 되다

대사구 직을 맡은 2년 동안에 공자는 외교상 중대한 승리를 했을 뿐만 아니라 백성의 생활이 안정되고 정치가 맑아져 노나라는 태평성세로 많은 것이 달라졌다.

공자는 극악무도한 자를 법으로 다스려 순우씨를 본보기로 거리에서 오거분신 시키기고, 한편으로는 인덕과 예제로 백성을 교화시켰다. 정법으로 형법을 정돈했고 인덕과 예교로 바르게 인도하여 백성은 체면을 알게 했을 뿐만 아니라 그 마음 씀이 너그러워지게 했다. 소송 건에 대해서는 특별한 것이 아니면 소멸하는 것이 목표였다. 그 효과는 매우 커서 남자들은 농상(農桑)에 부지런해졌다. 여자들은 절개를 굳게 지켰고, 시장에서는 사기 행위가 종적을 감추었다.

향교가 곳곳에 설립되어 책 읽는 소리가 그치지 않았다. 길에 떨어진 물건이 있어도 줍지 않았고, 밤에 문을 잠그는 법이 없고, 관청은 조용하고 칭송하는 소리만이 드높아 계환자와 노 정공은 근심할 일이 없었다.

공자는 매일 바쁘게 생활했다. 사구부의 본래 일만 바쁜 것이 아니라 노 정공이 그를 궁전에 자주 불러들여 정사(政事), 치국(治国), 어민(御民) 등을 가르침 받았기 때문이다. 노 정공은 조정 문무백관 중에서 재능이 제일 으뜸가는 자는 고자였고 제일 충성하는 자는 공자라고 깊이 느끼고 있었다.

계환자도 사흘이 멀다 하고 공자를 찾아 자신이 해야 할 일을 맡겼다. 공자는 일을 미루지 않았고 매사마다 조심하고 진지하게 처리했으며 결과는 매우 훌륭한 데다가 자기를 낮추고 남을 높이는 태도가 있음에도 잘못된 예가 없었다. 분수에 지나치지 않고 서로 간에 탈 없이 융화가 잘 되었다.

어느 날 계환자가 공자에게 물었다.

"소공이 진 나라에 망명했다가 건후(乾後)에서 사망했습니다. 그의 부인 오맹자(吳孟子)가 사망하자 묘도(墓道)의 남쪽에 합장했습니다. 객사한 군주는 조묘에 들지 못한다며 한 늙은이가 자기를 나무랍니다. 그리고 자기에게 아버지의 잘못을 성토하라 하니 어찌하면 좋겠소이까?"

"소공이 객사하게 된 것은 소공이 축군 되었기 때문입니다. 심지어 사후 조묘에도 들지 못하게 하면 부친의 잘못을 공포해야 합니다. 소공의 축군에 대한 죄는 영원히 씻기 힘들 것입니다."

"묘는 이미 봉해져 개장(改葬)할 수 없게 되었습니다. 어떻게 하면 돌아가신 부친의 죄를 덮을 수 있겠는가?"

공자는 깊이 생각하지도 않고 말했다.

"크게 힘들지는 않은바 묘도를 남쪽으로 넓혀서 세우십시오. 소공의 묘와 합병시키면 소공의 허물을 드러낸다 한들 믿지 않을 것이옵니다."

계환자는 손을 맞잡고 사의를 표하면서 말했다.

"대사구의 가르침이 있었기에 부친의 죄를 감출 수 있었습니다. 어떻게 감히 거역할 수 있겠습니까?"

계환자는 즉시 연구를 시켜 묘를 개축했다. 사람마다 계환자가 현명하다고 칭찬했다. 현능한 자를 임용하는 것이 아버지보다 뛰어났다. 공자 본인도 계환자와 공을 다투지 않았다. 노나라가 강성해지기 시작한 공도 계환자의 공로로 적어 넣었다.

계환자의 눈에 노나라는 계씨 댁이고 계씨 댁이 노나라였다. 그는 공자가 비록 나라에 충성하지만, 국민에게 더욱 충성한다고 인정했다. 국민이 부유해지고 나라가 강성해지려면 공자를 믿어야 했다.

바로 이때, 어떤 사람이 강남 미인을 사다 계환자에게 주었다. 그로 인해 그는 주색에 빠져 정사에 무관심하게 되었다. 온유지향(温柔之鄕)에서 아름다운 꿈을 꾸는 것이 정사에 부대껴 골머리가 아픈 것보다 행복하다고 생각했다. 그리하여 그는 노 정공에게 공자를 대리 총재로 임명하여 국사에 참여시킬 것을 제안했다. 만약, 대리 총재와 뜻이 잘 맞지 않으면 언제든지 바꿀 수 있다고 생각하여 노 정공과 백성들 마음속에 계환자 정권이라는 인상을 주고 싶었다.

또한, 공문 제자들의 힘으로 자기의 세력을 공고히 할 수도 있을 것이다. 반면, 노 정공은 찬성하며 공실을 강화할 수 있고 삼환의 세력을 약화시킬 수 있으리라 생각했다. 노 정공과 계환자는 쉽게 합의할 수 있었지만, 서로는 동상이몽이었다.

공자는 사양하는 척하면서 반갑게 받아들여 노나라 귀족 통치 집단 중 세 번째 인물이 되었다. 유명무실한 노 정권과 실권을 장악하고 있는 계환자에 버금가는 자리인 셈이다. 그는 집으로 돌아간 후 만면에 희색을 띠고 돼지 잡고 양 잡아 경사스러운 일에 잔치를 베풀었다. 이때 고지식하고 바른말을 잘하는 자로가 흥분하여 자신을 억제 못 하는 공자에게 바른말을 했다.

"공자님은 늘 '군자는 재화가 돌아온다 하여 겁을 먹지 않으며, 복이 떨어진다 하여 기뻐하지 말라'라고 하시던 말씀을 지금도 생생하게 기억하고 있습니다. 오늘 본 즉, 국사를 맡으시고 국정에 참여할 수 있게 되어 스스로 기뻐서 억제할 수 없게 되신 것 같습니다. 결국, 당신께서 하신 말씀을 스스로 지우는 격이 아닙니까?"

공자는 '허허'하고 웃으셨다.

"중유, 자네는 하나만 알고 둘은 모르는 것일세! 내가 오늘 기뻐하는 것은 다름 아니라 또 고인의 명언이 상기되네. 그것은 '락이귀하인(樂以貴下人也)이라'는 것일세!"

"락이귀하인이라니요?"

"기쁘게도 고귀한 자리가 차려졌네! 아랫사람들에게 권선 징악할 수 있어 여생의 희망을 실현할 수 있겠네. 이것이 기쁜 일이 아니겠는가?"

자로는 더는 말을 하지 않았다. 동학들과 식사하고 즐겁게 놀다가 헤어졌다.

공자는 51세에 출사하여 중도재(中都宰)를 지냈고, 54세 때는 또 대사구로 되었다가 재상의 사무까지 보게 되었다. 국정에 참여하기까지 그 사이가 3~4년밖에 되지 않았다. 이 기간에 정치 업적이 뛰어나 외교나 내정은 물론이고 관운이 뜻과 같이 잘되었다. 그의 이상 실현에 대한 결심도 굳어졌기 때문에 다음 단계를 어떻게 구현할 것인지 고민했다.

임금에게 충성하는 공자의 마음은 한결같아 노 정공의 자리에서 삼경(三卿)이 마음대로 직권을 남용하는 일에 불만이 많았다. 유일한 해결 방법은 공실을 강화하는 수밖에 없다고 여겼다. 계씨는 신하를 엄하게 하여 주제넘지 못하게 하고 가신들을 꼼짝달싹하지 못하게 하여 주인에게 충성심을 보이도록 해야 한다고 생각했다. 총체적으로 노나라는 주례에 의하여 봉건사회의 질서를 확립하여 백성을 안착시키고 인정과 덕치를 기초로 천자를 존경하고 제후들을 굴복시켜 천하를 통일시키는 것이 바로 공자의 포부이자 평생 추구하는 목표였다. 그러기 위해서는 공개적으로 공실을 강화하고 삼경을 억제하는 정책을 펴야 하는데, 물론 계환자가 동의하지 않는 것을 알고 있었다.

공자는 노나라 정치 형세와 각 방면의 역량을 분석하여 삼환과 가신들 간에 조절할 수 없는 모순을 발견했다. 즉, 비읍(費邑)은 계손씨의 봉지(封地)요, 후읍(郈邑)은 숙손씨의 봉지이다. 성읍(城邑)은 맹손씨의 봉지이나 그들은 모두 곡부성에 살고 있었다. 그 세 개의 성은 사실상 그들의 생활 범위 내에 있지 않았다. 그곳은 가신들의 거점이 되어 삼환(계손, 숙손, 맹손)에게서 독립해 그들의 권리를 침범하고 억눌러 주제넘게 국정 간섭을 꿈꾸고 있었다.

소공 14년 남괴(南蒯)는 비성(費城)을 거점으로 반란을 일으켰고, 정공 10년 후범(侯犯)은 후성(郈城)에서 반란을 일으켰다. 이때, 비성에 도사리고 있던 공산불뉴(公山不狃)는 반란에 관심이 있어 정공과 계환자에 대해서는 전혀 관심을 두지 않았다. 협곡 회맹 때 병사들이 소동을 일으킨 일에도 전혀 책임을 지지 않았다. 계환자는 공산불뉴를 없애버릴 마음이 태산 같았지만 비성의 병력이 너무나도 강했기 때문에 어쩔 수 없었다. 공자는 이 모순을 이용하여 삼환을 몰락시키려 했다. 즉, 삼환의 가신들 반란 거점인 세 개의 성곽을 허물어 가신을 억제한다는 명분으로 공실(公室)을 강화하기로 했다.

공자가 궁에 입궐하여 정공에게 아뢰었다.

"대신 댁에 병사가 머물지 않았으면 좋겠습니다. 대부의 담장 길이는 3백 장에 높이는 한 장을 초과하지 않아야 합니다. 현재, 이를 넘기는 집이 많사옵니다. 모두 허물어 버릴 것을 건의하옵니다."

노 정공은 찬성함은 물론 공자의 정책이 어떤 주장이어도 공실의 권익에 해가 되지 않으리라는 것을 알고 있었다.

한편, 계씨 부에서 계환자는 혼자 술을 마시다 비읍성 읍재 공산불뉴가 벌써 3년간이나 공물을 바치지 않았음을 기억했다. 계환자는 공물을 재촉하기 위하여 사자를 파견했다. 그런데 공산불뉴는 말도 없이 사자를 죽여 계환자의 가슴을 서늘하게 했다. 실로 이런 놈을 죽여 버리지 않으면 계환자의 분통은 사라지지 않고 또, 가신을 다스릴 수 없으면 어떻게 노나라 권력을 좌지우지하며 정권을 독점할 수 있겠는가. 이미 양호의 일로 충분히 경각심을 갖고 있었다.

이때 자공이 한 손에 단검(短劍)을 들고 다른 한 손에 양피를 들고 들어왔다. 계환자는 이 정경을 보고 놀란 나머지 혼비백산하여 말했다.

"선생! 선생은 뭘 하려 하시오?"

자공은 웃으면서 속으로 '이따위 쓸데없는 인간이 총재로 있다니, 노나라가 망하지 않을 리 없지. 직권을 대리시킨 것이 그나마 명석한 행동이었어.'라고 생각하며 웃음을 참지 못하면서도 억지로 살기등등한 표정으로 말했다.

"총재께서 오늘이 무슨 날인지 기억하고 있소이까?"

계환자는 이 오리무중한 질문에 떠듬떠듬하면서 되물었다.

"오늘이, 무슨 날…."

"총재께서 참으로 귀인을 잊음이 헤픈 것 같소이다."

자공은 냉담하게 웃으면서 말을 이었다.

"그렇다면 총재께서 이 단검과 가련한 양피만은 잊으시지 않았겠……."

"선생이 가리키는 것은……."

계환자는 온몸을 전율하기 시작했다.

"이런 세상에, 둘도 없는 치욕을 총재께서 어떻게 잊을 수 있겠소이까?"

자공은 비웃으면서 말을 계속했다.

"7년 전 오늘, 양호가 바로 이 단검으로 새끼 양을 잡아 놓고 총재를 핍박했습니다. 그리하여 회맹하지 않았소이까?"

계환자가 그 사건에 대하여 어떻게 잊을 수가 있겠는가! 그의 눈앞에는 늘 이와 유사하고 무시무시한 장면들이 나타나곤 했다. 양호의 흉악한 몰골과 음냉한 웃음. 일을 벌이면 용납하지 않던 고함, 찬 기운이 서린 단검, 명줄에 와 닿았던 시퍼런 칼날, 죽음을 두려워하던 새끼 양, 처참하게 비명을 지르던 울음소리, 뚝뚝 떨어지던 피. 하지만 그는 깨달은 바가 없었다. 오늘 그 단검과 양피가 어이하여 자공의 손에 들어간 것인지. 그리하여 그는 자신도 모르게 "자공 선생! 이 단검과 양피는 어이하여?"라고 말을 다 못했는데 그의 말을 이어받아 자공이 말했다.

"공자님이 양호가 반란을 일으키다 도망하자 총재를 위해 간직한 것으로서 종신토록 그 치욕을 잊지 마시라는 것이었소이다."

자공의 말을 듣고 난 계환자는 감격에 못 이겨 눈시울을 붉혔다. 공자는 자신에 대해 충성만 하는 것이 아니라 웃어른처럼 관심을 갖고 사랑하는 것을 깊이 느꼈다. 그는 또한 부친이 공자에게 냉담했던 것을 부끄럽게 생각했다. 자신이 진작에 공자를 중용하지 못한 데 대해 후회막급이었다.

그는 공자의 행위에 감탄했지만, 한마디도 말로 표현하지 않았다. 자공은 계환자의 속마음을 꿰뚫어 보고 단김에 소뿔 빼듯이 말했다.

"공자의 말씀에 의하면 또 한 마리의 승냥이가 으르렁대면서 덮쳐오고 있다 하옵니다. 총재께서 이미 알고 계시리라 생각합니다"'

계환자가 물었다.

"대사구는 비읍재 공산불뉴를 말하는 것인가?"

"높은 식견입니다. 바로 공자께서 부탁하시는 것이 그놈이올시다."
계환자는 이를 부드득 갈면서 말했다.
"그 도적놈! 반란하기로 작심한 것은 벌써 오래전이었는데 어떤 방도가 나지를 않네."
자공이 말했다.
"일이 생기지 않게 없애 버리는 게 어떻겠소이까?"
"말하기는 쉬워도 만만하지가 않다네. 비성의 성벽은 높고 견고하여 도무지 어떤 방도도 생각 나지 않네."
"총재께서는 어이하여 읍성의 성곽과 담벼락을 허물지 않사옵니까?"
"성곽과 담벼락을 허물라고?"
"성곽과 담벼락을 허물면 놈은 병풍을 잃게 됩니다. 어쩔 수 없이 총재의 의견에 복종할 것이외다."
"그 계획이 너무 좋네! 하지만 성안에 도사리고 있어 억지로 시킨다고 되겠는가?"
계환자가 앓듯이 말했다.
"총재께서 임금에게 아뢰어 주둔 군대를 모두 이동시켜 집결케 하십시오. 정정당당하게 토벌하면 불복의 근심을 면할 수가 있사옵니다."
총재는 자공의 말을 듣고 한참 동안 생각하더니 근심에 쌓여 있었다.
자공이 의아하여 물었더니 계환자는 더는 말을 하지 않았다. 기실 이것은 누구나가 알고 있다. 그가 근심하는 것이라면 일단 비성을 허물어버리는 일이다. 그리고 후성과 성성을 그대로 내버려 둔다면 계환자 자신의 역량은 쇠약(削弱)해 질 것이다. 스스로 자신의 무덤을 파놓고 들어가는 격이다.

자공은 계환자의 속마음을 환히 들여다보았다.

"저희가 조사한 것이 있습니다. 삼성(三城) 읍재들이 모두 주인을 배반하는 듯합니다. 임금님께 삼성의 성곽을 없애버릴 것을 건의하시면 어떠하옵나이까? 총재께서 조정(朝廷) 대권을 틀어잡고 있사온데 후성과 성성을 먼저 무너트려야 하옵니다. 그리되면 공산불뉴 그놈이 외기러기 신세가 되어 굽신거릴 것입니다. 만약 그렇지 않다면 독 안에 든 쥐가 되고 말 것입니다."

계환자는 자공의 설명에 이해되었으나 공자의 말을 들어보지 않았기에 여전히 시름을 놓을 수 없었다.

"성곽을 없애고 담벼락을 허물어 가신을 억제하는 것에 대하여 대사구는 어떻게 생각하시는가?"

자공은 미소를 지으면서 대답했다.

"공자께서는 벌써 이 뜻이 있었사옵나이다. 공자의 분부가 없이 제가 어떻게 이런 탁월한 생각을 하겠습니까?"

이튿날 조회 이후, 노 정공은 계환자, 맹의자, 숙손씨와 공자를 남겨놓았다. 그리고 삼도(三都)를 무너뜨릴 계획을 상의했다. 노 정공이 문의하자 공자가 도리를 설명해 주었다. 계환자는 호응했으며 숙손씨도 앞장섰다. 맹의자는 읍재 염양이 아직 자신을 배반하려는 기색을 보이지 않았다지만 영원토록 배반하지 않으리라 믿어지지 않아 호응해 나섰다. 공자까지 제창하고 나서니 하는 수 없이 그 뜻을 같이했다. 중대한 정책이 이렇게 쉽게 결정되었다.

탈삼도의 첫 번째 작전으로 후읍성을 함락하다

삼환은 자로를 군 총지휘관으로 임명하여 삼도를 제거하기로 했다. 삼환 중, 숙손씨의 세력이 제일 약하여 후성을 먼저 공략하기로 했다. 읍재 공약모는 숙손씨의 심복으로 말을 잘 듣는 데다가 추후도 반역할 마음이 없었다.

이년 전, 후읍 마정(馬政) 출신인 후범(候犯)이 악도들을 모아 불을 지르고 공약모를 죽이고 읍재가 되었다. 후범은 몸집이 크고 힘이 장사로 무예가 출중한 데다가 야심까지 있어 마음속으로 양호를 숭배하며 지냈다. 숙손씨에게 협조하여 삼환을 없애고 노나라 대권을 잡으려 호시탐탐 기회를 노리고 있었다. 그러기에 숙손씨의 말을 듣기는커녕 제멋대로 지내며 대수롭지 않게 여겼다. 숙손씨는 눈에 든 가시처럼 생각하여 없애버리려 했으나 어찌하지 못하고 있었다. 숙손씨는 치밀어 오르는 울분을 참고 치욕을 견디며 기회만 보고 있었다.

한편 제나라의 여서(黎鉏)는 신비한 인물로 신기한 양면 전술을 교묘하게 쓰지만, 소정묘(少正卯)의 신기한 수법 또한 예상키 어려울 정도였다. 소정(현재 부관에 해당) 직을 맡은 후부터 노의 문인으로 불리면서 사회에서 그 명성과 영향력을 높였다.

당초에 공자가 사학을 꾸리기 시작하였을 때, 그는 삼환을 지지하여 공학을 진흥시켜야 한다고 주장하며 예도를 구하기 위해 공자의 행단으로 세 번이나 갔다 왔으나 원하는 것을 얻지 못했다.

노 소공 25년에 있었던 두계사변 때, 맹 · 숙 · 이씨를 설복시켜 계씨를 지지하여 소공을 축출했다. 노 정공 8년에 양호 반란을 책동했다. 또 남괴(南蒯)가 비성에서 반란을 일으키게 했으며 후범(候犯)이 후성에서의 반란을 일으키게 하는 등 이 모든 일이 모두 소정묘가 관여한 일이었다.

지금 그는 또 사방에서 유세하고, 팔방에서 중심 잡기를 하면서 계책을 꾸며 삼도에 대항하게 하는 등 남의 흠집만 찾아 잘못을 찾아냈다. 우선, 비읍성의 공산불뉴에게 노나라 정권을 탈취하라고 권유했다. 삼환이 후읍성을 무너뜨릴 때 서울의 빈틈을 타 후읍성으로 달려가 후범에게 여서를 회유하라 권유하는 한편 제나라에 사자를 파견하여 청원했다. 그는 편지에 노나라의 탈삼도의 난을 알려 이 기회에 땅을 빼앗고 제나라의 부속물로 만들라고 써 보냈다.

여서는 소정묘의 밀고와 후범의 청원 편지를 받고 바로 제 경공에게 아뢰었다. 제 경공은 피사마 양저(穰苴)를 파견, 병거 오백승(兵車五百乘)을 거느리고 출정했다. 제나라 변경인 후성에서 십 여리 떨어진 곳에까지 양저 군사가 진군했다.

이때 노 정공은 제나라 대군이 변경에 주둔했다는 소문을 듣고 대경실색하여 급히 삼환과 공자를 불러 대책을 의논하고 자로에게 병마를 거느리고 방어할 것을 당부했다.

공자가 아뢰었다

"제나라가 탈삼도 직전에 출병한 것은 간첩이 고자질한 것 같습니다. 군대의 힘으로 위협하며 탈삼도 계획을 파괴하려는데 있습니다.

협곡회맹(峽谷之盟)이 있은 지 1년밖에 되지 않아 필적(筆跡)도 채 마르지 않았는데 국토를 돌려주고 화해한 후, 노나라가 날로 강성해져 그 명성이 알려지는 것이 두려웠을 것입니다. 그러나 제나라는 진심으로 노나라에 출병하기는 만무하다고 생각됩니다."

그리고 여러 방면의 자료 분석과 추리에 들어가 공자는 노 정공에게 치밀한 계획을 세우고 자세히 보고했다. 자로에게 병마를 거느리고 국경에 다가가 제나라와 대치하게 했다. 좌사마(左司馬) 마락흔(馬樂頎)과 우사마(右司馬) 신수구(申句須)는 전국의 병력을 인솔하여 후읍성에 출병하게 했다. 곡부성에는 결국 삼환의 늙고 약한 가병(家兵)밖에 남지 않았다. 후읍성의 양식창고를 관리하는 관리는 사적(駟赤)이었는데 그는 숙손씨의 심복으로 모략이 출중했다.

탈후(墮郈)부대가 후읍성 밑에까지 진격해 오자 후범은 생사 결전을 하려 마음을 다졌는데 사적은 병사를 움직이지 않았다. 제나라 군대가 오면 장정을 모집하여 무기를 나누어 주고 성 밖에 나가 전후 협공하면 꼭 싸워 이길 수 있으리라 설득했다. 후범은 사적의 의견대로 과연 잠시 출전하지 않았다.

그러다 사적은 제나라의 대사마 양저가 오백승을 거느리고 후성에서 십 리 떨어진 곳에 진을 쳤다는 소식을 들었다. 그는 지혜와 용맹을 모두 갖추었고 군대를 신처럼 잘 움직이는 것을 알고 있는지라 놀라고 두려워 얼굴색이 달라졌다. 일단 전후 협공이 성공하는 날이면 맹·숙·이씨는 여지없이 패하게 되고 자신이 후범에게 계책을 내어 악명을 얻는다. 맹·숙·이씨를 도와 끓는 가마 밑에서 나무를 끄집어내는 방법으로 후범을 성 밖에 쫓아내야만 양저로 하여금 이름이 널리 알려져 있지 않음으로 철군하기 때문에 사적은 심복을 파견하여 성내에서 요언을 날조하게 했다.

후범은 후읍성을 들고 이미 제나라에 항복했다. 제나라에서는 대사마 양저를 파견하여 성읍을 접수하러 십 리 밖에서 군마를 주둔시켜 놓고 기다리고 있다. 삼사일 내로 성읍 사람들은 반드시 제나라에 끌려가 황무지나 개간하고 노동에 시달리며 살아가게 될 것이다. 만약 영을 어기는 자에 대해서는 구족(九族)을 멸할 것이다.

성 중의 사람들은 그 소문을 듣고 저마다 위태로움을 느껴 신망이 높은 어른이나 노인들을 추천하여 사적에게 문의하러 갔다.

이때 사적이 이렇게 말했다.

"정말 그런 일이 있습니다. 이제 며칠 있으면 입성하여 백성을 약탈할 것입니다. 당신들은 곧 타향살이의 고통을 겪게 될 것입니다."

어른들과 노인들이 사적에게 청원하자 사적은 계책을 꾸몄다.

"후범은 자신의 영화만을 돌 볼 뿐, 백성들이 세세 대대 이 성에서 살아온 것은 전혀 안중에 없습니다. 집과 무덤이 이곳에 있는데 어떻게 고향에서 떠나기를 좋아하겠사옵니까? 사적은 성안 주민들의 생사와 존망을 함께하고자 하오니 백성들은 반드시 제가 시키는 대로 해야 하옵나이다."

어른들과 노인들이 사적의 대책대로 자경대를 조직하자 백성은 이제 곧 피바다가 되리라 생각하고 비통에 잠겼다. 소장들이 분을 참지 못하여 이를 갈면서 관청으로 쳐들어가 병기를 빼앗아 물샐틈없이 포위했다. 성을 지키는 병졸들도 무기를 들고 발길을 돌려 관청으로 들어와서 백성과 합쳐 거센 물결을 이루었다. 후범을 갈기갈기 찢어놓고 칼탕질을 쳐 놓으려는 듯했다.

후범은 병사들이 변심하고 백성들이 반기를 든 소문을 듣고 너무도 놀라. 넋이 나가 급기야 사적을 청해다가 대책을 상의했다. 이때, 사적이 말했다.

"대중의 분노는 건드리지 않는 것이 상책이외다. 제나라 군대가 입성하기도 전에 주인께서의 목숨이 경각이옵니다. 성안의 백성과 병사들에게 잡힐 형국이오니 이 일을 어찌하오리까?"

후범이 말했다.

"공든 탑이 무너지게 되었소. 말만 해도 가슴 아프외다. 현재의 난국을 헤쳐나가는 것도 큰일인데 어떻게 더 큰 욕망을 품으리오. 이 몸에 날개가 있어도 피난할 길이 없소이다."

사적은 가식적으로 권했다.

"주인께서는 지체하지 마시옵소서. 어서 귀중품을 챙기십시오. 목숨을 걸고 주인님의 가마를 호송하여 성을 나가게 하겠사옵나이다. 사태가 더 진전되기 전에 어서 움직이옵소서!"

사적은 후범의 가마를 호송하여 출성시켰다. 그리하여 후읍성의 담벼락 높이를 낮추었다. 주례가 규정한 한도에 부합되었다. 숙손씨는 사적을 읍재로 임명했다.

공산불뉴의 반역을 평정하다

저녁 무렵 곡부성 동문 밖에서는 행인을 일일이 검사하고 있었다. 이때 먼 곳에서 한 무리 상인들이 몰려오는데 상거(商車)가 십여 대에 주령인 난쟁이 뚱보는 살기가 등등했다. 문지기가 앞을 막아섰다.

"멈춰라! 성안에 들어오는 모든 마차를 검사하라."

주령이 냉랭하게 말했다.

"헛소리하지 마라, 누가 감히 소정 대부의 상거를 검사한단 말이냐?"

"이것은 대사구의 명령이오니 모두 검사해야 하옵니다."

주령이 병사들을 거느리고 오는 소정묘(少正卯)에게 마주 가면서 말했다.

"대사구는 너무 넓게 상관하는 것이 아닌가?

그는 재빨리 마차에서 내려 소정묘에게 인사를 하며 마차부에게 눈짓했다. 그는 채찍을 문지기의 오른 볼에 날려 시뻘건 생채기를 내고 나는 듯이 성안으로 마차를 몰아갔다. 문지기는 피범벅이 된 볼을 감싸 쥐고 달음박질하여 대사구에게 달려가 아뢰면서 그 살기 등등한 사나이가 다름 아닌 비읍재 공산불뉴라는 것이 생각났다. 2년 전 연구와 비읍에 전 부세를 받으러 갔을 때 본 적이 있었다.

공자는 고월의 상처를 보자마자 이미 면치 못할 살육이 시작되었음을 간파했지만 이 모든 것은 모두 그의 예상 속에 있었다. 그는 한편으로 고월에게 엄밀히 검사하라 해 놓고 또 의심되는 사람이 있으면 크게 막지 말고 성안에 들여보내고 즉시 보고하라 했다. 또 다른 한편으로는 노 정공에게 계씨 댁으로 피난할 것을 건의해서 집안에 유사시를 대비하여 군사시설인 무자대(武子台)를 건축하게 했다. 그리고 명루암보(明碉暗堡)를 건설하여 지하갱도들로 연결하게 했다. 경비를 엄밀히 포진시켜 진격과 방비를 일체화시켰다. 군사 설비가 맹씨 신실(新室)보다 더 정교했다.

비읍성 안의 군대는 공산불뉴의 동생 공산불요(公山不撓)가 지휘했다. 그들은 속속 곡부성 안으로 잠입했다. 자정 야밤에 공산불뉴 일당은 횃불을 환히 치켜들고 노궁을 포위했다. 그도 역시 노 정공에게 협조하여 공실을 강화한다는 명분을 내세우며 사가를 억제하여 나라를 위해 도적을 토벌한다고 했다.

그들은 공자가 벌써 정공을 계씨 댁에 피신시켰다는 소식을 알고 계씨 댁을 향해 몰려갔으며 혼전은 치열했다.

계씨 네 사병이 칼을 날렸고, 한 군관은 적병의 칼에 그만 귀가 떨어졌다. 머리에 두건을 두른 삼, 사명의 사병이 갈고리에 걸려 말에서 떨어져 정신없이 줄행랑쳤다.

공산불뉴는 전차에서 한 군관을 단창으로 찍어 내렸다. 그 바람에 계씨 군은 썰물처럼 빠져나갔고 공산불뉴는 기세를 높여 덮쳐들었다. 계씨 댁 안에서는 노 정공과 계환자 그리고 공자가 의논하고 있었다. 갑자기 그 귀 떨어진 군관이 비칠거리면서 들어와서 보고했다.

"보고드립니다! 적이 쳐들어오고 있습니다!"

공자가 무자대에서 높이 외쳤다.

"공산 대부! 공구가 알 건데 예의로 자신을 단속하는 자 죄짓는 자 드뭅니다. 당신은 비읍성에서 반란을 일으키셨습니다. 제후와 대신들을 에워싸 공격하다니 이것은 예의에 어긋나고 위법이 아니겠소이까? 이 싸움은 이길 수 없을 것이외다."

공산불뉴는 공자를 십분 존경했다. 사 년 전 공자를 청해 공동으로 비읍성을 다스리자고 했으나 오늘은 철천지원수가 되었기 때문에 공자를 나무랐다.

"교묘한 위선적 인간, 신의를 저버리고 무슨 낯짝으로 예의와 법을 논한다는 말인가. 무기를 버리고 투항하라! 우리의 거사는 민생을 도탄 속에서 건지기 위해서다."

공자는 '휴'하고 숨을 크게 내 쉬고 공산불뉴에게 물었다.

"국가와 군왕 그리고 신하 된 자가 이 지경이 된 것은 누구의 탓인가?"

그리고 공산불뉴 부하들을 향해 소리쳤다.

"임금님이 여기 계시다. 너희들은 비읍성의 백성으로서 자신의 본분을 지키지 못하고 어지러운 무리를 따라 반역했다. 이기면 공산불뉴의 부귀영화를 위함이지만, 패하면 애매한 목숨만 잃을 것이다. 우리 군주께서 너희들이 칼 밑에 귀신이 되는 것을 가엾이 여기신다. 빨리 손에 든 무기를 놓고 죄를 청하면 목숨은 건질 수 있다."

탐욕의 계씨가 여러 가지 세금으로 비읍성 백성들을 못살게 굴 때, 공산불뉴의 항의와 거절로 백성들은 혜택을 받았다. 그래서 그들은 계씨를 미워해 오던 차에 공산불뉴를 위해 힘을 바치려 했다.

공자가 이렇게 권유를 했지만, 그들은 함성을 지르며 무자대로 몰려

갔다. 무자대가 위기에 처하자 정병을 출정시켜 좌사마 락흔과 우사마 신구서에게 영을 내리니 명령 소리가 떨어지기 바쁘게 두 갈래 인마는 무자대에서 쏟아져 나왔고 많은 깃발이 바람에 나부꼈다. 곳곳에서 울리는 함성은 구름을 뚫고 하늘을 진동했다. 숱하게 쏟아져 나간 전차는 공산불뉴 진영으로 살기를 뿜으며 달려갔다.

장수들은 밝은 마음으로 지혜롭게, 사졸들은 용감하게 진격하니 마치 맹호가 승냥이 무리를 덮치는 것 같았다. 공산불뉴의 사졸은 달걀이 돌에 부딪히는 격이었다. 원거리를 이동한 것과 밤새도록 혈전을 벌인 탓에 강한 적수와 맞서고 보니 공산불뉴는 이미 대세가 기울어졌음을 알았다. 말 머리를 돌려 전차를 몰고 줄행랑을 놓았다.

공자는 뒤쫓지 말라는 명령을 내려 제나라 쪽으로 도망을 가는 것을 내버려 두었다. 총 두목이 도망하자 저마다 무기를 버리고 무자대 아래에 꿇어앉아 죄를 청했다.

반란은 평정되었다. 계씨는 부하들과 비읍 성으로 달려가 담을 석 자 낮추고 고월을 읍재로 위임했다.

원래 좌·우 사마는 후성으로 간 것이 아니라 한 바퀴 돌아 무자대 뒤에 매복하고 있었는데 공산불뉴는 그 계책에 넘어갔다. 후성은 제나라 대사마 양서의 주둔지와 십 리 정도 떨어져 있어서 모두가 공자의 작전에 의한 것이었다. 자로가 양쪽을 방어하는 것이나 노나라를 얕잡아보게 한 것 등이었다.

사람들은 공자가 문만 알고 무에 관해서는 무지하다 생각했지만 이번에 그 같은 편견에서 벗어나는 계기가 되었다. 모든 계획은 공자의 군사 운영 능력을 보여 준 것이었다. 귀신처럼 그 예측이 딱 들어맞았다. 그러나 그는 제자 맹의자의 성읍에서 고전하게 될 줄은 꿈에도 몰랐다. 또 이것이 탈삼도 계획에서 실패를 초래하게 될 줄도 몰랐다. 계환자와 멀어지는 직접적인 원인이 될 줄도 몰랐다. 또다시 탈출하는 길로 들어서게 될 줄이야 생각지도 못했던 일이었다.

탈삼도 정책의 실패로 새로운 전환점을 맞다

칠흑 같은 어두운 밤 맹 씨 댁 객실의 장막 뒤에서 맹의자(孟懿子)와 공렴양(公斂陽)이 마주 앉아 무엇인가를 상론하고 있었다.

"탈삼도 계획은 공자께서 창도하셨습니다. 또 삼가(三家)에서 토론을 거쳤습니다. 그러니 임금님께서 결정한 것입니다. 지금은 이도(二都)가 탈락하였는데 어찌하여 그 명을 기다려야 하십니까?"

공산불뉴가 부하를 거느리고 장례행렬로 변장하고 곡부성에 들어왔다는 소식을 듣고 공자는 성안에 군사 역량이 부족함을 근심했다. 맹의자에게 서신으로 공렴양에게 곡부성 출병을 요청하는 명령을 내렸으나 공렴양은 질질 끌면서 꼼짝하지 않았다.

"소인이 명령을 어기는 것은 저를 위한 것이 아니라 주인님을 보호하기 위함이옵니다. 성읍이 무너져 제군이 쳐들어오면 무엇으로 막을 수 있단 말입니까? 그리고 조정에 반란이 생기면 주인님께선 무엇으로 발판을 삼으시겠습니까? 성읍이 없으면 맹씨도 없어지는 것이기 때문에 소인은 나라와 주인님을 위해서 성을 이탈할 수 없었습니다."

맹의자는 그의 말이 근거와 조리가 있고, 또 항상 충성하는 것도 알고 있었기 때문에 후범이나 공산불뉴와 다르다고 단정하고 한숨을 지었다.

"자네의 말도 그른 데 없지만 두 개의 성이 이미 무너졌네. 그 두 집에서 가만히 있을 리가 있겠는가? 그리고 대사구의 제자로서 나중에 불의에 빠질까 두렵네."

"모든 죄책은 전부 이 노비에게 떠밀면 될 것입니다. 허물거나 허물지 아니하는 것은 주인님과 상관이 없는 것이옵니다. 주인님께서 안심하십시오. 국가의 정예병은 모두 오합지졸이어서 저마다 의심이 많습니다. 죽기 살기로 싸우지 않을 것입니다. 염양은 벌써 군대를 알뜰하게 훈련시켰습니다. 양식도 풍부하게 갖추어 놓았습니다. 많은 사람이 한마음이며 절대 패하지 않을 것입니다."

맹의자는 공렴양의 손을 잡으면서 감격하여 눈시울을 붉혔다.

"변덕이 많은 이 가을에 자네 같이 이해심 많고 의리 많은 사람도 없을 것이네. 이 맹의자는 영원토록 염양의 은덕을 잊지 않겠네."

이때부터 맹의자는 표면으로는 탈성을 적극적으로 지지했다. 그리고 탈성에 불리한 모든 죄상을 공렴양에게 떠밀었다. 암암리에 공렴양의 적극적인 저항을 절대적으로 지지했다. 맹의자는 자로가 인솔하는 탈성 대군과 함께 성읍성 아래까지 가서 공렴양에게 항복을 권하러 들어갔다. 공렴양은 연회를 베풀어 맹의자를 초대하고 고육지계(苦肉之

計)를 써 맹의자를 성 밖으로 쫓아냈다. 맹의자가 군영에서 상처를 치료하자 군중 상하가 공렴양을 역적이라고 질책했다.

자로가 군대를 인솔하여 전면적인 진격을 가하자 공렴양는 성벽 위에서 통나무와 돌멩이를 굴러 떨어뜨렸다. 자욱한 연화(煙火)속에서 화살이 비 오듯 하며 죽고 다치는 이들이 거듭되었으나 뜻밖에도 작은 성읍성은 철벽과 같았다. 연속 몇 달을 싸웠지만, 꿈쩍도 하지 않아 장졸들은 이미 권태를 느끼기 시작했다. 게다가 구질구질한 가을비에 전염병까지 돌았다. 사상자가 많아 전투력이 대폭 떨어졌다.

공자는 정공에게 청하여 어가를 친정케 했다.

그런데 적군의 병사들이 몰래 습격하여 많은 군사들이 다쳤다. 정공과 공자는 속수무책이었다. 날씨는 점점 추워져 엄동설한이 되자 장졸들은 겁에 질려 전진하려 하지 않았다. 그뿐만 아니라 군량과 말먹이까지 부족했다. 옷까지 얇아 병사들은 손발까지 얼어 도망을 가지 않으면 얼어 죽게 되었다. 또 양식이 모자라 굶어 죽는 자가 생기자 공자는 철수하라는 명령을 반포했다. 반년 남짓한 탈삼도 작전은 이렇게 실패하고 말았다.

한차례 폭풍우는 온 천하를 뒤집어 놓았다. 노 정공이 어가친정(御駕親征)했던 탈삼도 정책은 실패를 선언하고 정계의 수뇌들은 저마다 정치적 소용돌이 속에 빠져들었다.

계씨네 넓은 의사청에서 계환자는 홀로 고민하며 술을 마셨다. 술에 흥분되어 탈삼도 작전에서 밑진 장사를 했다는 것을 똑똑하게 인식했다. 그의 원래 목적은 정공과 공자와 맹 · 숙 두 집안의 힘을 빌려 집 도둑인 양호와 공산불뉴를 잘라버리려던 것이다. 그런데 이러한 작업에서 자신의 직권과 조정에서의 특수한 지위도 얻어내지 못했다. 맹·숙·이씨가 관리하는 성곽을 무너뜨리고 자신의 권위를 높이려 했지만 실패했다. 그 작은 성읍이 금성철벽이라는 것을 미처 몰랐다. 맹의자도 초인간적인 지혜와 모략이 있다는 것을 몰랐다. 탈성의 실패는 도대체 무슨 원인이었을까?

계환자가 공자의 농간이라 의심하다

맹씨 형제는 모두 공자의 제자였고, 자로 또한 공자의 믿음직한 덕망 높은 제자였다. 탈삼도의 총지휘관으로 임명했으나 임무는 실패했다. 이를 통해 공자가 계씨에게 충성한 것은 가짜였고 노씨에 대한 충성만이 진실이었다. 탈삼도는 삼환을 억제하여 공실을 강화하려는 것이 목적이었던 것을 알고 계환자는 공자와 합작할 수 없다고 생각했다.

그럼 어떻게 해야 할까?

그는 생각을 치열하게 하느라 또 몇 잔을 마셨으나 회전이 빠르지 못했다. 바로 이때 공백료(公伯寮)가 의사청으로 들어왔다. 공백료도 공자의 제자이지만 계환자가 공자 주변에 묻어 놓은 정보통이었다.

"총재께 아룁니다! 노비가 조사한 탈삼도는 모두 공자의 생각이라 하옵니다."

공백료는 자기가 생각했던 바를 계환자에게 이야기했다. 계환자는 정보 아닌 정보와 뉴스 아닌 뉴스에 매우 불만스러워 두 눈이 거슴츠레해서 공백료를 무시하고 계속 술을 마셨다.

공백료는 분위기가 달라짐을 보고 아첨하며 아양을 떨었다.

"성읍성을 여러 번 공략해도 함락되지 않았던 원인은 자로가 노력하지 않았던 까닭이옵니다."

계환자는 들고 있던 잔을 내려놓으면서 물었다.

"자네도 그렇게 생각하는가?"

계환자의 물음에 공백료는 비밀을 전하는 양 말소리를 낮추어 소곤거렸다.

"조정에서 임금님이 어가친정(御駕親征)할 것을 결정한 날이었습니다. 그날 밤에 맹의자 대부가 사자를 파견하여 편지를 ……."

"음, 그런 일이 있었나?"

계환자는 눈이 둥그레졌다. 아마도 그 말에 뭔가 흥미를 일으킨 게 분명했다. 공백료는 계속 아양을 떨면서 말했다.

"우리 공자께서 자로를 귀부(貴府)의 총관으로 임명하셨습니다. 그것도 모두 다른 뜻이 있었던 것 같습니다. 총재께서 여러모로 조심하셔야 하옵니다."

계환자는 감격하면서 머리를 끄덕였다.

성읍의 탈성 작전이 실패하자 전국에서는 이론이 분분했다. 괴소문이 각처에서 머리를 쳐들었다. 공자의 사상도 당연히 파도가 이는 해양을 방불케 했다.

공자는 출사 기간 행동이 바르고 업무에 충실했다. 부민강국을 위해 심혈을 다하여 많은 정치적 업적을 쌓았다. 그러자 노 정공과 계씨는 매우 만족했고 천하의 백성들은 노래를 지어 그를 찬양했었다.

곤룡포 입은 예관
우리에게 진실을 주네!

입은 예관 곤룡포
우리에게 무사(無私) 혜택이라오!

그러나 오늘에 와서 비읍은 탈환되었으나 성읍이 탈환되지 않았다. 계환자의 생각은 맹씨 형제와 중유는 모두 그의 제자였으므로 그들이 합심하여 노나라 정권을 탈취 독점하려고 한 것으로 생각했다. 노나라 정권이 임금님의 손에 장악되어 있지 않고 4~5대 즉 선공(宣公), 무자(武子), 평자(平子), 환자(桓子)를 내려왔다. 삼환의 후예들은 이미 약화하여 무용지물이 되었다. 공실 강화와 사가 억제라는 일면과 사가 강화와 공실 약화라는 또 다른 면이 있어 근본적으로 대립하는 관점이었다.

탈삼도는 이 대립하는 관점에 공자가 삼경과 가신들의 모순을 적발하여 이것으로 3가(계, 맹, 숙손)의 찬성을 받아 모순을 폭로하려 했지만, 더욱 첨예화되고 격렬하게 나타났다. 계씨는 이제 공자를 신임하지 않았다.

자로는 종일 항거하여 출사하지 않았다.

한편 공자는 코앞에 직면한 문제를 어떻게 해결할 것인지! 자신의 정치 주장을 버리고 타협하여 관직을 보존해야 할지, 아니면 모을 수 있는 역량을 다 긁어 모아 계환자를 토벌해야 할지, 노나라를 어떻게 부흥시킬 수 있을지, 그는 어떤 것도 달갑지 않고 선택하기도 싫었다.

관직을 버리고 노나라를 떠나야 할까? 다른 출로를 선택해야 할까…. 공자가 두서없이 생각을 더듬고 있을 때, 제자인 자복(子福)과 경백(景佰)이 노기충천하여 들어왔다. 공백료가 계환자 앞에서 아첨하여 총애를 받은 사실을 말했다. 공자와 자로에 관해 비방한 사실도 비분에 차 이야기했다.

"공자께서는 이미 공백료에게 모함을 당하셨습니다. 명령만 내려주십시오! 저희가 그자의 머리를 베어 거리에 걸어놓겠나이다."

공자는 듣더니 피식 웃고 태연하게 말했다.

"나의 주장을 실현할 수 있는 것도 나의 팔자이다. 실현할 수 없는 것도 나의 팔자이다. 공백료가 나의 속을 어떻게 주장할 수 있단 말인가?"

제나라는 협곡회맹 때에 온갖 창피를 다 당했다. 제후들 가운데 누구도 떳떳이 서 있지 못하게 되어 보복의 기회만 노리고 있었다. 하지만 공자가 집정한 이래 나라가 평온하고 국력이 좋아졌기 때문에 지금까지 감히 움직이지 못했다. 그러다 오늘에 와서야 탈삼도의 실패를 보고 노나라 통치 집단 내부에 또다시 분열 상태가 재현된 것을 알게 되었다. 경공이 대신들을 모아 놓고 말했다.

"하늘이 내려 준 절호의 기회다. 노나라에 무력을 쓸 때가 되었다."

여서는 교활하게 웃으면서 말했다.

"신이 보건데 노나라는 잘 다스려 지고 있습니다. 무력을 사용하자면 아직은 너무 이른 것 같소이다. 제 생각에는 계책으로 그 정사부터 무너뜨려야 할 것 같소이다."

제 경공은 싫증을 느끼면서 말했다.

"말을 빙빙 돌리지 말라! 자네가 어떤 계책을 내어 노나라 성사를 흔들어 놓겠는가?"

여서가 신비스럽게 웃었다.

"신이 작은 계책을 살짝 써 보겠나이다. 노나라를 철저히 쇠퇴하게 해서 당했던 치욕을 모두 씻어 버리겠나이다."

"그 계책을 어서 말하라!"

여서가 좌우 양편을 보고 경공에게 눈짓을 했다. 경공이 뭇 신하들을 퇴장시키자 여서가 능청맞게 왕의 귀에 대고 조용히 말했다.

"대왕께서는 악사(樂事) 두 마디 들어보시옵소서. 인심이 악을 감화시켜 악은 인심에서 생산되는 것이 오며, 악이 인심을 감화시켜 마음이 악의 움직임에 따라 변화하는 것입니다. 예인들은 오랫동안 움직이면 기필코 안일을 추구하기 마련이라 했습니다. 노나라는 수십 년의 내외 분쟁을 거쳐 오늘에 이르렀습니다. 공자에게 업무를 대행 시키며 많은 사람이 환락을 추구할 것입니다. 저희는 그들의 즐김에 맞추어 미녀와 양마(良馬)를 보내는 것입니다. 그것으로 그들의 원대한 포부를 눌러놓는 것이 어떠하옵나이까? 분명 공자는 예를 지키려고 막아 나설 것입니다. 탈삼도 행동에서 알력이 생긴 지라 그사이는 더 벌어질 것입니다. 내란이 일어나면 소인의 계책은 성공하는 것이 되옵나이다. 걸(桀)은 말희에 의해 소멸하였습니다. 주(紂)는 달기(妲己)에게 망했지요!"

경공은 수염을 매만지면서 고개를 끄덕이며 좋은 생각이라고 했다. 이에 여서는 설명을 덧붙였다.

"이 계책은 노나라를 멸망 지경에 이르게 할 것입니다. 그뿐만 아니라 공자를 정계에서 떠나게 할 수 있을 것입니다. 노나라는 제나라의 방패입니다. 이 계책은 공자를 위해서 만들어진 것입니다."

여서는 아직도 협곡회맹의 원수를 잊을 수가 없었다. 뼈에 사무치게 공자를 미워했다.

"소인이 미녀 18명을 뽑아 가무를 배우게 할 것입니다. 대왕께서는 30사(駟; 1사에 말이 네 필) 양마를 골라 주십시오. 이 일은 빈틈없이 우리의 소원대로 될 것입니다."

제나라 왕과 여서는 서로의 생각이 딱 맞는다고 좋아하면서 웃었다. 제 경공은 그래도 마음이 놓이지 않았는지 웃다 말고 물었다.

"이 계책이 기필코 성공할 것이라 어찌 아는 것인가?"

여서가 자신만만하게 대답하면서 굳은 결의를 표명했다.

"이 계책이 성공하지 못하면, 소인은 끓는 가마에 달갑게 들어가겠습니다."

여서의 미인계(美人計)에 노 정공이 빠지다

맑은 가을날, 제나라 사자는 훈련이 잘 되고 진하게 화장을 한 미녀

80명을 골라 오색영롱한 옷을 입힌 말 120필을 몰고 곡부성 밖에 왔다. 그들은 남문 밖의 한 여관에서 숙박하며 연습을 계속하는 한편 기회를 찾아 재주를 보이려 했다. 그 여관은 계씨 댁에서 얼마 되지 않는 곳으로 여서가 정성 들여 배치해놓은 것이다. 계환자와 그의 가족들이 먼저 구경하게 한 후 노군을 유인하려는 것이 목적이었다.

저녁 환한 달밤, 사죽의 생약 소리가 한바탕 울려 퍼지면서 80명의 여악들이 치마폭을 휘날리며 주위의 이목을 끌었다. 기이하고 화려한 복장 차림의 요염한 여악이 악공의 반주에 노래를 부르는 날씬한 몸매에 긴 치마폭은 볼만했다. 사람들은 여관 문 앞마당에 벌떼처럼 모여 구경하며 경이로운 장면에서는 박수갈채를 아끼지 않았다. 파리의 후각은 민감하여 냄새나는 곳이라면 멀어도 찾아가는 법이다. 미녀 군단의 가무 소식은 거리를 지나 높은 담벼락을 넘어 계환자에게 들렸다.

그는 노비를 시켜 알아보니 그들은 이 일을 알고 있어 보는 듯 아뢰었다. 삼십 대의 계환자는 변복하고 노복들을 거느리고 구경하러 갔다. 사람들이 물샐 틈 없이 광장을 둘러싸고 있어 발꿈치를 들고 목을 빼 들고 구경해야 했다. 80명의 여악은 8명이 한 줄씩 모두 열 줄을 만들어 가무했다. 노랫소리는 하늘에 울려 퍼지고 춤추는 자태 또한 아름다워 하늘에서 내려온 선녀를 방불케 했다. 여악은 저마다 작은 어깨에 개미허리로 몸에 걸친 장식품들이 방울 소리를 내며 두 눈은 떴는지 감았는지 알아볼 수 없었다. 앵두 같은 입술은 다물려다가 벌리는 듯했다.

계환자는 정신이 몽롱해질 정도로 환히 들여다보이는 풍만한 가슴과 울긋불긋한 탄력성 있는 젖 봉우리, 백옥 같은 피부와 긴 다리에 반했다. 하기야 나체무라는 것이 옛날에도 있어 계환자는 사지가 나른해져서 체면만 아니라면 당장 품에 안고 싶은 춘정이 끓어올랐다.

제나라 사절은 암암리에서 계환자의 행동을 살펴보고 있었다. 그리고 그의 옆에 가서 인사하고 말을 걸었다.

"폐하! 여악들이 너무 소란을 피웠사오니 나리께서 용서해주시옵소서"

녹을 때로 녹은 계환자는 얼빠진 듯 생각에 잠겨 있다가 옆에 있는 사람이 뭐라 하는지조차 몰랐다. 그리하여 큰소리로 '제나라 사절 총재 대인을 뵙겠소이다!'라고 외칠 때, 노복들이 계환자의 옷자락을 잡아당기면서 '나리님! 어떤 사람이 인사를 드리옵나이다.'라고 했다.

"이런 하늘에서 내려온 가무를 보지 않고, 무슨 놈의 인사냐?"

"소인은 바로 제나라 사절 악무정(楽舞正)이옵나이다. 총재께서 여관 안에 들어가 가르침을 주시길 부탁하옵나이다."

계환자는 여악을 주관하는 사람이 바로 악무정 사자라는 말을 듣고 눈길을 돌려 아래위를 살펴보더니 사절에게 물었다.

"당신은 어디 사람이요? 절세의 미녀와 세속에 얽매이지 아니한 악공까지 있어…."

"이곳은 말씀을 올릴 장소가 못되옵니다. 총재께서 여관에 잠깐 머물러 주시옵소서!"

제나라 사절이 낮은 목소리로 말했다.

"하관은 제후(斉侯)의 명령을 받고 노나라에 왔습니다. 노나라를 크게 다스린 업적을 경축합니다. 제나라와 노나라가 사이좋게 지내기를 바라는 뜻을 전하고자 합니다. 그런 뜻에서 미녀 80명과 양마 120필을 바치려 하나이다. 귀국의 대사구 공이 두려워 노궁으로 들어가지 못했습니다. 잠시나마 이곳에서 연습하고 있었습니다.

계환자는 그 말을 듣고 너무 기뻐서 제나라 사절을 일으켜 세웠다.

"제후(齊侯)의 두터운 정이었구먼! 제나라 사절께서 왕림하심을 섭섭하게 대했으니, 실례로다!"

제나라 사절은 편지 한 통을 꺼내 계환자 앞에 펴 놓았다.

'제 · 노의 선조는 모두 천자를 보필하고 있사옵나이다. 서로는 자손대대로 친밀하게 지내왔습니다. 노후께서 정사를 돌보시고 나라를 진흥시키고 계십니다. 그러한 공정은 주공과 비길 수 있겠습니까? 저희는 노후를 우러러 경모하옵니다. 가녀 80명을 선물로 보내 기쁨을 올리고자 하옵니다. 또한, 양마 30사를 증송하여 피로를 풀게 하려 하옵니다. 제발 사양하시지 마시고 받아주시옵소서!'라고 쓰여 있었다.

계환자는 그 편지를 보더니 눈썹까지 웃어 보였다. 그리고 죽간 묶음을 걷었다.

"내일 당신과 궁에 입궐하여 노후에게 아뢰기로 합시다. 대인의 신고에 감사드리옵나이다."

"제 · 노는 비록 인접하지만, 인정이 모두 다릅니다. 때문에 여악들의 음이 노후 귀에 들겠는지요? 총재께서 여악을 수십일 댁에 두시고 잘 가르쳐 주시면 어떠하시겠는지요? 그다음 노후에게 바치시면 어떠하시겠습니까?"

계환자는 그의 말뜻을 대뜸 알아차렸다. 그리고 눈썹까지 웃었다. 이런 꿀 같은 일 앞에서 군신의 예를 갖출 필요가 없었다. 이튿날 제나라 사자는 미녀들을 계씨 댁에 데려왔다.

계환자는 당연히 춘정을 못 이겨 조회에 나가는 것조차 잊었다. 정공이 하루에 세 번 불렀는데도 꼼짝하지 않았다. 계환자는 밤낮을 잊고 지내다 보니 어느새 사흘이 지나갔는지조차 몰랐다. 자신의 권세를 믿고 노 정공에게 미녀를 헌납할 일은 급하지 않았다.

자로와 연구는 계씨 댁에서 일어나는 최근의 일을 생각하지 못했다. 계환자가 며칠 동안이나 조회에 나오지 않는 일이 이상했다. 또 임금님의 부름에도 듣는 채 만체하니 사연이 있으리라 짐작했다. 그리하여 한차례 수소문하여 제나라 사절이 미녀를 선물로 바쳤다는 사실을 알게 되었다. 이들 둘은 바로 공자에게 그 소식을 알렸다.

공자는 그 소식을 듣고 계씨를 뵙겠다고 했다. 마차를 탈 겨를도 없이 총총걸음으로 계씨 댁을 찾았다. 문지기들은 대사구가 오니 지체 없이 알렸다. 계환자는 공자가 찾아 왔다는 소식을 듣더니 단단히 놀랐다. 그는 자신이 벌써 며칠 동안 조회에 나가지 않았다는 것을 알았다. 마음속으로 부끄러웠으나 일어나 공자를 만나려 했다.

"대인께서 이 모양새로 어떻게 손님을 접객할 수 있겠습니까?"

계환자는 제나라 사절의 제지를 받고 고개를 숙여 의복을 보았다.

주름이 쭈글쭈글한 상의는 아기의 기저귀 같았고 오염된 바지에서는 비린내와 고린내가 풍겼다. 그의 입가에서 하품이 꼬리에 꼬리를 물었고 눈가에는 눈곱이 잔뜩 끼어 있었다. 그제야 계환자는 벌써 며칠째 세면도 하지 않고, 옷을 갈아입지 않았다는 것을 알았다. 만일 그 꼴을 공자에게 보이는 날이면 신분을 잃는 것은 둘째다. 비웃음당하고 완곡하게 질책을 받을지도 모른다는 생각이 들어 차라리 만나지 않는 것이 상책이라 생각했다.

"출장 가서 아직 돌아오지 않았다고 알려라!"

문지기는 공자를 보고 계환자가 시키는 대로 했다. 공자는 벌써 계환자가 여색에 빠져 접견하지 않는다는 것을 알았으나 할 수 없이 집으로 돌아갔다.

제나라 사절은 자기의 사명을 잊지 않고 계환자가 공자를 접견해주지 않은 정경을 목격하며 마음속으로 충분히 득의했으나 계환자만 낚는 것이 최종 목적이 아니었다. 자신의 임무는 정공까지 낚아야 했다.

"총재께서 가무가 발전했는지 알려 주시옵소서!"

사실 계환자도 지금 골머리를 앓고 있었다.

계환자는 반드시 노 정공에게 아뢰기 전에 정공을 회견하여 공자가 어쩌지 못하게 자기의 뜻에 맞게 끌어들여야 했다. 계환자는 시종들에게 분부했다.

"마차를 준비하라! 임금님을 뵙겠노라."

정공은 계환자에게 무엇 때문에 삼사일이나 상조하지 않았느냐고 물었다. 계환자는 웃으면서 그 죽간을 내놓았다. 정공이 그것을 다 보자 계환자는 정공의 귀에 대고 말했다

"이것은 제후의 좋은 뜻이오니, 군왕께서 거절하지 마시기를 바라옵나이다."

"협곡지회(峡谷之会)에서 제나라 사람들의 심술(心術)이 바르지 못했었는데 이번 행동에도 거짓이 있으면 어찌한단 말인가?"

"협곡에서는 두 나라 간의 회맹이었고 오늘은 여악들이 우리나라 서울에 있습니다. 어떻게 똑같이 말씀하시옵나이까? 군왕께서 이들을 버린다면 두 나라는 영원히 사이좋게 지내지 못할 것이옵나이다."

결정적인 순간에도 노 정공은 공자를 잊지 않았다.

"대사구와 함께 이일을 의논하세."

"제후(斉侯)가 미녀와 양마를 국군에게 드리는 것입니다. 공 대사구와 무슨 상관이 있단 말이옵나이까?"

계환자가 반문했다. 그로서는 이 일이 제일 두려웠다. 계환자는 계속 말했다.

"이것은 아무 일도 아닙니다. 이런 것을 가지고 군왕께서 스스로 주장을 세우지 못하신다면 어떻게 제후의 위엄과 명망을 세울 수 있겠습니까? 제나라 사자가 웃을 일이옵나이다."

정공은 조금 무엇인가를 생각하다가 계환자에게 물었다.

"기술이 어떻던가?"

계환자는 정공의 마음이 동한 것을 보고 기뻐한 나머지 재빨리 대답했다.

"지금 남문 밖 여관 문 앞에서 훈련을 하고 있사옵니다. 군왕께서 먼저 보시는 것이 옳은 일이라 생각하옵니다. 미신(微臣)은 대왕의 은혜로 그 모습을 볼까 하옵니다. 만일 눈에 거슬리면 완곡하게 사양하여 물리치는 것이 어떠하옵나이까?"

계환자는 노 정공이 평화로운 일상에서 자란 것을 잘 알고 있었다. 그는 비록 빈(嬪)과 비(妃)가 수두룩해도 이미 모두 낡은 그릇이 되어버렸다. 제나라 여악들을 정공이 한 눈만 스쳐보아도 진귀한 보물처럼 여겨 절대 물리칠 수 없을 것이다. 계환자는 여기까지 생각하고 노 정공과 의논하여 미복 차림으로 구경가기로 했다.

다음날 정공은 모든 것을 공자에게 넘겨주고 미복 차림으로 해가 지기만 기다렸다. 그는 해가 서서히 이동하는 것을 뚫어지게 바라보았다. 너무도 급해서 느린 해를 마구 밀어버리고 싶었다. 땅거미를 기다린 노 정공은 잽싸게 마차를 잡아타고 남문으로 향했다. 계환자는 벌써 그곳에서 오랫동안 기다리고 있었다. 정공은 곧바로 들어가기 민망해서 어둑컴컴한 구석을 찾았다. 계환자도 자기와 마찬가지로 처음 오는 풋내기라고 착각했다. 그를 끌고 자리를 잡았다.

제나라 사절은 계환자에게서 정공이 구경하러 온다는 소식을 들었다. 80명의 여악에게 더욱 요염하게 춤을 추라고 신신당부했다. 노군의 눈에 들면 빈 비로 평생 부귀영화를 누릴 수 있다고 했다. 그리하여 그녀들은 있는 재간을 다 해 정성껏 노래를 불렀다. 첫 노래는 제풍(齊風)인 저(著)였다.

나를 병풍 옆에서 기다리는 이
귀걸이에는 백오를 박았네!
아름답고 미묘한 단장은
나를 마당에서 기다리게 했다네!

벽옥을 귀에다 걸고
정묘하게 단장했다네!
나를 객실에서 기다리는 이
귀걸이는 황옥을 박았다네!
정묘한 단장 더 할 바 없구나!
정묘한 단장 더 할 바 없구나!

이 시는 새색시가 새신랑을 찬미하는 시로 노군이 듣고 더욱 흡족해서, 전신이 짜릿짜릿해서 더는 참을 수가 없었다. 정공이 앞으로 슬금슬금 밀고 들어갔다. 이때 80명의 여악은 대열을 나누어 앞서거니 뒤서거니 하며 밀물인지, 안개인지 구분 안 되는 채색 띠로 휘영청 빛을 뿌렸다. 두 눈은 무엇을 바라보는 것만 같았다. 노래를 또 시작했다.

그 님은 남쪽 노래
현능 제후 만세 누리세!
옥경(술)을 높이 들고
예쁜 두 귀 맞대어 보세!
밝은 달빛 당신 바라볼 때
설레는 가슴 잠자리 그리누나!

정공은 어려서부터 구중궁궐에서 자랐다. 노나라는 서와 예를 굳게 지키는 나라였다. 이러한 반나체의 가무는 구경할 기회가 없었다. 더욱 심중에 타오르는 욕구를 억제할 수 없어 계환자를 끌고 안으로 들어가려 했다. 바로 이때 갑자기 사람들 속에서 누군가 외쳤다.

"임금님이 무악(舞楽)을 구경 오셨다!"

계환자가 소리 나는 쪽을 바라보니 자로와 몇몇 개구쟁이들이었다. 계환자는 또 공자가 연출한 농간이라는 것을 간파했다.

"군왕께서는 어서 귀궁하시지요! 대사구가 이미 사람을 이곳에 파견하였소이다."

정공은 너무도 놀라 서 있었는데 간담이 다 서늘했다. 임금의 위엄과 의리를 돌보아 정공은 계환자를 따라 줄행랑을 놓았다.

공자는 계환자와의 회견을 거절당하고 피차지간의 어긋난 관계를 더는 유지할 수 없음을 정공에게 알리기로 했다. 제나라가 여악과 양마를 보낸 것을 사절 하도록 간청(懇請)하려 했다. 공자가 한창 머리를 짜면서 고민하고 있을 때 자로가 와서 정공과 계환자가 미복하고 가무를 구경한다고 알렸다. 공자는 정공이 무엇인가 속이는 것 같아 자로에게 남문 밖에 가서 정탐하라고 지시했었다. 공자는 자로가 돌아와 알리는 소식을 듣고 한탄하면서 중얼거렸다.

"나의 도는 행해지기 어렵겠다! 노나라는 쇠약해 질 것이다."

제자들이 그 뜻을 이해할 수 없어 공자에게 물었다.

"후일에 알게 될 것이니 조심할지어다."

제자들은 공자가 우울해하는 것을 보고 더 묻지 않고 나갔다.

궁중에 돌아온 계환자는 제나라 여악들이 어떠냐고 정공에게 물었다.

"예쁘기는 예쁜데 대사구가 동의하지 않을 것이야."

"대왕님께서 어이하여 밤새 제나라 사절을 입궁하게 하지 않소이까? 죽이 된 다음에 공자인들 어쩌겠나이까?"

정공은 머리를 돌려 계환자를 슬쩍 바라보았다.

공자가 섭정한 이래 삼환의 세력은 날마다 쇠약해졌다. 자기의 명령이 이전보다 훨씬 잘 먹혔다. 공자가 비록 예를 너무나 존중하여 답답하기는 하지만 마음이 곧잘 맞았다. 계환자와 몇몇 세습적인 대부들보다는 한결 합리적이었다. 한데 몇몇 미녀들 때문에 그를 멀리해서는 안 된다고 생각했다. 계환자는 정공이 고민 중인 것을 보고 그가 주저하는 원인을 알았다. 이것이 계환자 마음속의 근심이기도 하다.

며칠 동안 심사숙고 끝에 계환자는 제나라의 계책을 간파할 수 있었다. 공자와의 사이에 이간을 놓자는 것임을 알았다. 공자는 대사구직을 맡은 이래 서로 의기투합 하어 어긋남이 없어 매사에 자기를 생각했기 때문에 자기는 상직(常職)까지 대리시키고 편안하게 살려 했다. 그러나 꿈에도 생각 못 한 것은 암암리에 자기를 얼려 넘기는 일이다. 탈삼도 행동에서 올가미에 걸려들게 하여 성의 담을 허물고 군대를 허약하게 하였으며 세력을 약화했기 때문에 맹씨네 세력이 이전보다 강화되었다.

최근에 정공은 또 공자의 말이라면 모두 들으니 정말 그렇게 된다면 조상들에게 미안할 뿐만 아니라 장래에 또 어떻게 선인들을 대하겠는가? 제나라에서 오는 미녀들은 참으로 절호의 기회였다. 임금님을 곁으로 끌어당길 수만 있다면 하는 생각이 들었다. 공자와 같은 채읍(采邑) 대부쯤은 대처하기 어렵지 않을 것이다. 반면 공자는 임금님과 자기의 버금으로 그 자리를 차지했다. 그래도 치명적인 약점이 있다고 생각했다. 즉, 공자는 자신의 사상을 펼치고 싶어 하지만 권력다툼은 능하지 못하다. 일단 임금님의 냉대를 받으면 노나라에서 살 수 없을 것이다.

"제나라의 여악을 받아들이는 것은 훌륭한 방안입니다. 이웃 나라와 연맹을 잘 맺으며 간계(間隙)를 제거하게 됩니다. 나라를 흥성시키는 대책이옵니다. 군왕께서 이미 광장에서 떠드는 자가 자로라는 것을 보셨습니다. 미녀와 양마들을 받지 아니하면 두 나라 친선을 말살하는 격이 됩니다. 어찌하시겠습니까?"

정공은 본인이 계환자의 허수아비임을 잘 알고 있었다. 그리고 자리까지도 계씨가 마련해준 것을 안다. 더욱이 제나라 여악들의 노랫소리가 귓전에 생생했다. 아름다운 용모가 잠자리에서까지 어른거려 심중에는 마치 25마리의 쥐들이 뛰어놀고 있는 것 같았다. 자신도 모르게 공자는 까맣게 잊어버렸다.

그는 계환자에게 제나라 사절을 접견하러 가겠노라 응했다.

그날 밤에 노래를 잘 부르는 여자와 양마들을 접수했다. 계환자는 중개한 공이 있다하여 가녀 30명을 은사로 주었다.

이때로부터 노 정공과 계환자는 궁중에서 놀기만 했다. 정사는 모두 공자에게 맡겼다. 대부들은 공자보고 행운이 깃들었다고 부러워했지만, 공자는 직권에 대해 단 반발도 넘지 않았다. 큰일이 있으면 임금에게 밝히어 아뢰고 계환자에게는 보고했다.

정공이 접견해주지 않고 계환자는 일을 미루기가 일수여서 며칠 사이에 처리해야 할 정사가 가득 쌓여 있었다. 공자는 근심이 태산 같았고 안색도 초조해졌다. 이 때문에 제자들은 스승에 대해 걱정하며 불평을 토했다.

이날도 공자는 기분 좋지 않게 집으로 돌아왔다. 안회가 손자 공급(孔伋)을 데리고 놀고 있었다. 공급은 할아버지가 오신 것을 보고 뛰어가 공자의 목을 꼭 끌어안았다. 공자는 불편했지만 억지로 손자 녀석을 안고 있었다.

"할아버지는 왜 즐거워하시지 않으세요? 이 손자가 할아버지의 인도(仁道)를 계승하지 못할까 두려우세요?"

공자는 손자의 말을 듣고 감격에 못 이겨 눈물이 글썽거렸다. 손자를 꼭 껴안아 주면서 물었다.

"어린 나이에 무엇이 인도인 줄 알기는 아느냐?"

공급은 총명한 두 눈을 반짝이며 할아버지에게 말했다.

"할아버지께서 말씀하셨잖아요. 아버지가 나무를 팰 때 아들이 도와드리지 않으면 불효라고, 불효란 바로 불인이지요! 맞지요?"

공자는 힘 있게 손자의 볼을 비벼주었다. 그리고 하얗고 기다란 수염으로 보송보송한 볼에 스치면서 대답했다.

"맞지, 귀여운 녀석 맞고말고!"

공급은 또 정색해서 말했다.

"나는 할아버지의 말씀을 생각할 때마다 게으름을 피우지 못해요. 그리고 요즘은 시와 예를 읽고 있어요."

공자는 손자의 말에서 따뜻한 정을 느꼈다. 그리고 감동하여 마치 난류가 몸을 흐르는 듯 떨리는 목소리로 힘 있게 말했다.

"그러면 됐어. 사업을 이어 나갈 자가 있으면 나는 기뻐!"

그렇다. 자신의 인도(仁道)를 넘겨줄 수 있고, 자신의 사업을 계승할 자가 있어 인정 덕치의 이상은 꼭 실현될 수 있을 것으로 생각했다. 난관에 부딪힌들 두려울 것이 무엇이겠는가. 관직을 물러난들 두려울 것이 무엇이겠는가. 심지어 목숨을 잃는다 해도 두려울 것이 무엇이랴!

공자는 여기까지 생각하니 마음이 한결 더 가벼워졌다. 어두웠던 마음이 모두 가셔지고 상쾌하기 그지없었다. 안회를 바라보면서 당부했다.

"이 녀석은 자기 아비보다 더 총명한 것 같구나. 나는 더 많은 시간을 내어 가르칠 수 없을 것 같다. 자네가 수고스럽지만 요순(堯舜)시대의 덕(德)을 잘 가르쳐 주게. 나의 유가(儒家) 학업과 도의를 물려받게 해 주게!"

삼라만상은 새 활기를 띠고 은행나무에도 꽃들이 가지가 부러질 정도로 피었다. 길옆에 우뚝 솟아 있던 세 그루의 전나무에도 녹음이 깃들었다. 행단에서 뭇 제자들은 책도 보고 거문고도 뜯고 노래도 부르고 시도 읊었다.

공자는 홀로 사색에 잠겨 있었다. 사실은 아침의 불쾌한 일로 기분이 언짢아 아직도 그 불쾌한 일이 꼬리를 물고 일어났다.

제자들은 공자가 근심에 쌓여 있는 것을 보고 저마다 예전처럼 다가가 이것저것 물어보지 않았다. 머리를 숙이고 자기 할 일을 하는 것 같이 있었지만, 공자에게 관심이 쏠려 있었다. 특히 자로는 오늘따라 두 눈을 꼭 감고 평소에 거친 목소리로 우락부락하던 것과는 영 달리 거문고만 치며 공자가 온 것을 모르는 듯했다. 거문고 소리를 공자가 집중하여 들었다.

"대무(大武)라고 하는 악곡이군!"

탈삼도 계획이 실패한 후, 계환자는 공자와 그의 제자들을 냉대했다. 거리를 두며 심지어 사람을 파견하여 행동을 살폈다. 공백료는 계환자에게 자로와 공자를 모함까지 했다. 그야말로 사생 간의 의리가 어디에 있는지 알 수가 없었다. 동지 간의 우정도 없었다. 자로가 이 시각에 대무를 연주하는 까닭은 무력으로 계환자에 대한 불만을 토로하는 것 같았다.

공자는 이렇게 생각하고 자신도 모르게 자로가 있는 쪽으로 발길을 돌렸다. 그는 비록 두 눈은 꼭 감고 있었지만, 눈에서는 눈물이 샘솟는 듯했고 두 볼과 입가는 떨고 있었다.

"자로, 네가 무엇을 생각하고 있는지 나는 알고 있다. 하지만 네가 선택하려는 길은 이 스승이 싫어하는 길이야! 양호를 내쫓고 삼도를 무너뜨리는 것은 모두 공실을 강화하는 것이었다. 사가를 억제하려는데 삼경의 가신들은 지금 반란을 일으키고 있다. 우리도 이 길을 택하면 윗사람을 욕보이고 난을 일으키는 것이다. 물론 이 중에는 본질적인 차이점이 생길 수 있다. 나도 한때는 정공을 돕고자 맹·숙 가문과 연합하려 했었다. 무력으로 계씨를 뒤엎자는 생각까지 해 보았다. 역사상 주공은 주 왕실을 공고히 하기 위해 친형제를 토벌했다. 이것이 바로 관채지란(管蔡之乱)의 평정이다.

내가 대사구로서 상사(相事)를 겸했고, 승임 할 수 있는 문무가 겸비한 제자들이 적지 않지만, 계환자는 주색에 푹 절어 있는 데다가 공상불뉴의 배반으로 바닥까지 손해를 봤기 때문에 그를 토벌하는 것은 식은 죽 먹기일 수도 있다. 그러나 지금 정변을 일으키면 승리할 수는 있으나 우리는 그렇게 할 수 없다.

그때와 이때는 같지 않다. 지금은 주공의 시대와 같지 않아 노나라가 변하면 제자도 함께 변해야지. 만일, 우리가 주의하지 않는다면 천하가 크게 혼란에 빠진다. 천하가 혼란하면 많은 생명이 도탄 속에 빠지고, 많은 가정이 파괴될 것이다. 그리고 많은 사람이 유리걸식하게 되어 역사상 어떤 난리보다도 백성들에게 피해가 클 것이다!"

이때도 자로는 여전히 눈을 뜨지 않고 공자가 앞에 서 있는 것을 느낄 수 있었다. 그는 거문고를 밀어버리고 벌떡 일어나서 으스러지게 틀어쥔 주먹을 휘둘렀다.

"공자님! 지금 하지 않으면 어느 때를 기다리겠소이까?"

자로의 외침에 제자들은 어안이 벙벙했다. 연습하던 것을 중지하고 멍하니 자로를 쳐다보았다. 안회만이 자로의 심사를 꿰뚫어 보았다. 얼핏 보기엔 안회가 진종일 행단에서 공부 하는 것 같았지만 주위에서 발생하는 일을 모두 파악하고 있었다. 특히 공자와 관계되는 일들에 대해서는 더욱 관심을 쏟고 있었다.

이번에도 안회는 친구들을 모아 접견실로 들어가 공자를 위로해 드렸다. 그러자 공자는 고개를 끄떡이며 자로에게 어쩔 셈이냐고 물었다. 자로는 직접 대답하지 않고 또다시 거문고를 집어 들고 화풀이나 하듯이 둥둥거리며 대무의 출정 곡을 튕기고 다시 튕기는데 그 소리가 마치 생 비단이 찢어지는 소리와 흡사했다.

그러자 공자가 중유를 타일렀다.

"적수공권으로 용과 호랑이와 싸우는 자는 용사가 아니다. 아무리 좋게 본다 해도 이 스승의 뜻과는 어긋나는 길이다. 죽음으로 향하는 소인들은, 깊은 생각없이 혈기만 믿고 냅다 치는 것이 용기이니 어이 성사될 수 있겠는가?"

"6만의 군대면 됩니다. 너무 억울해서…. 스승님의 도덕은 다 어디에 숨겨 놓았소이까?"

자로는 큰 눈을 부릅뜨고 미친 사람처럼 공자에게 대들었다.

"이 공구는 '불의한 영화와 부귀는 나에게 있어서 뜬구름과 같다'라고 말했다. 군대 6만이 나의 인덕을 어떻게 꺾겠는가? 너의 속내를 내가 어찌 모르겠느냐? 네가 비록 나에게 몇 년을 따라 다녔지만 이제 겨우 겉모양만 배웠다. 헛소리를 함부로 하면 안 돼!"

"그렇다면 공자께서 벼슬을 내려놓고 탈출할 수 있겠습니까?"

자로가 물었다.

"자네는 일엽편주를 타고 가고픈 곳이 있으면 가거라. 교제(郊祭)일이 다가오고 있다. 계환자가 번육(燔肉)[3] 예의를 챙기나 보자. 나에게도 번육을 보내면 나라는 구원할 희망이 있는 것이다. 자공(子貢)도 정공과

---

3 번육(燔肉); 번육은 작(胙)이라고도 하는데 제사 때에 사용하는 익은 고기이다.

계씨에게 간언하고 있다. 노나라를 진흥시켜 제후 중에서 위세와 명망이 설 수 있는지 보고, 수립할 수 있다면 모르지만 그렇지 않으면 나는 바로 떠날 것이다

공자는 아직도 절망하지 않고 환상을 품고 있었다.

계환자와 정공이 뉘우쳐 오랫동안 떠나지 않으리라고 기대했다. 아직도 큰 뜻을 함께 이루어 그 이상을 실현하려 했다. 그러나 이 얼마나 어리석은 생각인가? 올해 노나라에서의 교제는 간단했다. 정공은 예의가 채 끝나기도 전에 계환자와 그 자리를 떠났다. 제나라에서 선물받은 여악들과 신선놀음을 하러 갔다. 나머지 일은 공자에게 모두 넘겨주었다. 현실은 공자로 하여금 크게 실망하게 했다.

현능한 자는 아는 것이 많고 평범하고 속된 자는 아는 것이 적습니다.
공자께서는 현시대의 성인으로서 배우시지 않은 것이 없습니다.
하나 스승에게만 의지할 수는 더욱 없는 일이지요.
여러 대신이 질문하시는 것은 학문 닦는 도리를 모르는 것입니다.
우리 공자님의 도는 붉은 해처럼 천하를 비춰주시옵니다.
하온데 어떻게 한 나라만 감싸 안겠습니까?

제6장

공자, 노나라를 떠나고 자공이 현명하게 답하다

명군 성왕을 찾아 열국 순방 길에 오르다

다섯 가지 충고하는 법을 제자들에게 가르치다

인도를 시행할 나라를 찾기 위해 열국을 순방하다

공자와 함께 떠난 공문의 빼어난 제자들

명군 성왕을 찾아 열국 순방에 오르다

아침에 공자는 정성껏 목욕하고 남문 밖에서 진행되는 교제에 참여하러 갔다. 이때는 음악을 듣고 대신들의 위엄을 구경하러 온 것이 아니라 그의 행동 자체가 바로 국가 정치 활동으로 노 정공이 주례에 관한 천신의 제사 예절을 지키게 하는 것이었다. 그런데 계환자와 뒤엉키어 떨어지지 못하는 것을 보고 저도 모르게 속으로 탄식하고 말았다.

비록 신을 존경하고 귀신을 신봉하는 것을 주장하지는 않지만, 선조를 위하고 산 사람을 위해서라도 예의로 사람들의 품덕과 나라의 흥망성쇠를 보여주기 위한 제도와 규칙이 있는 법이다. 국가에서 중요시하지 않으면 국가는 부흥할 수 없다. 그렇다면 나는 벼슬을 내놓고 탈출할 수밖에 없다.

집에 돌아온 공자는 교제를 잘 치렀는지 묻는 제자들에게 대충 말하고 홀로 가슴앓이를 하고 있었다. 자로는 노기등등하여 투덜댔다.

"스승님! 우리는 떠나야 하옵나이다."

공자가 탄식했다.

"임금님이 이토록 예에 벗어난 행동을 취하니 참으로 실망이다. 규칙에 따르면 내일은 번육을 친신들과 함께 나누는 날이다. 만일 그러지 않는다면 나는 사직하고 이곳을 떠날 것이다."

정공이 부랴부랴 공실로 들어가자 계환자가 번육 나눌 것을 아뢰었다. 그는 가녀들과 신선 놀이를 하느라 보는 척도 하지 않았다. 계환자가 재차 물어서야 그는 귀찮은 표정으로 손을 내 저으며 계환자에게 나누어 줄 것을 명령했다.

계환자는 명령을 받고 번육을 가지고 집으로 돌아왔다. 가녀들은 파리 떼처럼 모여들어 그를 끌고 뒷방으로 갔다. 그리하여 계환자도 가신들에게 명령을 내려 번육을 대신 나누게 했다. 가신들은 거반이 관청의 숙객들로 이런 고기를 함부로 나누면 되지 않는 것을 알고 있었다. 임금이 조정에서 성대하게 식을 차리는 것도 알고, 대신들에게 나누어 줘야 한다는 것도 너무나 잘 알고 있었다. 하지만 임금이 대부에게 떠밀고 대부는 가신들에게 떠민 상태에서 자기들끼리 나누어 먹으라는 것을 좋아하며 번육을 나누어 먹었다.

공자는 집에서 땅거미가 질 때까지 기다렸지만 입궁하라는 내시들의 그림자조차 보이지 않았다. 공자는 다음 날 또 온종일 기다렸으나 역시 아무런 소식이 없었다. 이때 자로가 소리를 치면서 들어왔다.

"스승님! 번육은 벌써 계씨네 가신들끼리 나누어 먹었소이다. 우리는 떠나야 하옵니다."

공자는 아무 말도 듣지 못한 듯이 꼼짝 않고 있었다.

"스승님! 왜 그러십니까?"

자로는 목청을 돋워 소리 질렀다.

공자는 아무 말도 하지 않고 고개만 절레절레 저으며 눈물을 주르륵 흘렸다. 그는 철저히 절망했다. 마음이 상할 대로 상해 화가 치밀어 올랐다. 여기에 또 무슨 할 말이 있겠는가? 이제는 모든 것이 다 끝장났다! 노나라를 위해 심혈을 기울여 몇 년간 노력하고 분투했지만, 이제는 마지막이다. 들끓던 열정이 얼음물로 변해버렸다. 이제는 떠날 때가 되었다.

"스승님! 우리가 이곳에서 어떻게 머리를 들 수 있겠습니까? 이젠 떠날 때가 되었습니다."

자로가 급하게 말하고 단 하루라도 있기 싫다는 표정을 지었다. 공자는 아무 말 없이 고개만 끄덕이다가 흘러내리는 눈물을 닦았다.

"봉황이 날지 아니하니 강물이 나타나지 않는구나. 내 일생을 어떻게 이것으로 마무리할 수 있단 말인가!"

안회는 위로했다.

"스승님! 안회는 분명히 기억합니다. 덕이 있는 자는 영원히 고립되지 아니하고, 나중에 기필코 경모하는 벗이 나타날 것이라고 하신 말씀이 귓가에 쟁쟁합니다. 스승님의 도덕과 문장은 그 누구도 따를 바

없이 탁월하십니다. 반드시 명군을 만나실 것입니다."

공자는 다정하게 안회와 제자들을 보면서 한참 후에야 입을 열었다.

"나는 고향을 떠나 명군 성왕을 찾아 나의 도를 행하고자 한다. 천하에 지극히 공정하여 사사로움이 없는 평평하고 넓은 길을 찾기로 마음먹었다. 나를 따라오기 싫어하는 제자들은 남아라. 남아서 계속 공부를 할 수 있으면 하여라. 집으로 돌아가 식구들을 거느려도 좋다."

제자들은 이구동성으로 대답했다.

"스승님과 함께 가고 싶소이다!"

한 명, 한 명이 지성 어린 얼굴이고 순진하고 깨끗한 눈이었다. 기대에 찬 그들의 눈길은 공자의 가슴을 뭉클하게 했다. 북받쳐 오르는 뜨거운 마음을 억제할 수 없어 마음이 여간 흔들리지 않았다. 더는 흘러나오는 눈물을 억제할 수 없었다. 흘러라! 사랑스러운 제자들을 위하여 실컷 흘러라! 이 세상의 어둡고 캄캄함과 분명하지 않음을 성토하는 눈물로 흘러라! 선량한 사람이 불의를 동정하는 눈물로 흘러라! 곡절 많은 행보에 마음 아픈 눈물로 흘러라! 공자는 흐느끼며 제자들에게 허리를 굽혀 인사했다

"그간 자네들은 이 공구를 따라다니느라 수고 많았네. 공구가 고마웠네!"

제자들이 황급히 달려가 공자를 부축했다. 자로는 목 놓아 울었다. 그는 자기의 머리를 마구 쥐어뜯으며 외쳤다.

"시비가 뒤섞이고 흑백이 전도되었소이다. 성인을 중용하지 않으니 하늘도 땅도 공정하지 못하외다!"

자로가 사정없이 주먹으로 벽을 치니 방금 무너질 것만 같았다. 제자들은 급히 달려가 말렸지만 아무런 효과가 없었다. 공자가 다가가 가볍게 머리를 쓰다듬자 자로는 뜨거운 눈물을 뚝뚝 흘렸다. 자로가 돌아서서 공자의 가슴에 머리를 묻고 얼싸안고 울고 또 울었다.

공자는 제자들의 심정을 너무나 잘 알고 있었다.

자신과 함께 노나라를 진흥시키고자 모든 심혈을 기울였다. 인도를 위해 많은 대가와 희생을 치렀다. 그들은 늙으신 부모와 처자를 집에 두고 나와서 자기 신변의 모든 것을 바쳤다. 가슴 아픈 일뿐이었다. 결국, 무능한 군주와 음흉한 대신들만 상대하게 되었다.

공자와 자로가 온종일 노나라를 떠나겠노라 소리를 질렀던 것은 얼마나 떠나기 싫었기 때문이었을까! 그들의 가슴에선 붉은 피가 흘러내리는 것 같았다. 떠나는 것은 발만 옮기면 그만일지 모르나 하늘과 땅이 캄캄하고 앞길이 망망해서 갈 곳이 없었다.

인간은 자신이 추구하는 생각이 없어야 세속의 흐름에 따라 함께 뜨고 가라앉으면서 행복을 누릴 수 있다. 하늘과 땅이 맞붙어 모든 것이 혼돈상태에 처해 있을 때 반고(盤古)[4]는 도끼를 휘둘러 천지를 갈라놓았다. 네 기둥이 부러지고 구주(九州)가 동강이 날 때 여와는 또 돌을 녹여 하늘을 기웠다. 열 개의 해가 나란히 나와 초목이 시들어 갈 때 예(羿)는 활궁을 당겨 아홉 개의 해를 떨구었다. 창해(滄海)가 범람하여 구주가 침몰하고 사람이 물고기로 될 때 우(禹)는 또 타향에서 십삼 년

4 반고(盤古); 중국의 여러 창세신화 중 '반고 신화'에 등장하는 창세 신이다

간 유랑하며 자기 집 문 앞을 세 번이나 지났지만 들리지 않았다. 나무로 집을 지은 유소(有巢), 마찰로 불을 일으킨 수인(燧人), 나무와 돌을 물어다 바다를 메운 정위(精衛) 등과 달리 많은 사람은 도를 버리고 먹이만 쫓아 자신의 배만 채우는 놈들이다. 타인의 생사를 불문하고 천하를 돌보지 않는 놈은 금수와 다른 데가 없는 놈들이다.

"우공은 태행산(太行山)과 왕옥산(王屋山)을 옮길 수 있었다. 이 공구는 반드시 인정과 덕치의 지름길을 개척할 수 있다."

공자는 북받쳐 오르는 감정을 억누르며 차분하게 말했다.

"자네들의 뜻을 이 스승이 받아주겠네. 하지만 모두 함께 갈 수는 없네. 열 명 남짓이면 족하네. 먼저 자기 식구들과 상의한 다음 결정하기로 하게."

제자들이 너도나도 따라나섰다. 이때 안회가 애틋한 목소리로 말했다.

"우리가 왜 다툽니까? 스승님께서 결정하시지요."

제자들은 저마다 자기의 이름 불러주기를 갈망했다.

"자네들은 잠시 돌아가 쉬도록 하게. 이 스승이 잘 생각해 놓은 다음 결과를 알려주겠네."

제자들은 공자의 분부대로 각기 인사하고 돌아갔다.

자로는 계씨 댁에 머무는 연구를 찾아 사직할 사항을 의논했다.

"내 수중에는 계씨의 장부 목록과 봉지 서류가 많아. 교대하지 않고 갈 수가 없네. 나는 모든 것을 넘겨주고 가겠네. 자네가 공자에게 가서 내가 중인들과 동행하겠다는 청을 하여주게."

연구가 말했다.

연구는 계환자에게 장부를 돌려주고 청구하려 내청으로 들어갔다. 계환자는 한창 가녀들과 신선 놀이를 하고 있다가 연구의 사직 요청을 듣더니 놀라는 체하면서 '자네 사도는 가려는가? 그렇다면 공자는 지체가 높은 다른 집안을 넘보신단 말이지?'라고 하며 엉뚱한 말을 건넸다. 피차간에 눈 감고 아웅 하는 격이었다. 그렇다고 내놓고 말할 수도 없었던 연구였다.

"공자께서 열국(列国)을 방문하여 식견을 넓히려고 하십니다. 학비를 스스로 벌어서 배우고자 하는 까닭으로 사직을 요청하려 하옵니다."

연구가 슬쩍 둘러 말했다.

"내가 공자에게 미안한 점이 있으면 양해를 구한다고 하여 주시게."

그리고 사을이란 가신을 오라고 명했다. 그의 귓가에 뭐라고 소곤소곤 분부하고는 다시 큰소리로 분부했다.

"자넨 나의 진심을 공자에게 전달하여 드리거라!"

사을은 머리를 끄덕이고 나서 연구와 함께 계씨 댁을 떠났다.

기원전 497년 음력 3월. 이날은 이별의 밤이었으며 눈물의 밤이었다.

공부 뒤 뜰에서는 원관 씨가 낭군을 위해 행장을 꾸렸다, 공자는 가지고 갈 서간(書簡)을 준비하고 나니 어느덧 삼경이었다. 이들 부부는 서로 마주하여 침묵을 지켰다. 공자는 나이보다 훨씬 들어 보이는 아내를 바라보자니 가슴을 칼로 에는 듯 슬픔이 일어났기 때문이다. 비록 그녀는 어머니 안정제의 삶보다 좀 편안했으나 여전히 몹시 힘든 생활을 겪을 대로 겪어 왔다. 여인으로서 응당 받아야 할 남편의 사랑을 제대로 받지 못했고, 이제 또 이별의 쓰라림과 집안까지 혼자서 짊어져야 했다.

30년 간 서로 의지하면서 혼란한 천하에서 남모르는 눈물을 많이 흘리게 했다. 한때, 자신은 대사구로 상사에 섭정할 수 있는 벼슬이었으나 아내는 의연히 베옷에 헝겊치맛바람으로 집안일을 도맡아 했다. 또 아내는 현숙하고 말수가 적었지만, 남편에 대한 사랑만은 곧아 많은 나날을 밤새워 가면서 남편을 위해 일했다. 좋아하는 암강사(晻姜糸)와 육룡송(肉籠松) 등 요리를 만들어 경전 책을 읽는 남편을 따라 밤을 지새운 것도 한 두번이 아니었다. 환절기에는 주변에서 따뜻이 보살피며 약을 정성껏 다려 침상에 가져오곤 했다. 남편이 아프면 병간호를 아끼지 않았는데 또 이별하지 않으면 안 되었다. 아내의 내일은 쓸쓸한 고생뿐, 생각해 보지 않아도 뻔한 일이여서 마음이 찡해졌다.

공자가 고개를 들고 아내를 바라보니 그녀는 묵묵히 앉아있을 뿐, 슬픈 기색이라곤 조금도 드러내지 않았다. 그렇다. 그는 조금도 슬픈 표정이 아니다. 30년을 생활하면서 줄곧 묵묵히 남편을 지지해 주었다. 설사 그가 하는 일이 이해되지 않더라도 그녀는 굳게 믿어왔다. 그가 하는 일이 절대적으로 올바르다 생각했다.

이튿날 이른 아침 사을이 궐내에 들어왔다.

십자길 양편에서 사람들이 웅성거리고 있었다. 공 씨 댁 문 앞에는 한 줄로 선 몇 대의 마차들이 떠나려 했고 공리(孔鯉) 부부와 공야장(孔冶長) 부부는 전송하고 있었다. 남궁경숙 부부와 남게 된 제자들이 함께 있었다. 사을은 급히 공자가 탄 마차 앞에 가서 인사했다.

"대사구 어이하여 이곳을 떠나려 하옵나이까? 저희는 계손 대부의 영을 받고 만류하러 왔소이다."

"나의 팔자로다!"

공자는 제사 때 쓰는 모자를 두 손으로 받쳐 들고 말했다.

"계손 대부께서 공자님을 만류하지 못했다고 나무라시면……."

사을은 딱한 표정을 지으면서 말했다.

"사람들의 말에 의하면 충고에는 다섯 가지가 있다고 했네. 첫째는 바른 충고는 정간(正諫)이며, 둘째는 항복을 권하는 충고는 강간(降諫)이며, 셋째는 충성 어린 충고는 충간(忠諫)이며, 넷째는 어리석은 충고는 당간(戇諫)이며, 다섯째는 풍자적인 충고는 풍간(諷諫)이네. 임금님이 바른 것과 사악한 것, 충성스러운 것과 어리석은 것을 가릴 수 없으니, 나는 풍자적인 충고밖에 할 수 없네."

"그렇다면 계손 대부에게 어떻게 아뢰면 좋겠소이까?"

공자는 사을의 물음에 노래를 한 수 불렀다.

미인계를 사용하여
미인계는 나를 쫓아냈다네!

가무는 그다지도 매혹적이어서
정사(政事)를 추스를 길 없도다!
근심 걱정이 있을쏘냐
나의 여생은 이렇게 지내리다!

공자는 노래를 부르고 나서 말했다.

"대인께서 이 노래를 계손 대부에게 전하시게. 공구는 떠나외다."

사을이 돌아서서 가려는데 공자는 또 말했다.

"대인께서 공구를 대신하여 이 제면을 임금님께 전하시면 안심하겠네."

사을이 말했다.

"제면은 영예와 권리의 상징이옵니다. 대사구께서 어이하여 임금님께 돌려드리려 하옵나이까? 사을은 감히 그렇게 못하겠소이다."

"공구는 이제 곧 열국을 방문하려 하네. 이것은 노나라의 것으로 가지고 다닌다 한들 쓸모가 없다네. 대인께서 대신하여 전해주길 부탁하네."

공자는 말하면서 제면을 사을에게 넘겨주었다. 그리고는 자로더러 어서 떠나자고 재촉했다.

공자 일행이 곡부성을 나오니 날은 저물고 하늘에서 보슬비가 내렸다. 마차는 한 십자 길에 닿았다. 자로는 어느 방향으로 갔으면 좋을지 몰라 공자에게 물었다.

공자는 묻는 말에 대답은 하지 않고 '자넨 너무 빨리 마차를 모는구먼! 속도를 좀 줄이거라.'라고 하며 자로를 나무랐다. 공자는 떠나기가 아쉬워 마차 밖에 머리를 내밀고 사방을 둘러보았다. 슬픔에 잠겨 속으로 뇌까렸다.

'분한 기분에 고향 땅을 떠나나 갈 곳이 없다. 협곡회맹과 악녀 증송 사건은 최근의 일이었기에 제나라엔 갈 수 없고, 송나라는 원적이자 아내의 고향이고… '

자로는 공자가 지금까지 물음에 대답하지 않는 것을 보고 아직도 갈팡질팡하고 있다는 것을 대뜸 알아차렸다. 그가 뒤를 돌아보니 밤은 점점 깊어가고 비안개가 자욱했다. 따르고 있던 마차와 사람들도 보이지 않았다. 이 망망한 황야에서 밤새도록 봄비를 맞고 있을 수는 없어서 제안했다.

"서쪽으로 위나라에 갑시다. 중유가 그곳에서 읍재(邑宰)를 한 적이 있습니다. 그래서 아는 사람이 많소이다."

중유의 처남 안탁추가 조정에서 사무를 보고 있었다. 공자를 많이 존경하니 그곳으로 가기를 권했다. 기필코 영공(靈公)에게 공자를 추천할 수 있을 것으로 생각되었다.

"그곳으로 갑시다."

공자는 자로에게 송(宋)나라로 가라고 영을 내리려 하던 차에 자로의 말을 듣고 마음이 저도 모르게 움직였다.

위나라와 노나라는 친교가 있는 나라였다. 본디 주왕(紂王) 소자(少子) 무경(武庚)의 거점이었다. 주무왕(周武王)이 은주(殷周)를 토벌한 다음 무경이 투항했던 곳이다. 반란을 막으려 형제인 관숙(管叔)과 채숙(蔡叔)을 파견 감독했던 곳이다. 주무왕이 죽은 후 주공단(周公旦)이 성왕을 도와 천하를 다스렸던 곳이다. 관숙과 채숙은 주공단이 정권을 찬탈하리라 의심했던 곳이다. 강숙은 주공단의 동모(同母) 형제였다. 그가 평소에 제일 사랑했지만 성임하게 할 수 없었다. 그에게 꼭 은(殷)의 흥성과 쇠망에 대해 가르침 받으라고 타일렀다. 주(紂)가 망하게 된 원인은 덕정(德政)을 행하지 않아서였다. 천명을 하찮게 여기고 주색에 빠져 여인의 말을 믿었기 때문이었다.

주공단은 또 강숙에게 이를 계명으로 삼아 법률을 제정하여 세상에 반포하라 했다. 위나라 백성의 환심을 쌓아야만 나라가 강성해질 수 있다고 타일렀다. 또한 명덕신벌(明德愼罰)을 제창했다. 이것이 바로 공자가 주장하고 있는 인정과 덕치였다.

불효와 불우(不友)로 음흉한 자는 형벌을 용서받지 못한다. 자신의 관맹상제(寬猛相濟)치국 정책으로 관대와 엄벌을 유기적으로 한다는 뜻이다. 예상컨대 위나라는 꼭 선조들의 유풍(遺風)이 아직 남아 있을 것이다. 아울러 사어(史魚)와 거백옥(遽伯玉) 등 대신들은 자신이 숭배하는 현능한 대신들이다. 특히 거백옥은 사자를 파견하여 자신을 찾아온 적도 있었다. 그는 겸손하고도 수양이 있는 장자였다.

위나라는 비교적 안정되어 위령공이 38년을 통치했다. 지금 있는 대신들은 거의 연로하여 잘 바뀌지 않고 인재가 필요할 때 할 일이 많아 포부를 실현할 수 있으리라고 믿었다.

"너의 의견에 찬성하며 위나라로 가보자꾸나. 네가 먼저 출발하거라. 우리는 오늘 고향인 노나라에서 하룻밤 자고 가겠다."

자로는 이 말을 듣고 바른말을 했다.

"스승님께서는 제나라에서 떠나는 속도가 대단히 빨랐습니다. 노나라에서는 떠나는 속도가 대단히 느리옵나이다."

자로는 차를 몰아 제일 가까운 마을에 세워 놓고 한 민가를 찾아 숙박했다. 주인에게 음식을 부탁했을 때야 뒤떨어진 마차들이 도착했다. 안회, 자공 등 제자들이 공자에게로 와서 인사했다. 주인이 음식을 가져왔는데 모두 놀랐다. 이 집 주인이 질그릇 동이에 밥을 짓고 토기 그릇에 음식을 담아왔기 때문이다.

"당신은 어떻게 우리 공자님에게 이다지도 무례하게 할 수 있단 말이요? 어떻게 토기 그릇에 밥을 담아 올 수가 있단 말이요?"

자공이 주인을 질책했다. 주인이 반박하고는 한쪽에 가서 섰다

"임금님은 옥 그릇을 싫어하지 아니하옵니다. 대부는 도자기 그릇에 담아 먹습니다. 우리는 소인이어서 토기 그릇에 음식을 담아 먹을 수밖에 없사옵니다. 하온데 무엇이 무례한 것이옵니까?"

"자네들은 배불리 먹게. 이것이 노나라 음식일세."

공자는 이렇게 한마디 하고는 두 손으로 토기 그릇을 들었다. 그리고 맛있게 먹기 시작했는데 마치 번육(膰肉)을 먹는 듯했다. 안회, 자로 등은 공자가 맛있게 먹는 것을 보고 덩달아 맛있게 먹었다. 다만 자공 등은 부잣집 상인 출신이므로 이런 음식들을 먹기 힘들어했다.

공자는 식사 후 뜻깊게 말했다.

"나는 질그릇과 같은 기물에 담긴 거친 음식을 꺼리지 않는다. 충고하기 좋아하는 자, 군주를 그리며 빛깔 나는 음식 먹는 자는 벗을 잃는다는 말 못 들었느냐? 이 음식이 우리 고국의 맛이다."

공자의 말에는 신명이 없어 보였다.

"우리는 사해를 집으로 천하를 떠도는 나그네들입니다. 따라서 공자님께서 고향 땅을 그리워하는 것이외다. 내가 밤에 위나라로 가서 임금에게 아뢰어 보겠습니다. 공자님을 섬기어 모시게 하겠사옵니다."

자로는 음식을 먹고 말에 채찍질하면서 위나라로 떠났다.

깊은 밤 제자들은 저마다 꿈나라에 갔지만, 공자만은 잠을 이루지 못하여 몸을 이리저리 뒤척였다. 아예 자리에서 일어나 마당 한가운데로 나왔다. 그러나 사방의 높은 담벼락들이 시선을 가로막아 아무것도 보이지 않았다. 그는 또 살금살금 대문을 열고 거리에 나와 마을 밖으로 걸어갔다. 동쪽으로 멀리 내다보았다. 비안개가 자욱하고 검은 장막이 깊었으므로 희미했다. 방대한 구산(龜山) 그림자밖에 보이지 않았다. 이제 두 시경만 지나면 그는 곧 고향인 노나라를 떠나야 한다.

조국인 노나라는 대단히 불공평했다. 그래도 노나라를 떠나기 아쉬웠다. 그것은 이곳에 그의 초가삼간이 있고, 어린 날 꿈과 청년 시절의 분투를 묻어 놓은 옥토가 있기 때문이다. 이 뜨거운 옥토에는 그의 제자들이 있다. 인류역사상 규모가 가장 큰 행단인 사학이 있다. 그리고 사랑과 미움을 파종해 놓았다. 그의 업적과 이상까지도 남겨 놓았지만, 이 모든 것은 길고 긴 밤이 삼켜버렸다. 눈앞에는 다만 희미하고 방대한 비안개가 자욱한 구산밖에 없으니… 그는 북받쳐 오르는 감정으로 구산조(龜山操)라는 시를 읊었다.

나는 노나라를 단 한 번이라도 더 보련다.
하지만 구산이 나의 시선을 가로막아 놓았다.
그중에 산을 찍어 넘길 도끼라도 있었으면….
이렇게 산만 쳐다보며 통탄밖에 할 수 없는
이내 마음 불과 같구나!

공자 일행은 위나라 변경에서 한 여인이 상아 빗을 머리에 꽂고 길옆에 서 있는 것을 보고 공자는 마차를 세우고 제자들에게 물었다.

"위나라의 교육이 얼마나 보급되었는지를 알아보거라. 그러려면 저 여인의 입에서 알아낼 수 있을 것이다. 누가 갈 것이냐?"

공자의 말이 떨어지자 안회가 '사신이 가겠노라'하고 마차에서 내렸다. 그는 그녀의 앞에 다가가 손을 감싸 쥐었다.

"나에게는 움직일 수 있는 큰 산이 있습니다. 백초가 위에서 자라고 가지는 있으나 잎이 없사옵니다. 그 안에 만수(万獸)가 살고 있는데 마실 줄은 알아도 먹을 줄은 모릅니다. 부인에게 어떻게 그물로 잡아낼 수 있겠사옵나이까."

그녀는 상아 빗을 안회에게 넘겨주었다. 안회는 빗을 받아 쥐고 또 물었다.

"부인께서는 원인도 묻지 않으셨습니다. 어이하여 이 귀중한 빗을 나에게 넘겨 주시옵나이까?"

"움직일 수 있는 산이라고 하는 것은 그대의 머리입니다. 백초가 자라는 데 가지만 있고 잎이 없다는 것은 그대의 머리칼입니다. 백수가 그 속에서 자라고 있다고 하는 것은 이 벌레가 생겼다는 뜻입니다. 그물을 빌려 잡겠다고 하는 것은 나더러 빗을 빌려달라는 것입니다. 이 때문에 이 빗을 드리는 것이옵나이다."

안회는 숙연한 마음으로 그녀를 바라보았다.

머리를 풀어헤치고 빗으로 깨끗이 다듬어 다시 쪽지고 모자까지 썼다. 그리고 상아 빗을 깨끗이 닦아 그녀에게 돌려주었다. 손바닥을 맞붙이고 인사하며 작별했다.

안회가 공자에게 경과를 고했다. 공자는 감탄을 금치 못하며 '여인의 지혜는 나도 따르지 못할 것이다. 보아하니 위나라의 교육이 규문(閨門)까지 보급되었구나! 그렇지 않으면 여인에게 이러한 지혜가 있을 수 있겠는가?'라고 했다.

위나라의 서울 제구(하남 복양)는 유난히 번영했다. 인구가 조밀했는데 긴 거리에는 사람들이 빼곡하게 차서 붐볐다. 이것은 한 나라가 안정되고 번창한 특징이므로 공자는 감탄을 금치 못했다.

"스승님께 묻사옵나이다. 인구가 벌써 이처럼 많은 다음에는 무엇을 어찌해야 하옵나이까?"

공자가 감탄을 면치 못하는 모습을 보고 연구가 물었다.

"백성이 부유해지게 하는 것이다."

"부유해진다면?"

"교육하여 사람마다 예의를 배우게 하고 군자가 되게 하는 것이다."

공자가 열국에서 명성이 꽤 있는 성인이라는 것을 위 영공은 알고 있었다. 현능한 자를 아끼고 사랑하는 것을 보여주기 위해 정성껏 접대했다. 위 영공은 공자에게 노나라에서 봉록을 얼마 받았느냐고 물었다.

"육만 봉록이올시다."

그러자 위 영공이 말했다.

"열국에서 전해지는 높은 명성을 듣고 있사옵니다. 문하엔 제자가 3천이고 현능한 자가 700이 넘는다 하더이다. 오늘 제가 여러분의 풍채를 친히 목격할 수 있는 것은 행운이옵니다. 하늘이 내려준 행운이지요.

만일 공자님께서 인학(仁学)을 강론해 주실 수 있으신지요? 그렇게 하신다면 눈앞이 탁 트일 것 같사옵나이다."

공자가 위 영공이 한 말을 듣고 제자 중 현명한 자로는 제후의 모자란 부분을 보충 할 수 있을 것 같았다. 심지어 천승지국(千乘之国)의 제후들을 다스릴 수 있는 자들도 있었고, 어떤 자들은 공상가사(工商賈肆) 등도 할 수 있어 공문은 그야말로 인재들이 모이는 곳이라 할 수 있었다. 그러나 임금과 이러한 사항들을 이야기할 수 없었다.

현능한 자를 질투하는 자들도 많았다. 공손조(公孫朝), 미자하(弥子瑕), 왕손가(王孫賈) 등과 여덟 대신도 괴상한 문제를 많이 내놓아 조소하며 고의로 난처하게 만들려 했다.

공자는 일률로 대답해주지 않고 위 영공의 태도만 보고 있을 때, 한 백발 노신이 물었다.

"공자님은 학식이 해박하온데 스승은 누구신지요? 성인이라 하면서 제자도 많이 거느렸는데 고향에서 조국을 위해 힘쓰지 않고 위나라에는 왜 오셨소이까?"

공자가 이 물음에 대해 어떻게 대답할 것인가를 생각하는 중에 자공이 옆에서 듣기가 조마조마했다. 그는 초면에 영공이 인학에 대해 질문하는 것은 이해가 갔지만, 권신들의 악의적인 질문에 대해 괘씸하게 생각했다. 공자가 대답하지 않는 것을 보고 공자 대신 면박을 줄까도 생각했지만 우리는 구걸하러 온 것이 아니라는 것을 알게 해야 했기에 인사부터 했다.

"문왕 무왕의 도의는 아직도 세상에서 소실되지 않았습니다. 현능한 자는 아는 것이 많으나 평범하고 속된 자는 아는 것이 적습니다. 공자께서는 현시대의 성인으로 배우시지 않은 것이 없습니다. 하나 스승에게만 의지할 수는 더욱 없는 일이지요. 여러 대신이 이것을 질문하시는 것은 학문 닦는 도리를 모르는 것입니다. 우리 공자님의 도는 붉은 해처럼 천하를 비춰주시옵니다. 하온데 어떻게 한 나라만 감싸 안겠습니까? 공자님께서는 노나라에서 그 명성이 매우 높으셨습니다. 봉록도 많았으며 특히 대사구라는 관직까지 받으셨습니다. 어떻게 명예를 추구하고 봉록을 위해서라고 할 수 있겠사옵니까? 이것은 오로지 인도적인 행동입니다. 노나라와 위나라는 형제 나라입니다. 공자님의 도의로 다스리시면 삼 년이면 흥하여 왕성(旺盛)해져서 진후(晋候)가 침범해 들어오는 것을 우려할 필요가 없게 될 것입니다."

공자를 따라나섰던 제자들은 다음과 같았다. 안연(顔淵)과 자로(중유仲由), 연유(자는 구求), 중궁(中弓 자는 연옹), 자아(子我 재여宰予)와 자장(子張), 유약(有若), 남궁(南宮), 공야장(公冶長) 등이었다.

제자들은 선현의 풍격이 있어 모두 자공이 직접 추천한 자들이다. 자공의 동학 중에서 자공을 초월하는 자는 많고도 많았다. 구주 땅을 다 뒤져도 공문 제자보다 훌륭한 자가 있다는 소리 듣지 못했다.

자공의 연설은 청산유수였고 그의 기세는 바르고 늠름했다. 침착하고 태연하여 위 영공은 긍정적으로 고개를 끄덕였다. 몇몇 대신들은 어안이 벙벙해지고 얼굴까지 빨개져 고개를 숙여버렸다. 자공은 많은 문도를 소개하고 주위를 살펴보았다. 중인들은 묵묵부답이었다.

위 영공은 흡족하여 대답했다.

"공자가 노나라에서 봉록 육만을 받으셨다 했는가? 짐도 육만을 드리고 내일 중임을 맡기겠네!"

제3권에서 이어집니다

제3권 : 열국 순방 후 자기정리를 끝으로 고종명까지

공자 55세(기원전 497, 주 장왕 27, 노 정공 13)때 노나라를 떠나 위나라에 도착하여 자로의 처형 안탁주의 집에 거주하며 중임을 맡았으나 감시를 당하자 위나라를 떠나 진(陳)나라로 가기위해 광(匡)읍성(하남성 상원현 경내)을 지나다 그 곳 주민들에 의해 양호로 오해 받고 포위되어 위기를 맞기도 한다. 박읍(薄邑)성(하남성 장원현)에서는 공숙(公叔)씨의 반란군에 포위되기도 하여 다시 위나라로 돌아가 거백옥(蘧伯玉)의 집에 거한다. 다음 해 위 영공의 부인 남자(南子)와 회담 한 일로 자로에게 불쾌함을 사기도 한다.

57세(주 장왕 25, 노 정공 15)되던 해 주자(邾子)는 노나라에서 사무를 맡고 자공은 관례(觀禮)를 볼 때 노나라 정공이 죽고 그 아들 장(蔣)이 세습하여 애공에 즉위한다.

공자 59세(주 장왕 27, 노 애공 2)되던 해 공자는 위 영공이 자기를 쓰지 않음을 탄식하며 진나라 토벌에 관해 물으니 말해주지 않았다. 위나라를 떠나 조간자에게 가려했으나 황하 변에 이르러 현능지사를 살해했다는 소문을 듣고, 강변에서 탄식하며 송나라로 말 머리를 돌렸다. 그런데 송나라 사마환퇴(桓魋)가 공자를 살해하려 하자 변복하고 정나라로 간다. 그러나 정나라에서도 환대하지 않자 다시 진나라로 간다. 이 해에 위 영공이 죽고 괴귀의 아들이 세습하여 위 출공이 즉위한다.

공자 60세(주 장왕 28, 노 애공 3) 때 노나라 계환자가 병들어 눕자 공자를 등용하지 못한 것을 후회하며 임종하면서 아들인 계강자에게 공자를 모셔다 노나라를 다스릴 것을 당부했지만, 공지어(公之魚)의 반대로 공자의 제자 연구가 간다.

공자 63세(주 장왕 31, 로 애공 6)때, 나라에 있는 동안 오나라가 진나라를 토벌할 때였다. 초나라는 진나라를 도왔고 공자는 진나라를 떠나 채나라로 가는 도중 부함(負函)에서 갇힌다. 그곳에서 칠일간이나 단식하면서 강의하고, 거문고 치고 노래하며 제자들을 가르쳤다. 공자가 부함에 가서 엽공과 회면했을 때 엽공이 문정하자 '근자설(近者說) 원자래(遠者來)' 라고 가르치셨고 초나라에서 교육을 통해 낙후된 장강지역에 중원문화를 전파했다. 다음 해에는 위나라에 있으며 출사한 자들이 많아 돌아올 것을 요구하며 군주의 정사에 대해 말해 주었다.

정사를 맡으면 반드시 신분부터 바로잡고, 언어가 통해야 하며, 예악이 흥성해야 형벌이 고르다고 했다.

오나라는 노 애공과 증(鄫)성에서 회맹을 맺고 과다한 제물을 요구하자 자공이 사절로 가서 노나라의 존엄을 지켜낸다. 다음 해 공자가 위나라에 있을 때, 오나라가 노나라를 토벌하다 크게 패한다.

공자 67세(주 장왕 35, 노 애공 10) 위나라에 있을 때, 공자의 부인 원관씨가 세상을 떠난다. 다음 해에는 제나라 군대가 노나라를 토벌할 때 공자의 제자 연구의 작전술로 크게 승리하자 계강자는 공화(公華), 공빈(公賓), 공림(公林)을 폐례(幣禮)로 하여 공자를 모셔온다.

공자의 14년간 제후국 순방의 방랑생활은 끝이 나고 비로소 고국 땅을 다시 밟으며 노나라로 돌아왔다.

이 때 노나라 애공이 문정하자 대신을 어떻게 선발하느냐가 정사라 했다. 또 정직한 자들을 선발하여 사악한 자의 윗자리에 앉게 하면 백성들이 복종하고 사악한 자들이 윗자리에 앉으면 불복한다고 했다. 또 정사란 정(正)자는 바르단 뜻이니, 솔선하여 바른길을 걸으면 감히 비뚤게 나갈 수 없다고 했다.

노나라에서 끝내 공자를 쓰지 않자 공자도 더는 출사하려 하지 않고 문헌 정리와 교육 사업에 심혈을 기울여 인재 육성에 노력했다. 시와 서를 삭제하고 예와 악을 정리하는 일에 힘썼다. 《춘추》를 수정하는 일 외에 치국에 필요한 3천 제자를 얻어 그들을 가르쳐 예에 정통한 제자가 72명이나 되었다.

공자 69세. 노나라에 있을 때 노 소공의 부인 맹자(孟子)가 세상을 떠나 공자가 조상했다. 노태사(魯太師 악관)와 악을 의론하여 그 성공 비결을 알아냈고, 악을 바로잡기 시작하여 아(雅)와 송(頌)을 터득하게 된다. 이 해에 공자의 아들 백어(伯魚 공리)가 죽는다.

공자는 나이 70이 되자 생각나는 대로 해도 규칙에 어긋나는 일이 없어 행동이나 생각이 도덕적 원칙과 주례의 규범에 벗어나지 않았다. 《역(易)》에 대한 애착으로 역을 애독하여 수차 꿰맨 것이 끊어졌다.

다음 해인 공자가 71세(주 장왕 39, 노 애공 14)에는 노나라에서 《춘추(春秋)》를 쓰고 있을 때, 곡부성 서부 대야(大野)에서 괴수(怪獸)인 기린(麒麟)을 잡았다는 소식을 듣고 '나의 도는 끝났다.' 고 하시며 《춘추》를 수정하던 붓을 던졌다.

이 해에 안회가 41세를 일기로 세상을 뜨자 공자는 비통하게 울면서 슬퍼했다. 또한 제나라 진항(陳恒 진성자)이 간공을 죽였다. 노 애공과 삼환에게 제나라를 토벌하여 군신의 의리를 지키자고 충고해도 듣지 않았다. 제나라 정변에서 공자의 제자 재여(宰予)도 죽었다.

공자 72세(주 장왕 40, 노 애공 15) 때, 위나라 괴귀는 아들을 쫓아내고 왕위에 오르니 위 장공(衛庄公)이다. 공자의 제자 자로는 위나라에 공리(孔悝)의 가신으로 있다가 목숨을 잃었다.

기원전 479년 공자 73세(주 장왕 41, 노 애공 16)되던 해 주력(周曆) 4월 11일(하력으로는 2월 11일) 공자는 칠 일간 침상에 누워 앓다가 세상을 떠났다. 노성(魯城 지금의 곡부현) 북사(北泗)에 묻혔고 노나라 애공은 만장을 써서 그의 죽음을 슬퍼했다.

많은 제자들이 시묘(守墓)살이 삼년을 하고 슬피 울면서 헤어졌다. 그 중 유독 자공은 시묘살이 육년을 하고 떠났다. 제자들과 노나라 사람들은 공자의 묘를 따라 집을 짓고 살기 시작하여 100여 호가 넘어 공리(孔里)라 이름 했다.

공자의 집을 묘당(廟堂)이라 하고 해마다 제사를 올린다. 그곳에는 공자 평생의 옷, 모자, 책, 거문고 등이 간직되어 있으며 곡부현(曲阜縣)의 공묘(孔墓), 공부(孔府), 공림(孔林)을 삼공(三孔)이라 한다. 현재 볼 수 있는 것들은 바로 이때부터 시작된 것이다.

후일 그를 만세사표(萬歲師表)로 삼아 문성대왕(文聖大王)의 칭호로 존경하고 있다.

소설 공자 2

현실 정치 참여 후 천명(天命)을 알기까지

1판 1쇄 인쇄 | 2019년 6월 28일
1판 1쇄 발행 | 2019년 7월 02일

지은이 | 우쾌제
펴낸이 | 김경배
펴낸곳 | 시간여행
디자인 | 디자인[연:우]
등 록 | 제313-210-125호 (2010년 4월 28일)
주 소 | 경기도 고양시 덕양구 지도로 84, 5층 506호(토당동, 영빌딩)
전 화 | 070-4350-2269
이메일 | jisubala@hanmail.net

종 이 | 엔페이퍼
인 쇄 | 한영문화사

ISBN 979-11-85346-95-3 (04810)
ISBN 979-11-85346-91-5 (세트)

이 도서의 국립중앙도서관 출판예정 도서목록(CIP)은 서지정보유통지원시스템 홈페이지(http://seoji.nl.go.kr)와 국가자료 공동목록시스템(http://www.nl.go.kr/kolisnet)에서 이용하실 수 있습니다. (CIP제어번호: CIP2019024257)

이책과 함께 보면 좋은 도서

하도겸 지음| 324페이지 |값 16,000원

저자 소개

하도겸(河度慊) 칼럼니스트

고려대학교 사학과에서 학사, 석사, 박사 학위를 받았다. 고려대학교 강사, 고려대학교 아세아문제연구소 연구원, 서울대학교 인문학연구원 객원연구원 등으로 활동했다. 비영리사단법인·NGO 나마스떼코리아 대표, 시사위크 논설위원, 건국대학교 문과대학 사학과 겸임교수 및 전시 개발자(Exhibition Developer)로 일하고 있다.

저서(공저, 공편 포함)로는 『행복한 돼지』(2019), 『세대를 넘어 - 수제화장인』(2018), 『실향을 딛고 세운 도시, 속초』(2017), 『아직 끝나지 않은 이야기』(2015), 『나마스떼 네팔어 회화첫걸음』(2015), 『일본 신사에 모셔진 한국의 신』(2014), 『티베트 기초 문법』(2013), 『동아시아의 종교와 문화』(2012), 『동아시아 제 관계사』(2010), 『선본해제 12』(2009) 등과 논문 수십여 편이 있다. 〈올해의 재가불자상〉, 〈올해의 불교활동가상〉, 〈여성가족부 장관상〉, 〈국회부의장상〉 등을 수상했다.

《삼국유사》를 다시 보고자 하는 것은 우리가 선조들의 삶을 돌아보며 좀 더 넓고 깊은 역사관을 갖추기 위함이다. 어떻게 하면 이 시대의 독자들에게 올바른 우리 고대사를 전할 수 있느냐는 문제의식이 작동한 것이다. 전설에 빠진 우리 고대사에서 지금도 통용되는 꿈과 희망을 찾고 삶의 지혜와 활기 있는 생활을 영위할 수 있는 계기가 되었으면 한다.

이런 꿈은 필자만이 아니라 고려 후기나 조선 초기일 수도 있는, 당시 『삼국유사』를 만든 분들도 함께 가졌던 것 같다. 동상이몽일지 몰라도 둘의 바람은 모두 달콤하다.

삼국유사에 전하는 기록의 대부분은 현대인의 합리적인 관점에서는 이해하기 어려운 부분이 적지 않다. 전근대 사회의 사람들은 지배적인 종교나 신앙, 그리고 민속 등의 영향을 많이 받기 때문에 생각하고 이해하는 구조가 전혀 다를 수 있다. 까닭에 요즘 말하는 그들의 삶은 다문화를 넘어 이문화(異文化)라고 할 수 있을 정도이다.

아무리 시대가 다르다 해도 결국 사람이 사는 곳은 비슷하다. 당시에 살았던 사람들의 눈으로 보고 말하다 보면 이해하지 못 할 것도 없다. 그런 입장에 섰을 때 역사학을 비롯하여 인문학은 시간 속으로 비집고 들어갈 수 있는 틈을 본다.

이 점에 착안하여 전설에 빠져 역사 밖으로 헤어 나오지 못하고 있는《삼국유사》를 오늘날의 시선으로 재해석했다. 어쩌면 진흙탕에 빠진《삼국유사》를 건져내 새롭게 조명한 것이《지금 보아야 할 우리 고대사, 삼국유사》이다.